Alicia Giménez-Bartlett
Gefährliche Riten

UT *metro* wird
herausgegeben von
Thomas Wörtche

## Zu diesem Buch

Petra Delicado – Anwältin, frisch geschieden– fristet als wissenschaftliche Mitarbeiterin im Polizeiarchiv ein eher unspektakuläres Dasein. Als jedoch ein Kollege verunglückt, soll sie bei einer Ermittlung einspringen: Ein Vergewaltiger treibt in den Straßen von Barcelona sein Unwesen, sein Kennzeichen ist ein mysteriöses Mal in Form einer Blume, das er bei allen Opfern hinterlässt.

Dass ihr für diesen komplizierten Fall Subinspector Fermín Garzón zugeteilt wird, der erst vor kurzem von Salamanca nach Barcelona versetzt worden ist, macht ihre Aufgabe nicht leichter. Aber sie will es den Männern zeigen …

»Originell, melancholisch und voll Weisheit, was die Unvollkommenheit des Menschen angeht. Petra Delicado und Fermín Garzón passen zusammen wie Feuer und Wasser.« *Ingeborg Sperl, Der Standard*

## Die Autorin

Alicia Giménez-Bartlett, geboren 1951 in Almansa, lebt und arbeitet in Barcelona und gehört zu den erfolgreichsten Schriftstellerinnen Spaniens. 1997 erhielt sie den »Premio Femenino Lumen«. Die Petra-Delicado-Romane wurden als 13-teilige Fernsehserie mit Ana Belén in der Hauptrolle verfilmt.

Im Unionsverlag sind außerdem lieferbar: »Hundstage« und »Boten der Finsternis«

Mehr über Buch und Autorin im Anhang
oder auf *www.unionsverlag.ch*

# Alicia Giménez-Bartlett

# Gefährliche Riten

Aus dem Spanischen von Sybille Martin

Unionsverlag

Die Originalausgabe erschien 1996
unter dem Titel *Ritos de muerte*
bei Grijalbo Mondadori, Barcelona.
Die deutsche Erstausgabe erschien 1998
unter dem Titel *Spanische Blumen*
im Wilhelm Goldmann Verlag, München.
Die vorliegende Ausgabe wurde von
der Übersetzerin überarbeitet.

*Im Internet*
Aktuelle Informationen
Dokumente, Materialien
*www.unionsverlag.ch*

Unionsverlag Taschenbuch 232

Rieterstrasse 18, CH-8027 Zürich
Tel. 0041-1-281 14 00, Fax 0041-1-281 14 40
mail@unionsverlag.ch

Umschlaggestaltung: Heinz Unternährer, Zürich
Umschlagfoto: Tony Stone/Jake Rajs
Druck und Bindung: Clausen & Bosse, Leck
ISBN 3-293-20232-2

Die äußeren Zahlen geben die aktuelle Auflage
und deren Erscheinungsjahr an:
1 2 3 4 5 - 05 04 03 02

# 1

Kurz nach meiner zweiten Scheidung suchte ich in Barcelona ein Stadthäuschen mit Garten. Ein schwieriges Unterfangen, aber es gelang mir. Ich meinte, es sei mehr als nur eine Laune, nach zu vielen Jahren in Wohnungen mit funktionalen Möbeln und großen Kühlschränken. Nun bot sich die günstige Gelegenheit, allein an einem ruhigen Ort zu leben. Eine einschneidende Veränderung. Das Haus stand im zentral gelegenen Stadtteil Poblenou. Es war umgeben von anderen, ebenso alten und heruntergekommenen Häusern und flankiert von einer Unzahl von Industrieschiffen, Speditionen und Busremisen. Eine ziemlich desolate Gegend, so sehr man sich auch um eine Sanierung des Viertels bemüht hatte. Aber sonntags waren die Firmentore geschlossen, die Lastwagen verschwunden, und man konnte sich in ungewohnter Stille erholen.

Ich glaube, die Philosophie dieser Veränderung bestand in dem Versuch, mich besser zu organisieren, im Garten hinter dem Haus etwas anzupflanzen und gelegentlich etwas Warmes zu essen. Ein eigenes Haus war wie einen Anker werfen, sich an die Erde zu binden, Wurzeln zu schlagen.

Für den Innenausbau brauchten die Maurer sechs Monate, und als sie fertig waren, hatten sich meine geringen Ersparnisse in so nebensächlichen Dingen wie Fensterrahmen und Gasleitungen erschöpft. Eine Polizistin verdient nicht viel, und wieder etwas anzusparen war reine Illusion. Ich war trotzdem zufrieden. Einen Tag vor meinem Umzug begutachtete ich das Ergebnis. Das Haus machte einen beständigen Eindruck: Strahlend weiße Türen, viel Licht. In der Küche fielen besonders die extra angefertigten Schränke und der zierliche alte Küchenherd auf, der von der Renovierung verschont geblieben war. Daneben ließ ich einen Ceranfeldherd installieren, der letzte technologische Schrei. Auf ihm wollte ich komplizierte Rezepte ausprobieren, Schmorbraten, an denen selbst Großmütter die Geduld verloren hätten, Gemüseeintöpfe und Suppen, mit deren Zubereitung ich den ganzen Tag beschäftigt war. Adios Fastfood, Pizzaservice, Hotdogs, mexikanische Tacos und Chopsueys. Schluss mit dem ständigen Auswärtsessen. Eine Veränderung ist eine Veränderung, und die beginnt mit Kleinigkeiten.

Pepe half beim Umzug. Ich konnte es nicht verhindern. Obwohl ich wusste, dass ich es nicht hätte zulassen dürfen. Wir hatten uns so freundschaftlich getrennt, dass eine Ablehnung seines Angebots schlicht unhöflich, ja gemein gewesen wäre. Er sah aus wie immer: Abgewetzte Jeans und Pullover, und die Brille saß fast auf der Nasenspitze. Seine extreme Jugendlichkeit verblüffte mich noch immer. Wie hatte ich einen so hilflosen jungen Mann, fast noch einen Knaben, heiraten können? Und noch dazu war dies nach einer verletzenden, schmerzlichen Scheidung schon meine zweite Ehe gewesen. Die Polizeipsychologen hätten viel dazu zu sagen gehabt. Aber sie waren sehr beschäftigt und es wäre mir auch nicht eingefallen, sie zu konsultieren. Schließlich war ich ja zur Polizei gegangen, um dem ewigen Reflektieren zu entrinnen. *Action* war angesagt. Während der Arbeit nur praktisches Denken, Induktion, Deduktion, immer rein beruflich. Nie wieder gedankenverlorene Meditationen an Kneipentresen.

Pepe stellte die Bücherkisten ins Wohnzimmer. Verschwitzt und verstaubt starrte er aus dem Fenster.

»Hast du schon was gegessen?«, fragte ich.

Er zuckte traurig die Schultern und lächelte, als wäre Essen ein Luxus, dem nur andere Menschen frönen. Meinem Impuls, ihm ein Sandwich zu machen, widerstand ich heroisch. Ich hatte lange genug Mutter gespielt.

»Wer ist denn in der Kneipe?«

»Hamed«, antwortete er.

»Läufts gut?«

»Ja.«

Er machte noch immer den Eindruck eines ausgesetzten Hundes, aber ich gehörte nicht mehr zum Tierschutzverein.

Ich stellte die rechtswissenschaftliche und kriminalistische Literatur neben den Paravent und holte ein dunkles Bier für Pepe und einen Chinchón für mich. Mehr nicht, keine weiteren wohltätigen Handlungen mehr.

Pepe trank einen Schluck und ging dabei ein paar Schritte vor dem halb vollen Regal auf und ab. Dann fragte er gähnend.

»Gibt es noch was reinzutragen?«

»Die Blumentöpfe, Pepe, sie stehen auf der Eingangstreppe. Es macht dir doch nichts aus, oder?«

In diesem Winter schneite es. Grund genug, sich daran zu erinnern, denn in Barcelona geschieht das eher selten. Dennoch brach eine derartige Lawine von Ereignissen über mich herein, dass ich mich schon deshalb an diesen Winter erinnert hätte: Ich zog in das neue Haus und begann ein unabhängiges Leben, aber zufällig wurde mir auch mein erster Fall übertragen und so lernte ich inmitten von Schnee und Umzug Subinspector Garzón kennen. Natürlich hatte sich mein anfänglich idyllischer Eindruck von dem Haus recht bald verflüchtigt. Die Wasserleitungen froren ein, und ich musste erkennen, dass ein Einfamilienhaus nicht immer der Gipfel des Vergnügens ist. Der kleine Hinterhof, den ich frisch bepflanzt hatte, sah nicht gut aus. Die Geranien verwelkten, die Erde war klumpig und mit Raureif überzogen. Fröstelnd hockte ich vor dem nicht genug Wärme spendenden Kamin und versuchte, mich in einen Wälzer über *Neue Polizeitechnologien* zu vertiefen. Das Buch war gerade ins Spanische übersetzt worden. Ein Großteil der Beispiele darin hatte nichts mit unserer nachsichtigen Policia Nacional zu tun, Lichtjahre vom FBI entfernt. Aus Erfahrung wusste ich, dass diese komplexen technologischen Methoden noch Jahrhunderte brauchen würden, bis sie in Spanien Anwendung fanden. Aber Wissen braucht nicht viel Platz, obwohl es auch nicht unbedingt zu einer guten Position verhilft. Denn mir waren trotz meiner brillanten Ausbildung als Rechtsanwältin und meines Studiums an der Polizeiakademie nie herausragende Fälle übertragen worden. Ich war die »Intellektuelle«, zudem eine Frau, und mir fehlte eigentlich nur, schwarz oder Zigeunerin zu sein, um das Bild der Ausgegrenzten abzurunden. Gleich bei Dienstantritt war ich ins Polizeiarchiv abgeschoben worden, wo ich mich mit der Archivierung von Publikationen sowie der Bibliotheksführung beschäftigte, was mich aus Sicht der Kollegen schließlich auf einen rein theoretischen Status festlegte. Einmal hatte ich verlangt, in den aktiven Dienst versetzt zu werden, und es war mir gewährt worden. Ich ermittelte in ein paar Diebstählen, für die nicht einmal Nachforschungen nötig waren. Ich war zwar nicht zur Polizei gegangen, weil mich Thriller oder Krimis, Verfolgungsjagden, Schlägereien, viel Whisky und schlechte Manieren gereizt hatten, trotzdem frustrierte mich die Situation gewaltig, immer nur im spekulativen, rein theoretischen Stadium zu verharren. Ich fühlte mich wie ein Insektenforscher, der in ein Laboratorium eingesperrt und dazu verdammt ist, die mausetoten Viecher unter dem Mikroskop zu betrachten. Bei meinen Ausflügen in den Außendienst war ich diese Enttäuschung auch nicht losgeworden: Aufgebrochene

Bankomaten, Berichte über »Ersttäter«. Einmal vernahm ich ein paar jugendliche Taschendiebe, die unverschämt wurden und mich »Puppe« nannten. Trotz alledem verzweifelte ich nicht, ich wandte mich auch nicht flehentlich an meine Vorgesetzten. Was auch immer geschehen mochte, ich glaubte an mein Geschick, eines Tages in den aktiven Dienst einzutreten und mein Prestige zu steigern. Zudem war ich der Meinung, dass eine Frau an ihrem Arbeitsplatz nicht flennen soll, wenn sie nicht unangenehm auffallen wollte. Also wartete ich stillschweigend auf meine Chance, und wenn mir ein anderer Inspector auf dem Flur über den Weg lief und mich fragte: »Wie gehts denn unserer Intellektuellen?«, dachte ich insgeheim immer: ›Ihr werdet mich schon noch kennen lernen‹, und kaute anstelle eines Grußes nur ironisch lächelnd auf meinem Kaugummi herum.

Wenn ein Wasserrohr einfriert, kann man nur hoffen und beten, dass es nicht platzt. Genau das tat ich, als ich gerade nach einem langen Arbeitstag nach Hause gekommen war und duschen wollte. Das Geräusch aus dem Wasserhahn klang wie ein bedrohlicher Ruf aus dem Jenseits. Ich wusste, dass die Angelegenheit nicht sofort zu beheben war, zog meinen Bademantel über und machte es mir erst einmal gemütlich. Es was ein chaotischer Tag gewesen: Wenn es in Barcelona schneit, sind die Leute zwar weniger hektisch, aber dennoch mit dem Auto unterwegs. Fahren ist unmöglich, und man muss geduldig warten, bis sich die vielen Staus wieder auflösen. Anfangs überwiegt noch die Freude, und die Verkäuferinnen kommen mit ausgestreckten Händen aus den Geschäften gelaufen. Später, wenn das Ganze anhält, breitet sich Missmut aus, es gibt Hupkonzerte, Verspätungen, und die Fußgänger entdecken, dass ihr Schuhwerk der Feuchtigkeit nicht standhält. Ich schenkte mir einen Chinchón ein und legte eine Klassik-CD auf. Sie hatte Hugo gehört, aber die CDs hatte ich mitgenommen. Pepes Sammlung hingegen hatte ich zurückgelassen, Heavy Metal und afrikanische Folklore waren nichts für meinen Geschmack. Die einzige Volksmusik, die ich ertrug, war Irish Folk. Nachdem ich eine Weile damit gekämpft hatte, den Kamin anzufachen, setzte ich mich hin und begann zu lesen. Das Zimmer war völlig verqualmt, die Geranien waren tot und die Wasserrohre am Platzen, aber hatte ich das Haus nicht deshalb ausgesucht, um solche Augenblicke zu genießen? Ein gutes kriminalistisches Buch, Chopins Klavierkonzerte, die Einsamkeit, die Nachtstille… Plötzlich klingelte das Telefon. Es war der Comisario. Ich war überrascht, denn er rief mich nie zu Hause an. Noch überraschender war seine förmliche Ausdrucksweise.

»Sie müssten sich persönlich im Kommissariat einfinden, Petra. Wir haben einen Einsatz für Sie.«

Eigentlich war ich so direkte Anordnungen nicht gewöhnt und wusste nicht, was zum Teufel ich sagen sollte. Der Comisario bemerkte meine Verwirrung und rief aus:

»Ich weiß schon, dass es nach zehn ist.«

»Das ist nicht das Problem, bin schon unterwegs.«

Der Arme glaubte bestimmt, irgendeine Familienidylle mit Ehemann vor dem Fernseher oder mit dem kleinen Sohn bei den Mathematikhausaufgaben gestört zu haben. Keiner im Kommissariat wusste etwas über mein Privatleben. Das schien mir wichtig, damit nicht der allgemeine Respekt verloren ging. Ich hatte ein paar Mal Kolleginnen zugehört, wie sie ihren Kindermädchen vor allen anderen am Telefon Tipps gegeben hatten: »Gib ein wenig Reis ins Fläschchen, ihre Verdauung ist etwas träge.« Einen männlichen Kollegen hatte ich noch nie dabei erwischt, wie er zu Hause anrief und um den Speiseplan der Kinder besorgt war. Und so weit waren wir noch nicht, dass eine Frau ohne Konsequenzen gewisse Schwächen zeigen konnte.

»Ich bin so schnell ich kann da, keine Sorge.«

Wahrscheinlich hatten meine Vorgesetzten geglaubt, mir einen Gefallen zu tun. Eingebunden in einen Arbeitsrhythmus, der keinen Außendienst verlangte, mit festen Arbeitszeiten, verschont von Verbrechen und ihrer Hässlichkeit. Ein guter Posten für eine Frau.

Ich zog mich wieder an und schnappte meinen mit Pelz gefütterten Popelinmantel. Die Straßen waren schmutzig und voller Pfützen, und an den Bordsteinen zeichneten sich hässliche Reifenspuren ab. Jetzt fiel schon mehr Regen als Schnee und nur auf den zwei, drei Bäumen am Straßenrand türmte er sich noch weiß glänzend und magisch. Eine Nacht wie geschaffen, um Chopin zu hören.

Im Kommissariat war es still.

»Inspector González hatte einen Skiunfall. Ich möchte, dass Sie ihn vertreten, solange er krankgeschrieben ist.«

Das erklärte den Anruf, aber nicht die Rücksichtslosigkeit, die Übertragung der Verantwortlichkeiten zu so unpassender Zeit durchzuführen. Aber es fiel mir nicht mal ein, nachzufragen.

»Wenn Sie einen Augenblick hier warten, stelle ich Ihnen Subinspector Garzón vor, mit dem Sie zusammenarbeiten werden. Ich meine, er wird unter Ihrer Leitung stehen.«

Das war es also, was der Comisario sagen wollte. Gut, dass er es so präzisierte, denn meinen Titel verdankte ich meiner Ausbildung, hatte aber noch nie jemanden unter meiner Führung gehabt.

»Subinspector Garzón ist gerade aus Salamanca eingetroffen. Ein sehr angenehmer Mann.«

Ich nickte und dachte, dieser Garzón ist bestimmt ein Grünschnabel, dem sie Manieren beibringen wollen. Jedenfalls war mir immer noch nicht klar, warum sie mich hatten herkommen lassen. Um im imperialen Stile dringend Vorstellungen und Ernennungen zu tätigen? Möglich, der Comisario war bekannt für seine redselige Feierlichkeit.

»Er ist ein energischer Mann, der Sie gut unterstützen wird. Er hat viel Erfahrung im Außendienst.«

Die Grünschnabel-Theorie fiel in sich zusammen. Der Comisario stand auf und brüllte in völlig veränderter Tonlage zur Tür hinaus:

»López, sagen Sie Garzón, er soll kommen!«

Im Flur antwortete niemand. Der Comisario wurde ungeduldig:

»Aber, wo verdammt… López!!!«

Während ich darüber nachdachte, wie schnell ein Diplomatenimage zusammenbrechen kann, erschien ein Beamter der Policia Nacional mit erschrockenem Gesicht und grüßte militärisch. Der Comisario wiederholte verstimmt seinen Befehl. Dann drehte er sich wieder lächelnd mir zu:

»Das ist eine schwierige Nacht heute, auch wenn es nicht so wirkt.«

Schließlich kam Garzón herein. Mir schoss durch den Kopf: Der braucht wohl eher ein Bruchband oder ein anderes orthopädisches Hilfsmittel. Wirkt nicht gerade sehr energisch. Vermutlich sechzig, zumindest Ende fünfzig. Mit dem Alter hatte ich mich geirrt, aber es war trotzdem sehr klug gewesen, mir keine Hoffnungen zu machen. Er ging bestimmt bald in Pension. Er war sehr grau, hatte einen dicken Bauch und sah unbeholfen aus. Und er reichte mir so zögerlich die Hand, als hätten wir uns wie Kinder geschlagen und wären jetzt verpflichtet, wieder Frieden zu schließen.

»Darf ich Ihnen Petra Delicado vorstellen, unser intellektuelles Juwel. Seit sie im Archiv arbeitet, ist alles perfekt datiert und organisiert. Sie hat Eingaben gemacht, und jetzt beziehen wir ausländische Zeitschriften und Bücher, die von der UNO, der UNESCO, von Interpol und dem FBI herausgegeben werden.«

»Mm …«, brummte Garzón.

»Und das ist Fermín Garzón, ein erfahrener Mann, der zuverlässig arbeitet. Sie werden sich schon verstehen.«

Auch ich sagte »Mm …«. Obwohl der Anblick seiner Hand das Gegenteil erwarten ließ, war sie warm, trocken und kräftig. Wir schwiegen beide.

»Sie können sich bestimmt denken, dass ich Sie um diese Zeit nicht nur deswegen aus dem Haus geholt habe.« Der Comisario legte endlich seine Karten auf den Tisch. »Es ist so: Ich möchte, dass Sie sich um einen Vergewaltigungsfall kümmern. Das Opfer hat schon eine erste Aussage gemacht, muss aber noch einmal befragt werden.«

Garzón und ich nickten wie zwei synchron geschaltete Automaten.

»Subinspector Garzón hatte schon Gelegenheit, die Akte einzusehen, und wird Sie über die Sachlage aufklären. Danach empfehle ich Ihnen, zusammen ein Bier trinken zu gehen, um sich kennen zu lernen.«

Das war neu. Seit wann kümmerte sich Comisario Coronas um die Biere in unserer Freizeit? Das gefiel mir nicht. Ich könnte schwören, Garzón auch nicht. Er warf mir einen schrägen Blick zu und zog eine Grimasse, die ihn wie ein alter Flaschenkorken aussehen ließ, der sich nur schwer herausziehen lässt.

Als wir im Flur standen, wusste ich nicht, was ich zu meinem neuen Kollegen hätte sagen können. Glücklicherweise begann er zu reden.

»Gut: der Fall ist schnell erklärt. Ein siebzehnjähriges Mädchen ist Opfer einer Vergewaltigung geworden. Sie wollte ihre Mutter abholen, die in einem Altenheim als Köchin arbeitet. Auf der Straße sprach sie ein junger Mann an. Er setze ihr ein Messer an den Hals und zwang sie in einen Hauseingang.«

»Hat er sie misshandelt?«

»In gewisser Weise, obwohl sie nur eine Wunde auf dem Arm hat. Sie werden schon sehen.«

»War es eine normale Vergewaltigung?«

»Nur Penetration.«

»Würde das Mädchen den Jungen wieder erkennen?«

»Warum gehen wir nicht rein und fragen sie?«

Er war nicht sehr gesprächig, oder es war ihm unangenehm, Details zu erläutern, für die keine dringende Notwendigkeit bestand. Das schien eigentlich ein viel versprechendes Zeichen. Ich schätze die Neigung zu unnötigem Gerede bei der Arbeit, oder die Angewohnheit, tausendmal dieselben Ideen aus unterschiedlichen Blickwinkeln zu betrachten, nicht besonders. Unser Anfang war nicht schlecht.

In einem kalten Amtszimmer erwarteten uns das Opfer und seine Mutter, eine ziemlich erbärmliche Frau in abgetragener Kleidung, die sich die ganze Zeit die Augen abtupfte. Das Mädchen war blass und wirkte hilflos wie eine Labormaus. Sie saß mit hängenden Schultern da und starrte zu Boden. Die beiden wirkten, als ob zwischen ihnen nicht die geringste Beziehung bestand.

»Meine Tochter hat nichts getan«, erklärte die Frau gleich bei unserem Eintreten. »Sie hat es nicht provoziert.«

»Setzen Sie sich bitte.«

Ich blätterte im Protokoll, sah das Mädchen an und fragte:

»Hast du sein Gesicht gesehen?«

»Nein.«

»Hatte er eine Maske auf?«

»Eine Mütze, es waren nur die Augen zu sehen.«

»Und welche Farbe hatten sie?«

»Weiß ich nicht. Er war groß und schlank, mehr weiß ich nicht.«

»Hat er mit dir geredet?«

»Er sagte, wenn ich nicht still halte, bringt er mich um.«

»Hatte er irgendeinen Akzent, etwas Besonderes?«

»Weiß ich nicht, er hatte diese Mütze vor dem Mund, und er hat geflüstert.«

»Wartest du immer an derselben Stelle auf deine Mutter?«

Die Mutter mischte sich ein: »Sie holt mich nicht jeden Tag ab. Ich will nicht, dass sie um diese Zeit allein unterwegs ist, aber sie wollte es unbedingt.«

Ich sah sie nicht einmal an und wandte mich weiter an das Opfer.

»Hast du jemandem erzählt, dass du sie heute Abend abholen wirst?«

Wieder antwortete die Mutter.

»Warum sollte sie jemandem etwas erzählen? Sie ist ein pflichtbewusstes Mädchen, es ist nur so, dass ich arbeiten gehen muss, weil mein Mann gestorben ist, verstehen Sie? Aber sie hat dieses Schwein nicht provoziert und sie ist sonst um diese Zeit auch nicht auf der Straße.«

Ich stand auf und hob die Stimme.

»Wenn Sie nicht aufhören zu unterbrechen, werde ich Sie rausschicken, Señora.«

Sie presste die Lippen zusammen und murmelte etwas, das ich nicht verstand. Dann hörte ich mich sagen: »Warten Sie draußen!«

Meine Heftigkeit überraschte mich selbst, aber ich hätte diese Gorgo auch nicht länger ertragen. Mein neuer Kollege saß noch immer unbeweglich und mit offenem Mund neben mir. Die Mutter zog ein überhebliches Gesicht und fuhr ihrer Tochter beim Hinausgehen flüchtig über den Arm. Dann konzentrierte ich mich auf den Verband etwas oberhalb ihres Handgelenks.

»Hat das der Vergewaltiger getan?«

»Ja«, sagte sie.

»Ein Schnitt?«

»Nein. Er wollte schon weg, und ich habe gedacht, dass er mir nichts weiter tun würde, als er plötzlich seinen Arm fest auf den meinen drückte, und ich einen stechenden Schmerz spürte.«

»Können wir die Wunde sehen?«

Sie war einen Moment lang verblüfft. Der Arzt hatte sie gerade erst verbunden. Subinspector Garzón ergriff zum ersten Mal das Wort.

»Es gibt einen Bericht und Fotos vom Gerichtsmediziner. Wenn wir die Wunde sehen wollen, müssen wir ihr den Verband wieder abnehmen.«

»Ist egal, ich will sie mit eigenen Augen sehen, danach kann sie noch mal zum Verbinden in die Ambulanz.«

Ich wartete nicht auf seine Zustimmung, schließlich hatte ich hier die Leitung. Langsam und in absoluter Stille wickelte ich den Verband ab.

»Das ist ja interessant«, entfuhr es mir.

Es war eine ziemlich merkwürdige, eher oberflächliche Wunde in eigenwilliger Form, die nicht nach einer Kratzwunde oder einem Schnitt aussah. Es war ein perfekter Kreis aus winzigen Stichen, einer neben dem anderen.

»Haben Sie das gesehen, Garzón?«

Er kam näher und sah mir über die Schulter. Ich spürte die Berührung und Wärme seines mächtigen Bauches.

»So was habe ich noch nie gesehen«, sagte er.

»Hast du gesehen, wie er das gemacht hat, oder ob er etwas in der Hand hatte?«

»Ich weiß nur, dass er näher kam, aber gesehen habe ich nichts.«

»Wie hat er sich bewegt?«

»Er hat nur zugedrückt.«

»Hat er mit dir gesprochen, hat er etwas gesagt?«

»Fast nichts.«

»Er hat geflüstert?«

»Als würde er mit flüsternder Stimme schreien.«

»Würdest du sagen, dass er sie verstellt hat, damit du ihn nicht wieder erkennst?«

»Ich weiß nicht.«

Ich überlegte. Das regungslose Gesicht des Mädchens half mir nicht gerade, einen bestimmten Weg einzuschlagen.

»Hattest du den Eindruck, dass du ihn kennst?«

»Ich habe doch schon gesagt, dass ich ihn nicht gesehen habe.«

»Ich weiß, aber er kann eine Bewegung gemacht haben, sein Gang…«

»Nein.«

»Nichts, was dir vertraut erschien, nicht einmal ein Verdacht?«

»Nein.«

Ich seufzte.

»Wartest du immer an derselben Stelle auf deine Mutter?«

»Ja.«

»Immer zur gleichen Zeit?«

»Ja.«

»Sind um diese Zeit noch viele Leute unterwegs?«

»Nur wenige.«

»Hast du irgendwann einmal einen verdächtigen Mann gesehen? Jemanden, der dich beobachtet hat oder dir öfter über den Weg gelaufen ist?«

»Nein.«

»Bist du irgendwie zerstreut? Ich meine, könnte es sein, dass dir jeden Tag ein Typ gefolgt ist, und du es nicht bemerkt hast?«

»Vielleicht.«

»War der Mann nervös, als er dich überfiel?«

»Es wirkte nicht so.«

»Hattest du Angst oder den Eindruck, dass er dich umbringen könnte?«

»Ja. Er wirkte sehr sicher, er meinte es ernst.«

Ich sah ihr in die Augen.

»Hat er was davon gehabt, als er dich vergewaltigte? Verstehst du, was ich meine? Ich will wissen, ob er erregt war, ob er stöhnte, oder ob es nur wie ein Zwang wirkte.«

Angeekelt sah sie mich an. Vielleicht glaubte sie, dass mich all das amüsierte, dass ich schlicht perverse Neugier hegte.

»Ich habe Ihnen doch schon gesagt, dass er kalt und ruhig war.«

Sie war ebenfalls kalt. Ihre Antworten waren emotionslos, und es war offensichtlich, was sie dachte. Meine Fragen waren sinnlos, es war ein nutzloses Verhör. Sie wollte nur endlich gehen.

»Ist gut. Geh zurück zum Doktor, er wird dir den Arm wieder verbinden.«

Sie stand langsam auf, wobei sie den verletzten Arm mit dem anderen stützte und die Mullbinde hinter sich her schleifte. Gebeugt und blass ging sie hinaus. Als sie an Garzón vorbeikam, lächelte er sie unbeholfen an und sagte: »Mach dir keine Sorgen, wir werden den Scheißkerl schon finden.«

»Ist mir egal«, antwortete das Mädchen mit ausdruckslosem mattem Blick.

Wir gingen auf den Flur hinaus. Die Mutter des Opfers stand sofort auf und wandte sich ostentativ an Garzón:

»Können wir jetzt gehen?«

»Ja, Señora, ein Streifenwagen wird Sie nach Hause bringen.«

Sie ging ganz nahe an mir vorbei und warf mir einen wütenden, verächtlichen Blick zu. Ich glaubte, sie würde mich jeden Moment anspucken, aber sie hielt sich zurück.

»Aber hallo, ich habe ihr wohl nicht besonders gefallen«, sagte ich zu meinem Kollegen.

»Na ja, eine Vergewaltigung ist etwas sehr Schwerwiegendes, und es handelt sich um ihre Tochter, verstehen Sie?«

»Glauben Sie, ich war zu hart?«

Als ob ich in ein Wespennest getreten wäre.

»Ob ich glaube …? Gott bewahre mich davor, eine Meinung zu haben. Habe ich etwa die Leitung?!«

Das war es also. Wahrscheinlich fand es Subinspector Garzón erniedrigend, unter weiblicher Leitung zu arbeiten. Hugo, mein erster und ein außergewöhnlich intelligenter Mann, sagte immer: »Stell dich auf den schlimmsten Allgemeinplatz, die gewöhnlichste Plattitüde ein, und genau das wirst du hören, der hochnäsige Engländer und der Franzose mit dem Baguette unterm Arm, das ist das Drehbuch des Lebens.« Es schien zu stimmen.

»Gehen wir jetzt ein Bier trinken?«, fragte Garzón.

Offensichtlich beabsichtigte er, den Vorschlag des Comisario wortwörtlich zu befolgen, obwohl er keine Lust dazu hatte. Wir gingen in die Kneipe La jarra de oro, eine Art Zweigstelle des Kommissariats, die nie vor drei Uhr nachts schloss.

»Sie auch ein Bier?«

»Ja«, murmelte ich. »Wo fangen wir an?«

»Ich werde morgen das Viertel durchkämmen und mir die aktenkundigen Gauner vornehmen, die vorübergehend auf freiem Fuß sind oder wegen Sexualstraftaten einsitzen. Nachmittags treffen wir uns dann, und ich berichte Ihnen, ob es einen möglichen Tatverdächtigen gibt.«

»In diesem Stadtteil, in Trinitat, da ist doch auch die Jugendstrafanstalt.«

»Da werden wir auch hin müssen.«

Die Kneipenbesitzerin brachte uns trällernd die Biere. Mir fiel nichts ein, worüber wir reden könnten, aber hier saßen wir, um uns kennen zu lernen. Schließlich entfuhr mir das Allerdümmste.

»Wie gefällt es Ihnen in Barcelona?«

»Gut«, antwortete er. Und damit schien der Ausflug in die Höflichkeit bereits zu Ende zu sein, aber nach einer kurzen Pause fügte er hinzu: »Schade, dass so viele Leute Katalanisch sprechen.«

»Verstehen Sie es nicht?«

»Nein.«

»Vielleicht sollten Sie einen Sprachkurs machen.«

»In meinem Alter will ich nicht mehr in die Lehre gehen. Es ist ein schlechtes und gleichzeitig ein gutes Alter. Dir wird klar, dass du sehr wenig weißt, aber auch, dass du keine Lust hast, etwas Neues zu lernen.«

Vielleicht war mein neuer Kollege gar nicht so konventionell und hatte ein Faible für Philosophie.

»Jedes Alter ist schlecht«, wagte ich mich zum Kernpunkt vor.

»Haben Sie mal diesen italienischen Unternehmer gesehen, der Autos produziert?«, fragte er plötzlich.

»Agnelli?«

»Ja, diesem Typen ist es egal, ob er jung oder alt ist, er trägt Seidenhemden, ist braun gebrannt und sieht gesund aus. Ich nehme an, dem ist es auch egal, ob er was dazulernt oder nicht.«

»Der wird auch seine Probleme haben.«

Verblüfft über das Ausmaß meiner Beschränktheit und Vulgarität sah er mich an.

»Ja. Entschuldigen Sie, ich muss jetzt gehen. Wir sehen uns morgen. Ich glaube nicht, dass ich die vorhin erwähnten Infos vor sieben Uhr haben werde. Ich arbeite noch für die Guardia Civil in einem Schmuggelfall.«

»Drogen?«

»Zigaretten. So was gibts jetzt auch.«

Mit hochgeschlagenem Parkakragen verließ er die Kneipe. Er hatte mich das Bier nicht bezahlen lassen. Agnellis Hemden. Es war etwas verwirrend, ich konnte mir noch kein genaues Bild von diesem Mann machen. Zu meinem Ärger sprang mein Auto nicht an. Es war spät und kalt. Es hatte zu regnen oder zu schneien aufgehört. Kein Lüftchen regte sich, als hätte die Kälte alles Leben eingefroren. Ich ging in den Garten hinter meinem Haus, der wie eine Süßigkeit bestäubt war. Eine heiße Dusche wäre jetzt das Richtige gewesen, oder Chopin hören. Besser, gleich schlafen zu gehen. Nach dem leeren Blick des vergewaltigten Mädchens bei den Worten »Ist mir egal« und dem schrecklichen Mal auf ihrem Arm hätte ich diese wunderbare Musik nicht genießen können.

# 2

Hugos Anruf überraschte mich, und als ich mein spontanes Misstrauen überwunden hatte, freute ich mich sogar darüber. Seit unserer Scheidung telefonierten wir immer seltener. Diese Telefonate waren rein praktischer oder gerichtlicher Natur gewesen: Die Scheidungsformalitäten und die Auflösung der gemeinsamen Güter. Und sie waren heftig oder ironisch oder kalt ausgegangen. Hugo sah sich selbst immer als verlassenen Ehemann, und mich hielt er für leichtfertig und verrückt. Ich hatte, ohne darüber nachzudenken, meine guten Chancen im Berufs- und Privatleben über Bord geworfen. Diesmal überraschte mich sein höflicher, fast heiterer Tonfall. Er wollte unseren letzten gemeinsamen Besitz, einen Parkplatz in Ganduxer, verkaufen und brauchte dafür mein Einverständnis und meine Unterschrift. Ich dachte, diese überraschende Zusatzeinnahme sei fantastisch und gab ihm freie Hand. Dann schlug er ganz unvermittelt vor, die Angelegenheit bei einer Tasse Tee zu besprechen. Unglaublich, dazu war er noch nie bereit gewesen. Ich beneidete diese zivilisierten Paare, die sich nach der Trennung treffen und unbeschwert plaudern können. Aber für ihn hatte ein Treffen bei einer Tasse Tee immer einen zu starken Anstrich von Versöhnung gehabt. Heiße Getränke waren sehr symbolträchtig. Deswegen hatten wir uns immer in Anwaltskanzleien, Gerichtsgebäuden und an anderen Orten getroffen, die keineswegs zur Unterhaltung anregten. Diesmal war es anders, und ich fragte mich warum.

»Mir kommt das Geld gelegen«, sagte ich.

»Ich vermute, eine Polizistin verdient gerade mal genug zum Leben.«

»Ich komm schon zurecht.«

»Als Anwältin bist du sicher besser zurechtgekommen.«

»Ich habe mir gerade ein Haus gekauft, deshalb kommt mir das Geld sehr gelegen.«

»Kann ich mir vorstellen.«

Mit seinen einsilbigen Kommentaren wollte er mir vermitteln, dass meine Investition seiner Meinung nach ziemlich töricht gewesen sei. Wenn die Verabredung mit solchen Spitzen gewürzt war, dann war es besser, sich bei einem Notar zu treffen und gleich nach Erledigung der Transaktion zu flüchten. Aber irgendetwas hielt mich davon ab, mich ständig mit ihm anzulegen. Vielleicht mein Schuldgefühl, vielleicht das Eingeständnis, dass er im Grunde Recht hatte, wenn er ständig meine Leichtfertigkeit betonte. In unserer Ehe hatten wir lautstarke Diskussionen ausgefochten. Nach der Trennung hatte sich mein Zorn verflüchtigt und seiner war in Ironie umgekippt, die mit zu viel Hass geschwängert war, um mich zu treffen.

Hugo sah gepflegt und müde aus, als sei er gerade nach schwerer Krankheit von einer Kur zurück. Das Älterwerden schmeichelte ihm, seine grauen Schläfen, seine sorgfältige Art, sich zu kleiden. Wenn die Zeit der Blüte vorbei war, taten Erfahrung und Geld ein Übriges. Agnellis Hemden, wie Garzón gesagt hatte. Ich hatte mich mit Hugo im La jarra de oro verabredet, wo sich sein prächtiges Aussehen von den schlichten, Bier trinkenden Arbeitern abhob. Wie immer zu Beginn einer seiner Vorstellungen hob er die Augen zum Himmel. Seine komödiantischen Züge hatte er mit dem Älterwerden nicht abgelegt. Gut, ich würde mir wie immer bescheiden und zurückhaltend alles anhören, was er zu sagen hatte. Nicht mal im Scherz würde ich ihn an den neuen Entscheidungen meiner häuslichen Existenz und den Geranien im Garten teilhaben lassen. Er hielt mich für undankbar, und so verhielt ich mich auch.

Als wir uns gesetzt hatten, ließ er den Blick über die Decke schweifen, als würde sie das ganze moralische Elend der Kneipe repräsentieren, und auch den Kellner, der auf seiner Schürze die Landkarte des Tagesmenüs zur Schau stellte, betrachtete er geringschätzig.

»Bringen Sie uns zwei Tassen Tee.«

Er hatte wie immer für mich mitbestellt.

»Ich trinke jetzt nur noch Tee«, gestand er mir. »Der Kaffee hat mich fast umgebracht. Du weißt ja, dass ich nach deinem Weggang ein böses Magengeschwür hatte, das nur langsam ausheilte. Ich bin zwar wieder hergestellt, aber lieber vorsichtig.«

Das Geschwür erwähnte er immer, auch in den Telefonaten. Unsere Trennung, die er hartnäckig »meinen Weggang« nannte, zählte schon seit sieben Jahren zur grauen Vorzeit, aber mit diesem Geschwür war es wie mit den Stigmata Jesu. Es hinterließ eine unauslöschliche Spur, die mit der Zeit verehrungswürdig wurde. Und ich war die Ursache seines Leidens. Mit einer spitzen Lanze bewaffnet hatte ich solange in seinen Eingeweiden herumgestochert, bis sie bluteten. Er holte die Papiere hervor und reichte sie mir.

»Das in dem grünen Ordner sind die Verkaufsbedingungen, ich hoffe, du bist damit einverstanden. Nur die im grünen Ordner, in den anderen gehts um finanzielle Details, um die kümmere ich mich.«

Dieses ostentative Wohlgefallen an dem grünen Papier sollte meine Unfähigkeit, praktische und organisatorische Fragen zu handhaben, deutlich machen. Sein Gesprächsstil war so gefährlich wie ein Minenfeld, aber ich benutzte schon seit langem einen Detektor.

»Ich sehe keinerlei Schwierigkeiten. Der Preis scheint mir angemessen, ist alles in Ordnung.«

»Du musst mir die Vollmacht unterschreiben. Und wenn der Verkauf abgeschlossen ist, wirst du zum Notar kommen müssen.«

Der Kellner kam. Hugo prüfte die Marke auf dem Etikett des Teebeutels.

»Frühstückst du etwa jeden Tag hier?«

In seiner Stimme schwangen Kritik und Widerwille mit.

»Frühstücken, na ja... Ich treffe mich hier mit Kollegen, wir trinken ein Bier oder einen Kaffee. Diese Kneipe ist wie eine Zweigstelle des Kommissariats.«

Er blickte sich um.

»Das heißt, wir sind von lauter Bullen umgeben?«

»Möglich.«

Wenn er jetzt anfing, sich über die Verkommenheit auszulassen, die seiner Meinung nach in Polizeikreisen vorherrsche, dann war es das übliche Schema unserer seltenen Treffen: Das Geschwür, das Geld und mein Abstieg, weil ich zur Polizei gegangen war. Also unterbrach ich ihn.

»Hast du etwas von den Gálvez gehört?«, improvisierte ich.

Er sah mich an, als sei ich völlig übergeschnappt.

»Von den Gálvez? Nein. Es ist nicht mehr so wie damals, als wir noch zusammen waren, Petra, ich habe geglaubt, das sei dir klar. Ich habe andere Freunde, mein Leben hat sich verändert... Ich glaube nicht, dass dich das interessiert. Aber so viel ist sicher: Nächsten Monat werde ich wieder heiraten.«

Damit hatte er mich wirklich überrascht. In einer wenig natürlichen Geste hob ich beide Hände.

»Sag nur! Das freut mich sehr, Hugo, das kannst du mir glauben.«

»Seit unserer Trennung sind sieben Jahre vergangen, ich glaube nicht, dass diese Nachricht noch Grund zur Trauer oder Freude für dich sein dürfte.«

Sein Lächeln wurde breiter. Ich trank einen Schluck Tee und verbrannte mir die Zunge.

»Wie auch immer, ich wünsche dir alles Gute.«

»Sie ist Anwältin.«

»Ich dachte, diesmal wechselst du den Beruf.«

»Sie wird nicht zur Polizei gehen, das versichere ich dir.«

Ich lächelte. Hugo warf mir nicht nur vor, ihn verlassen, sondern auch, meine Position in unserer etablierten Anwaltskanzlei aufgegeben zu haben. Ein Wahnsinn. Seiner Meinung nach hatte dies meine sowieso geringe Fähigkeit, ein ausgewogenes Leben zu führen, endgültig zerstört. Verändern, verschleudern … »Einige Menschen haben die Gabe, alles zu zerstören, was es noch an Gutem gibt.« Seine Sätze hallten noch lange in meinem Kopf nach und peinigten mich. Ich hatte das dringende Bedürfnis, sofort zu verschwinden.

»Ich glaube, ich muss jetzt gehen.«

»Ein bisschen spät, dass du dich um mein Glück sorgst.«

Ich lächelte erneut wie ein Dummkopf. Jetzt fing er gleich an, mein Leben zu kommentieren und eine Fehlentscheidung nach der anderen aufzulisten: Eine verschmähte respektable Arbeit, eine kaputte standesgemäße Beziehung, eine absurde zweite Ehe mit einem viel jüngeren Mann, die auch kaputt gegangen war …

»Ich muss wirklich gehen.«

Er trank seinen Tee aus. Am Tresen entdeckte ich Subinspector Garzón. Ich fragte mich, seit wann er schon dort stand. Mir blieb nichts anderes übrig, als die beiden einander vorzustellen.

»Subinspector Garzón arbeitet mit mir zusammen.«

»In einem Fall«, stellte er klar.

Hugo hielt ihm eine schlaffe Hand hin und sah mich mitleidig an. So weit hatte ich es also gebracht. Ich hatte die Zuverlässigkeit eines trauten Heimes gegen die Gesellschaft obskurer Bullen mit Wampe in gestreiftem Hemd eingetauscht. Erhobenen Hauptes und verächtlichen Blicks zog er ab, und ich blieb heruntergeputzt mit Garzón zurück. Als Versuch, mich wieder in meine professionelle Rolle einzufinden, bestellte ich noch einen Tee.

»Haben Sie etwas herausbekommen?«

»Nichts. Ich bin durch das Viertel spaziert, hab herumgefragt… Niemand hat etwas gesehen, es gibt nicht den kleinsten Hinweis.«

»Haben Sie mit der Jugendstrafanstalt gesprochen?«

»Aber nicht viel rausgekriegt. Ich glaube eigentlich nicht, dass es ein Gewohnheitstäter ist.«

»Dann müssen wir dem Direktor einen Besuch abstatten, um herauszufinden, ob es einer der Häftlinge sein kann.«

»Also, ich…«

»Meinen Sie, wir sollten diese Spur nicht verfolgen?«

»Ich sagte ja schon, ich…«

Wenn der Subinspector weiterhin passiven Widerstand gegen meine Vorschläge leistete, musste ich ihn zur Räson rufen. Natürlich konnte ich ihn auch im Guten gewinnen. Ich versuchte es, wobei ich gegen eine meiner goldenen Regeln zu Berufs- und Privatleben verstieß:

»Wissen Sie, wer dieser Mann ist, den ich Ihnen gerade vorgestellt habe?«

In seinem Blick flackerte kurz Überraschung auf, die er sofort kaschierte. Dann war da wieder nur sein Misstrauen.

»Nein. Wenn Sie es mir nicht sagen…«

»Das ist mein erster Ex-Mann. Und glauben Sie nicht, dass ich mich in meiner Bezeichnung irre. Ich habe zwei Ex-Ehemänner, und dieser war der erste.«

Ich lachte gezwungen. Zumindest hatte ich ihn aus der Reserve gelockt. Sein Kiefer entspannte sich etwas und in seinen Pupillen blitzte ein Funken Neugier auf.

»Aha«, bemerkte er ungerührt. »Nun, ich bin Gott sei Dank Witwer.«

»Gott sei Dank?«

Er machte eine linkische Bewegung.

»Ich meine, ich musste mich glücklicherweise nicht von meiner Frau scheiden lassen, wir lebten bis zu ihrem Tod zusammen.«

Das klang wie eine versteckte Kritik. Ich ärgerte mich. Mein Bemühen, sensibel zu sein, war vergeblich. Musste ich mir eigentlich immer Vorwürfe anhören? Ich schüttete meinen Tee in einem Zug hinunter und sah ihn hinterhältig an.

»Mal was anderes, Garzón. Haben Sie eine Ahnung, warum dieser Fall ausgerechnet Ihnen und mir übertragen wurde?«

Er war völlig überrumpelt, und ich holte zum nächsten Schlag aus.

»Nun, wenn Sie es nicht wissen, werde ich es Ihnen sagen: Er wurde uns übertragen, weil sie sonst niemanden haben, so einfach ist das. Ich habe es heute Morgen erfahren. Die anderen Kollegen bereiten eine ziemlich komplizierte Operation vor, irgendwas mit Drogen. Eine dieser Geschichten mit Fotos von viel sichergestelltem Material in der Zeitung.«

Das schien gesessen zu haben, aber er wand sich noch.

»Wenn sie momentan nicht Personalmangel hätten und nur ungern Leute aus anderen Kommissariaten abziehen würden, dann hätten sie uns dort gelassen, wo wir genug zu tun hatten: Mich im Archiv und Sie bei Ihrem Schmuggelfall. Ich glaube nicht, dass die für eine so verantwortungsvolle Arbeit genug Vertrauen zu uns haben. Schließlich sind Sie schon fast Pensionär, und ich bin nur eine Frau.«

Meine Boshaftigkeit ließ ihn wirklich blass werden.

»Ich habe noch ein bisschen Zeit bis zu meiner Pensionierung, aber wie dem auch sei, ich befolge Anordnungen immer, ohne nachzufragen.«

»Das ist ja wunderbar für mich. Deshalb fangen wir jetzt sofort an, etwas Nützliches zu tun. Gehen Sie los und besorgen Sie einen Wagen, mit dem wir zur Jugendvollzugsanstalt fahren können. Ich nehme an, der Direktor wird uns empfangen.«

Ich war begeistert von meinem kastrierenden Stil. Die Waffenruhe war zu Ende. Wenn Garzón ein Pinguin war, der in seiner Umgebung keine Eisberge duldete, würde ich so hart sein, wie eine Frau in dieser Position nur sein konnte. Schließlich wurde ich nicht dafür bezahlt, Samthandschuhe zu tragen. Offensichtlich war ich im Archiv, wo mich die Sekretärinnen immer anlächelten, weit gehend von Vorurteilen verschont geblieben. Aber hier waren wir im wirklichen Leben, im offenen Gefecht. Traditionsbewusste Polizisten, Verbrecher, Vergewaltiger… Sollte jemandem einfallen, harmlos einen Guten Tag zu wünschen, wurde erst einmal die Peitsche geschwungen.

Der Verkehr war wie gewöhnlich dicht und zähflüssig, wir standen an Ampeln, ertrugen Hupkonzerte, aber Garzón saß so ungerührt am Steuer wie der Chauffeur eines Leichenwagens. Der Direktor der Jugendvollzugsanstalt war eine Frau um die Fünfzig, elegant in ein Cheviot-Kostüm gehüllt, dezenter Schmuck… Als ich ihr den Grund unseres Besuches erläuterte, lächelte sie verkrampft.

»Natürlich haben wir hier Jungs, die bei irgend einer Sexualstraftat erwischt wurden, ist doch klar. Sie werden doch nicht alle befragen wollen…«

»Wir dachten an die, die Hafturlaub hatten, eine Ausgangserlaubnis …«

»Ich muss schon sagen, Inspectora, dass ich die Vorgehensweise der Polizei leid bin. Wenn in dieser Stadt eine junge Frau vergewaltigt wird, kommt sie immer als erstes hierher.«

»Und Sie finden das nicht normal?«

»Das hier ist ein Rehabilitationszentrum, man sollte meinen, dass wir diese Jungs wieder in die Gesellschaft eingliedern wollen, aber wenn Sie sie so eifrig weiterverfolgen …«

Ich war auf diese Reaktion nicht vorbereitet. Wenn ich nicht den Respekt meines Untergebenen verlieren wollte, musste ich Panzer und Waffen auffahren.

»Ich verstehe, was Sie meinen, aber Sie haben auch nicht die Leitung der ›Stadt der Kinder‹, hier sitzen Verbrecher ein, und ich möchte Sie daran erinnern, dass die Vergewaltigung hier, in diesem Viertel stattgefunden hat.«

Garzón nickte schweigend zu dem sich unerwartet heftig entwickelnden Wortwechsel. Die Direktorin zog ein feindseliges Gesicht, hob beschwichtigend die Hände und sagte einigermaßen beherrscht:

»Ist schon gut, ich werde mich der offiziellen Vorgehensweise nicht widersetzen und versuchen, etwas herauszubekommen. Um welches Datum, sagten Sie, handelt es sich?«

Als sie steif und mit leicht gerötetem Gesicht ging, flüsterte ich leise: »Ihre Jungs sind wohl Heilige.«

Mein Kollege blieb ungerührt und machte ein Gesicht klösterlicher Andacht. Vermutlich dachte er, wir Frauen neigen zu Hysterie und Schwesternmord. Eine Furie zu sein war nur eine Frage der Gewöhnung. Garzón verteidigte das seine, was auch immer das sein mochte, genauso wie die Direktorin mit echtem Sportsgeist ihre Schützlinge.

»Lauter Engelchen«, murmelte ich und zeigte deutlich meine miserable Laune.

Plötzlich erwiderte Garzón:

»Vielleicht sind sie auch nicht alle Teufel, einige werden sogar wieder eingegliedert.«

»Sie wissen doch, dass Schaum zerfällt, wenn man versucht, ihn anzufassen.«

Was bis zu diesem Augenblick nur eine gewisse Vorsicht mir gegenüber gewesen war, verwandelte sich allmählich in erbitterte Abneigung. Garzón verachtete mich. Die Direktorin kehrte zurück und seufzte.

»Also, mal sehen …«, sie stöberte in Listen und Blättern.

»Von den vorbestraften Sexualstraftätern hatte an diesem Tag nur einer Freigang, Jorge Valls. Aber ich bezweifle, dass er etwas damit zu tun hat. Dieser Junge verhält sich vorbildlich. Er ist seit einem Jahr bei uns und hat sich immer gut benommen. Er hat gelernt, mit Computern umzugehen, und hilft jeden Tag, die Küche zu putzen. Kein einziges Mal ungehorsam, nicht einmal Streit angefangen … Seit drei Monaten geben wir ihm gelegentlich am Wochenende Freigang. Ehrlich gesagt, glaube ich nicht …«

»Warum wurde er eingewiesen?«

»Laut den Psychologen ein merkwürdiger Fall, ungewöhnlich für sein Alter. Er hat auf Schulhöfen Mädchen aufgelauert und ihnen Pornos, Fotos von Nackten, Orgien, Gruppensex gezeigt …«

»Das ist ungewöhnlich für sein Alter?«, fragte Garzón.

Die Direktorin warf ihm einen leutseligen Blick zu.

»Man betrachtet das eher als eine Perversion von Erwachsenen. Besonders von Greisen, wage ich zu behaupten. Sie kompensieren ihre physische Unfähigkeit mit diesen indirekten

Praktiken. Die Jungen pflegen aktiv zu werden, einige masturbieren oder spielen den Exhibitionisten, aber dieser…« Sie blätterte weiter in ihren Papieren. »Nein, Jorge hat sich nicht exhibitioniert.«

»Das ist komisch. Worauf führen Sie das zurück?«

Die Direktorin schien erfreut zu sein, in Garzón einen höflichen und sensiblen Gesprächspartner gefunden zu haben. Er wollte mir demonstrieren, wie man Menschen behandelte, ohne sie zu brüskieren.

»Na ja, wir wissen nicht genau, worauf wir das zurückführen sollen. Die Psychologen sind bei ihren Analysen vorsichtig, manchmal braucht es Jahre, bis die Dinge ans Licht kommen. Aber er stammt aus einer schrecklichen Familie. Der Vater arbeitslos und Alkoholiker, die Mutter verschwindet monatelang ohne irgendeine Erklärung. Naja, ein Horror. Dieser Junge hat in einem moralisch desolaten Umfeld gelebt.«

»Dann ist also die Gesellschaft schuld«, bemerkte Garzón wie ein alter Linker.

Die Direktorin antwortete wie aus der Pistole geschossen: »Das ist sie immer.« Beide sahen sich in zufriedenem Einverständnis an und danach mich, als wäre ich eine arme Aussätzige.

Ich biss die Zähne zusammen und fragte:

»Zu welcher Zeit verließ er das Zentrum?«

»Von fünf bis elf.«

»Ich muss mit ihm reden.«

»Tut mir Leid, aber es gibt gleich Abendessen.«

»Nur einen Augenblick.«

Sie gab nach, was ihre Abneigung mir gegenüber noch verstärkte.

Der Speisesaal war so düster wie der ganze Ort. An den Wänden hingen Bilder und Fotos, die offensichtlich von den Einsitzenden in Handarbeit angefertigt worden waren: Hirtenlandschaften, Vögel. In einer Ecke stand eine vertrocknete Kiefer, an deren holzigen Ästen kleine Kunstperlen hingen. Ein sinnloser Versuch, keine Spur von Schönheit. Man atmete staubige Leere. Nach kurzer Zeit erschien Jorge Valls. Ein Junge mit durchdringenden Knopfaugen, ganz normal angezogen. Ich stellte mich vor. Er schien eingeschüchtert und schlug die Beine übereinander, wobei er eine Hand in der Hosentasche behielt.

»Man hat dir gesagt, wen wir suchen, nicht wahr?«

Er nickte.

»Dann kannst du uns vielleicht sagen, wo du an dem Tag zu besagter Zeit warst.«

»Ja, ich war zu Hause bei meiner Mutter.«

»Offensichtlich beträgst du dich sehr gut. Du hast gelernt, mit Computern umzugehen und suchst keinen Streit, tust, was von dir verlangt wird. Zumindest hier drin.«

»Draußen auch.«

»Sicher wirst du es manchmal satt haben, immer ein Heiliger zu sein.«

Er wurde rot und reckte unbehaglich den Hals.

»Ich war bei meiner Mutter, und wir haben ferngesehen.«

»Eine Mutter ist eine Mutter, vielleicht macht es ihr nichts aus, zu lügen.«

»Es waren auch Nachbarinnen da, die mich gesehen haben.«

»Wunderbar, du erinnerst dich sehr gut.«

»Die Nachbarinnen kommen jeden Nachmittag zu meiner Mutter und fragen, ob sie ihr vielleicht helfen können.«

»Anständige Leute.«

»Ja.« Er begann sich von meiner hartnäckigen Ironie ermuntert zu fühlen. »Außerdem dürfte allen klar sein, dass ich nicht rumlaufe und Mädchen vergewaltige. Das habe ich nie getan.«

»Davon bin ich überzeugt.«

Er sah mich verständnislos an, Garzón ebenfalls.

»Du läufst nicht rum und vergewaltigst Mädchen, weil du das gar nicht kannst.«

»Wie, wie meinen Sie das?«

»Dass du ihn nicht hochkriegst, oder er ist winzig, so was in der Art.«

Der Junge wandte sich flehentlich an Garzón, als wollte er ihn in der Angelegenheit zum Richter erheben.

»Sagen Sie ihr, sie soll aufhören, mich zu beleidigen. Ich habe sie auch nicht beleidigt.«

Garzón zögerte und wusste nicht, was tun, bis er schließlich sagte:

»Also, das mit deiner Mutter und den Nachbarinnen lässt sich nachprüfen.«

Ich tat so, als hätte ich nichts gehört.

»Nun verarschst du schon ein Jahr lang die Psychologen und das nur, weil du ihn nicht hochkriegst.«

Er sprang auf und begann zu schreien.

»Mir reichts, ich bin nicht verpflichtet, mit Ihnen zu reden, und auch nicht zu antworten, das weiß ich sehr wohl!«

Er wollte schon gehen, aber ich hielt ihn zurück.

»Wir werden es nachprüfen, und ich schwöre dir, sollte das mit den Nachbarinnen nicht stimmen, werde ich wiederkommen, um mich persönlich davon zu überzeugen, ob du in der Lage bist, zu vergewaltigen oder nicht.«

Er lief entsetzt aus dem Saal. Garzóns Augen drohten aus den Höhlen zu springen, als wäre er Augenzeuge eines Massenunfalls auf der Autobahn geworden. Wir versanken in ein langes Schweigen. Durch den Raum waberte der vertraute Geruch von gekochtem Gemüse.

»Gehen wir, Subinspector?«

Etwas verwirrt lief er neben mir her. Ich versuchte, ihn zu provozieren.

»Finden Sie, dass ich zu weit gegangen bin?«

Er stieß ein undefinierbares Grunzen aus.

»Glauben Sie, dass mein heftiges Verhalten korrekt war?«

Er schnaubte:

»Warum haben Sie das zu ihm gesagt?«

»Um ihn nervös zu machen.«

»Wofür?«

»Es ist immer besser, wenn sie nervös werden, oder? Wie auch immer, dieser Typ da läuft herum und versucht, Schulmädchen zu verderben, ich glaube nicht, dass er besondere Behandlung verdient. Finden Sie nicht auch?«

»Ich weiß nicht, Inspectora. Wenn Sie erlauben, ziehe ich es vor, keine Meinung zu haben.«

Er zog sich erneut auf seine ›Befehl ist Befehl‹-Haltung zurück. Wir schlenderten durch die düsteren Flure zum Ausgang. Künstliche Blumensträuße, der Boden diente als Aschenbecher, ein öder Hof, in dem die Leute in der einzigen Hoffnung herumspazierten, eines Tages hier wegzukommen. Dieser verdammte Subinspector ließ sich nicht provozieren. Er verharrte in seiner respektvollen Verachtung. Weitere verletzende Auftritte waren nötig, um ihn davon zu überzeugen, wozu ich fähig war.

Als ich nach Hause kam, genehmigte ich mir einen Chinchón. Auf dem Sofa ausgestreckt, fragte ich mich, wer mein neuer Kollege wirklich war. Ein Bulle durch und durch, einer dieser Fünfzigjährigen, die ihr Leben damit verbracht haben,

Milchkaffee zu trinken und darauf zu warten, von Vorgesetzten Befehle zu erhalten. Und selbstverständlich brutal zu Häftlingen und Tatverdächtigen. Mir konnte er nichts vormachen. Es war für ihn einfach nicht akzeptabel, dass genau diese Methoden von mir angewandt wurden. Von einer Frau erwartet man etwas anderes. Verständnisvoll mit den Schwachen, solidarisch mit dem eigenen Geschlecht, gemäßigt im Ausdruck und dauernd darüber klagend, dass die Welt so schlecht war. Armer Garzón, an dem Bissen würde er schwer zu kauen haben. Begrenzter Horizont, einförmiges Leben, das hatte nichts zu tun mit den Abgründen und plötzlichen Höhenflügen meines Lebens. Na gut, jetzt hatte ich einen Fall, das hatte ich mir schon immer gewünscht. Aber ich war mir sicher, dass er uns früher oder später wieder entzogen würde. Ich wartete regelrecht darauf. Für Garzón war das bestimmt anders, so sehr er auch behaupten mochte, über alles Bescheid zu wissen. Außerdem war er erst kürzlich versetzt worden und es interessierte ihn nur, seine tadellose graue Karriere gut zu beenden.

Ich hatte miese Laune. Laut meiner neuen Lebensplanung war das nicht der richtige Augenblick, telefonisch eine Pizza zu bestellen, sondern mir etwas zu kochen. Ein paar tief gefrorene Erbsen waren genug. Ich ließ die Wohnzimmertür offen, um Musik zu hören. Um neun Uhr klingelte es. Es war Pepe.

»Meine Katze ist tot«, rief er aufgeregt.

Mit einer unwirschen Handbewegung ließ ich ihn herein. Ich würde ihm höflicherweise etwas zu trinken anbieten, aber so konnte das nicht weitergehen.

»Pepe, du kannst nicht immer herkommen, wenn dir eine Katze stirbt.«

»Aber ich hatte doch nur eine.«

»Du weißt ganz genau, was ich meine. Früher war das was anderes, aber jetzt habe ich ein Haus und will es genießen. Wir haben uns getrennt, erinnerst du dich?«

»Ich wusste nicht, dass dich das stören würde. Wir sind Freunde, und meine Freunde besuche ich auch.«

»Und wenn ich nicht allein gewesen wäre?

»Dann wäre ich sofort wieder gegangen.«

Ich wollte auf keinen Fall, dass er zum Abendessen blieb, das hätte meinen Arbeitstag zunichte gemacht. Wir waren gute Freunde, er hatte Recht, und ich würde immer den Eindruck haben, ihn je nach den Gezeiten meiner Verfassung hin- und hergeschubst zu haben, um ihn danach allein und nass am Strand liegen zu lassen. Obwohl das nicht stimmte. Aber jetzt war er schon den zweiten Tag hintereinander da. Zu gefährlich.

»Ich glaube, dass sie von einem Auto angefahren wurde. Sie war im Hinterzimmer der Kneipe, sie kam und ging wie es ihr gefiel, du weißt ja, sie war eine sehr selbstständige Katze. Als ich sie fand, blutete sie aus dem Maul, und sie konnte nicht atmen. Ich brachte sie zum Tierarzt, aber der konnte nichts mehr für sie tun.«

Seine Begeisterung für Katzen habe ich nie teilen können. Als wir verheiratet waren, hatte mich sein schnurrendes Tier, das sich auf dem Bett oder auf meinen Pumps zusammenrollte, immer gestört.

»Tut mir sehr Leid. Nimm dir ein Bier und dann gehst du, ich muss morgen früh raus.«

Er setzte sich und sah sich in meinem kleinen Wohnzimmer um. An der Wand standen noch die unausgepackten Umzugskartons.

»Wenn du willst, kann ich dir dabei morgen helfen.«

»Nein danke, morgen nicht. Sie haben mir einen Fall übertragen, ich werde einen langen Tag haben.«

»Das wolltest du doch immer.«

»Es handelt sich um eine Vertretung, sie hatten keinen anderen dafür, aber ich bin sicher, dass sie ihn mir entziehen, sobald ein anderer Inspector verfügbar ist.«

»Ist ein Mord für deine Erfahrungen zu kompliziert?«

»Es ist kein Mord, es ist eine Vergewaltigung.«

Keiner meiner Ehemänner hatte jemals etwas mit Polizeiarbeit zu tun gehabt. Für Hugo war alles, was ich tat, nur monotone Bibliotheksarbeit, allerdings in schmutziger, unangemessener Atmosphäre. Pepe hingegen schien überzeugt davon, dass die einzige Aufgabe eines Polizisten darin bestand, Mörder zu fangen. In beiden Fällen zu viel Fernsehen.

»Eine rituelle Vergewaltigung?«

»Hör auf, Pepe, es ist schon zu spät, um darüber zu reden.«

Als ich ihn kennen lernte, amüsierte mich sein Hang zur Übertreibung sehr. Er war ein attraktiver und süßer Junge, eine Erholung von den Widrigkeiten des Lebens.

»Ich glaube, ich werde mir keine Katze mehr kaufen.«

»Sehr vernünftig.«

»Ich bin es leid, alles zu verlieren, was ich liebe. Je weniger emotionale Bindungen, desto besser.«

»Wie du weißt, ist das schon immer meine Philosophie gewesen.«

»Ja, ich weiß.«

Seinerzeit hatte ich alles versucht, nicht wieder zu heiraten. Man konnte auch so zusammenleben. Aber Pepe bestand darauf. Seine Mutter war Witwe, eine sehr traditionsbewusste Frau. Den Gang zum Standesamt zu verweigern, hätte einen ordentlichen Familienkrach heraufbeschworen. Ein paar Monate später ging seine traditionsbewusste Mutter eine Beziehung mit einem Taxifahrer ein und zog mit ihm nach Madrid. Sie sagte ihrem Sohn nicht einmal Auf Wiedersehen. Jetzt gab es ja mich und sie konnte sich den mütterlichen Verantwortlichkeiten entziehen. Also verließ sie ihn. Später verließ ich ihn auch, und jetzt ist die verdammte Katze tot. Trotzdem bleibt er nicht zum Abendessen.

»Ich habe von einem System gehört, mit dem man erfrorene Pflanzen regenerieren kann. Vielleicht funktioniert das ja mit deinen Geranien.«

Das interessierte mich.

»Das lässt sich aber nicht in fünf Minuten erklären, wenn du willst, komme ich an einem der nächsten Tage und probiere es aus.«

Schon wieder ein Angebot. Ich wurde ihn nie los.

»Du kommst und zeigst es mir. Ich will es lernen.«

»Willst du auch lernen, Steckdosen zu reparieren?«

»Ja, warum nicht. Im Kommissariat bieten sie für die Kollegen vom Nachrichtendienst Kurse an, ich kann mich ja einschreiben.«

Das war eine lächerliche Lüge, aber bestimmt glaubte er auch das. Dieser hübsche Engelskopf konnte sich bestimmt vorstellen, wie viel beschäftigte Bullen zwischen blutigen Morden und rituellen Vergewaltigungen Abflussrohre reinigten. Bier und Tee waren ausgetrunken, kein Grund mehr, weiterzuplaudern.

»Die Haustür ist dort.«

Bedächtig zog er seinen Anorak an und ging.

»Tut mir sehr Leid mit deiner Katze.«

»Ja, mir auch, sie war eine sehr verständnisvolle Katze, sie hat mir in einsamen Stunden Gesellschaft geleistet.«

Selbst Mutter Teresa von Kalkutta hätte Mitleid mit ihm gehabt, sie hätte ihn an ihren Tisch gebeten und ihm einen Teller Reis serviert. Ich nicht. Ich verfluchte ihn sogar, denn die Erbsen waren zu Brei verkocht.

# 3

Ich saß im Archiv und ordnete Unterlagen, als mich Garzón höchstpersönlich anrief. Ich war etwas überrascht, erkannte seine vom langjährigen Rauchen brüchige Stimme aber sofort.

»Petra? Tut mir Leid, Sie zu stören, aber zu meinem Bedauern muss ich Ihnen mitteilen, dass wieder ein Mädchen vergewaltigt worden ist. Das ist unser Fall, denn sie hat auch die Blume.«

»Die Blume?«

»Sie wissen schon, die merkwürdige Markierung auf dem Arm.«

Die Blume. Demnach war der Subinspector nicht nur mitfühlend, sondern hatte auch noch eine poetische Ader. Was wohl noch für Geisteskräfte in diesem dicken Wanst steckten? Ich ging sofort rüber zur Mordkommission.

Die Angelegenheit wurde langsam hässlich. Wir hatten es mit einem ganz gewöhnlichen Vergewaltiger zu tun, einschließlich Ritual und dem ganzen Mist. Vielleicht war Pepe doch kein Spinner. Dieses Mal hatte der Überfall im Stadtteil La Verneda stattgefunden. Wir konnten uns einen weiteren Besuch bei der widerlichen Direktorin der Jugendvollzugsanstalt sparen. Auch bei diesem Mädchen hatte es außer der Blume keine weitere Gewaltanwendung gegeben. Der Angreifer, ein großer und offensichtlich junger maskierter Mann, hatte das Mädchen angesprochen, als sie nach der Arbeit nach Hause kam. Er hatte sie mit einem Messer bedroht und zu einem eingezäunten Grundstück geschleppt. Dort ließ er sie auf eine Bierkiste steigen, die er vermutlich selbst dort hingestellt hatte, und über den Zaun springen. Auf dem offenen Gelände hatte er sie dann vergewaltigt.

»Das Mädchen hat ausgesagt, dass es vorher weiter oben Berührungen gegeben hat«, sagte Garzón.

»Und was heißt das?«

»Mammasuktion und solche Sachen.«

»Wollen Sie damit sagen, dass er ihr die Brüste betatscht hat? Soll es das heißen?«

Er sah mich widerwillig an.

»Ja, das soll es heißen.«

Mein Gott, wo hatten sie bloß diesen Bullen her? Aus dem Priesterseminar? Warum wurde er ausgerechnet mir zugeteilt? Bei der Polizei arbeiteten schon eine ganze Menge Frauen, und es war ihm bestimmt schon öfter mal eine über den Weg gelaufen. Warum, zum Teufel, sagte er Mammasuktion? Hatte er nie vor einer Frau geflucht? Rief er in Momenten großer Erregung etwa »Exkrement« statt» Scheiße«?

»Und, ist der Vergewaltiger gekommen? Ich meine, hat er seinen Samen in den Körper der Frau abgesondert?«, fragte ich verstimmt.

»Offensichtlich nicht. Das Mädchen war gerade in der Ambulanz, eine Sozialarbeiterin ist bei ihr. In einer Stunde können wir sie weiter befragen.«

»Weiter? Hat schon jemand angefangen damit?«

»Der Comisario.«

»Erstes Anzeichen, Sie werden sehen, bald dürfen wir wieder zu unserer Routinearbeit zurück.«

Er antwortete nicht. Wir hatten eine Stunde Warterei auf dem Flur vor uns, ich war schon im Begriff, ihn einfach dort stehen zu lassen, versuchte mich aber zu beruhigen. Wir gingen zum Kaffeeautomaten.

»Nehmen Sie Milch?«

»Ja.«

Wie zwei Schüler, die aus dem Unterricht geflogen waren, saßen wir auf einer Bank im Flur.

»Also, Garzón, reden wir offen miteinander. Sie mögen Frauen nicht besonders, nicht wahr?«

Er sah mich entsetzt an. Ich musste konkreter werden.

»Ich meine, mal ehrlich, Sie würden einen Kollegen vorziehen, einen männlichen Chef.«

Es schien, als hätte ich ihm Gelegenheit gegeben, etwas lange Durchdachtes zu erklären. Mit Kaffeetropfen auf den Lippen wandte er sich mir zu.

»Um ehrlich zu sein, Inspectora, und darum haben Sie ja gebeten, werde ich Ihnen sagen, was ich wirklich denke. Ich bin kein Macho, das mal vorweg. Ich denke, es ist in Ordnung, dass Frauen arbeiten. Es ist normal, ich akzeptiere es, es ist gut so. Aber in der Praxis kompliziert eine Kollegin bei bestimmten schwierigen Aufgaben die Situation sehr.«

»Warum?«

»Denken Sie an die Bahn? Laut den neuen Bestimmungen kann eine Frau Gepäckträger, Maschinist, Schmierer werden … aber wie ist das in der Praxis? Frauen haben für bestimmte Arbeiten nicht genug Kraft, man muss ihnen helfen, sie brauchten eigene Umkleidekabinen … alles in allem, ein einziges Theater.«

»Ich verstehe Sie nicht. Was hat das alles mit unserem Fall zu tun? Für diese Arbeit braucht es weder besondere Kräfte noch ziehen wir uns um …?«

»Das war ein Beispiel, in unserer Situation gibt es andere Probleme.«

»Dass man Suktion sagen muss statt lutschen, ist es das, was Sie stört?«

»Ich fühle mich irgendwie dazu genötigt, ja.«

»Nun, halten Sie sich wegen mir nicht zurück, Subinspector, auch ich sage ›verdammte Scheiße‹ und ›beschissen‹.«

Er schluckte sichtlich.

»Sie das sagen zu hören ist heftig. Verstehen Sie doch, es ist eine Frage der Erziehung.«

»Und was zum Teufel meinen Sie, soll ich tun? Zeichensprache anwenden? Das Resultat wäre noch schockierender.«

Er wand sich verstimmt.

»Machen Sie es mir nicht noch schwerer. Jetzt ermitteln wir eben in einem Vergewaltigungsfall, und ständig gibt es Anspielungen. Außerdem ist es nicht nur das, mit einem Mann weiß man, wie man reden muss, und sei es über Fußball. Mit Ihnen hingegen … im Kommissariat in Salamanca gab es nicht viele Frauen, nur die Beamtinnen im Erkennungsdienst.«

Plötzlich tat er mir Leid, seine Bemühungen, Vorurteile in vernünftige Argumente zu verwandeln, seine Feindseligkeit mir gegenüber. Ich verstand ihn schon. Was allerdings sehr gefährlich war: Erst kommt das Verständnis und dann das Mitleid. Und ich hatte mir vorgenommen, das nie wieder zuzulassen.

»Sie können nach Hause gehen, Subinspector. Ich glaube, es reicht, wenn ich das Mädchen befrage.«

Er verstand kein Wort und sah mich befremdet an, als wäre ihm befohlen worden, sich kopfüber ins Meer zu stürzen. Auch ich verstand meine Reaktion nicht wirklich, aber ich wusste, dass ich mich unbedingt in Acht nehmen musste, wenn die ersten Anzeichen von Mitleid auftauchen. Dostojewski meinte, dass Mitleid die einzige Rettung für den Menschen ist, aber offensichtlich hatte er nicht speziell an die Frau gedacht.

»Wie Sie befehlen«, sagte der Subinspector.

Verletzt stand er auf und ging mit einem Nimbus von Ungerecht-behandelt-worden-Sein den Flur hinunter. Ich hatte nicht das Richtige gesagt. Richtig wäre gewesen, ihn zuzubrüllen: »Hören Sie, Garzón, kommen Sie mir nicht mit irgendeinem Mist von wegen der Bahn, ich bin Ihre Chefin, also lassen Sie die Geschraubtheiten und verhalten Sie sich natürlich!«

Die Leute akzeptieren Rüffel viel eher als wohlerzogene Kälte. Aber ich hatte mir Reue ebenso verboten wie Mitleid, sodass ich ihn aus meinen Gedanken verscheuchte und mir noch einen Kaffee holte.

Im Raum hing noch immer die gereizte Atmosphäre, die Garzóns verhaltener Zorn hinterlassen hatte. Eine Beamtin gab Bescheid, die Zeugin sei zur Aussage bereit. Ich warf den Plastikbecher in den Papierkorb und ging zu ihr. Beim Anblick des zweiten Opfers hatte ich denselben Eindruck wie beim ersten: Ein kleines, hilfloses und erschrockenes Mäuschen. Sie war allein, die Eltern waren schon gegangen. Sie erzählte mir, einer ihrer Brüder würde sie abholen, wenn wir sie gehen ließen. Sie hatte blond gefärbte und von zu vielen Dauerwellen und Haarspray kaputt gemachte Haare. Knapp siebzehn Jahre alt. Wie die erste schien sie nicht sehr gerne zu reden. Sie arbeitete in einem Friseursalon in ihrem Viertel.

»Ich wasche Haare und fege den Salon. Abends schließe ich ab.«

Bei dieser letzten Aufgabe hatte sie der Vergewaltiger überrascht. Soweit ich in den Akten gelesen hatte, fanden die meisten Vergewaltigungen am Wochenende, an Kneipen- und Diskothekenausgängen statt. Anlass genug, die Ermittlungen in eine bestimmte Richtung zu lenken. Man durchkämmte die nahe gelegenen Vergnügungsstätten, befragte die Gäste und den Freundeskreis nach irgendeinem Jungen, der im Laufe der nächtlichen Tour einem Rausschmeißer durch sein Verhalten aufgefallen war. In diesem Fall brachte das nichts. Trotzdem konnten wir die Freundschaften und Beziehungen des Mädchens nicht außer Acht lassen, besonders jetzt, wo es zwei Opfer vermutlich desselben Vergewaltigers gab. Die Markierung war ein Verbindungsmerkmal zwischen beiden Mädchen, obwohl sie sich überhaupt nicht kannten.

Sie bestätigte, dass sie sein Gesicht nicht gesehen hatte, aber Aussehen und Statur stimmten mit den Beschreibungen des ersten Opfers überein. Ebenso wie die rätselhafte Art, ihr den Arm zu markieren.

»Er drückte mit irgend was zu, und es hat sehr wehgetan.«

»Hielt er es in der Hand, dieses Objekt, mit dem er dich markiert hat, stieß er damit zu oder so was?«

»Das weiß ich nicht.«

»War es etwas an seinem Handgelenk, vielleicht ein Armband?«

»Ich weiß nicht. Plötzlich habe ich ein Stechen gespürt. Mir wurde schwindelig.«

Ihr kleines und wenig attraktives Gesicht war bleich, fast durchsichtig. Sie wirkte so zerbrechlich, dass ich fürchtete, sie würde im nächsten Moment wie ein Regenschirm zusammenklappen.

»Du musst mir eine Liste mit den Namen aller deiner Freunde geben. Du hast doch sicher viele Freunde und möglicherweise auch einen festen Freund.«

»Mein Freund ist es nicht gewesen. Und meine Freunde auch nicht.«

»Wir werden ihnen nur ein paar Fragen stellen.« Sie brach in Tränen aus. »Ich werfe ihnen doch gar nichts vor.«

Plötzlich verstand ich sie.

»Du willst nicht, dass sie es erfahren, stimmts?«

Sie weinte und gab keine Antwort. Natürlich, ihr standen

Schmach und Schande bevor. Das Zusammensein mit ihrem Freund wäre nie wieder so wie früher.

»Hör mir gut zu, du hast keine Schuld daran, was dir passiert ist. Du brauchst dich nicht zu schämen.«

Sie nickte ungeduldig:

»Ich weiß, das hat man mir schon gesagt, ich weiß.«

Die Sozialarbeiterin hatte ihre Arbeit gemacht. Ich kam mir ziemlich dämlich vor, diesem Mädchen die Grundrechte der Frau zu erläutern. Ich betrachtete ihr Mäuschengesicht, den zarten Flaum, die kleinen Knopfaugen. Stundenlang Haare waschen und über das zu reden, was man am Samstag gemacht hat, über Horoskope, Frisuren, Mode, Illustrierte. Vermutlich war es keiner ihrer Freunde gewesen. Na gut, was haben wir beim ersten Mal getan? Eine oberflächliche Spur verfolgt. Der Junge aus der Vollzugsanstalt hatte nicht gelogen, sein Alibi war geprüft worden und stimmte. Dieses Mal mussten wir tiefer gehen, ins Schwarze treffen.

Ich informierte Garzón telefonisch. Seine Antworten waren einsilbig. »Gut, gut.« Er wollte sich darum kümmern, die Adressen dieser Jungs herausfinden, sie aufsuchen und befragen.

»Das gleiche müssen wir mit den Freunden der Tochter von der Köchin machen.«

»Ich werde mich darum kümmern.«

Knapp und effizient wie ein Uhrwerk. Vielleicht würde sich unsere Beziehung unter den Parametern von Autorität und klaren Anordnungen bessern.

Ich ging direkt ins Fitnesscenter. Ein Polizist muss in guter körperlicher Verfassung sein, das hatte ich auf der Akademie gelernt, obwohl das für meine Archivarbeit nie nötig gewesen war. Ich nahm an einem gut besuchten Kursus für Rhythmus- und Muskeltraining teil, in dem ich die älteste Teilnehmerin war.

Aber im Trikot und schwitzend verwischte sich der Altersunterschied schnell. In den Umkleidekabinen fragten mich diese Grünschnäbel nach meiner Meinung über Schwuchteln und probierten lachend neue Trikots an. Es war eigentlich eine angenehme Ablenkung, aber diesmal war alles anders. Ich konnte meine Sportkameradinnen nicht unbeschwert wahrnehmen. Jede von ihnen hätte am Ausgang vergewaltigt und mit einer Blume markiert werden können. Ich beobachtete, wie sie mit hochgerecktem Hals die Beine in der Luft kreisen ließen. Die zartesten Mädchen schienen die idealen Opfer für dieses Arschloch zu sein. Das war bis jetzt der einzige gemeinsame Nenner.

»Und die soziale Schicht«, ergänzte Garzón ein paar Tage später. »Beide stammen aus Arbeiterfamilien mit geringem Einkommen und habe keine Berufsausbildung.«

»Das ist wahr. Glauben Sie nicht, dass wir etwas überstürzt vorgehen, wenn wir die beiden Fälle in Zusammenhang bringen?«

»Ich bin sicher, dass diese beiden Vergewaltigungen von ein und demselben Typ begangen wurden. Niemand läuft einfach so rum und markiert Mädchen.«

Die Nachforschungen bei den Freunden der Opfer hatten nicht das Geringste gebracht. Dennoch waren sie für mich persönlich erhellend. Niemals wäre mir eingefallen, mich mit der großen, durch die Stadt streifenden Horde von Jugendlichen zu beschäftigen. Es handelte sich weder um Randfiguren noch um Verbrecher. Tatsächlich waren sie alle mehr oder weniger in das soziale Netz integriert. Wie ich hatte herausfinden können, schien das Netz recht löchrig zu sein. Wenn sie nicht arbeitslos waren, erledigten sie Hilfsarbeiten, fuhren als Boten auf klapprigen Mofas kleine Pakete aus oder waren Supermarktkassiererinnen, die den ganzen Tag im Stehen arbeiteten und mechanisch ihre Registrierkassen bedienten. Sie kamen mit Bussen aus den Randbezirken ins Zentrum und kehrten abends gerade rechtzeitig zum Abendessen zurück. Die paar, die ich befragte, hatten müde leere Augen und wirkten trotz ihrer Aufmachung wenig jugendlich. Mechanikerlehrlinge, Verkäuferinnen, Kellner, der ganze bunte Mob. Von den Vergewaltigungen wussten sie nichts, sie wirkten aber auch nicht entsetzt darüber, sie antworteten einfach. Jemand hatte ihre Freundinnen vergewaltigt, eine Sauerei, ja. Aber auf ihren Plebejerschultern konnte haufenweise Müll abgeladen werden. Sie waren daran gewöhnt, Lasten zu schleppen, sahen die Dinge ohne besondere Verwunderung über sich hereinbrechen.

»Was machst du sonntags?«

»Rumziehen.«

»Rumziehen?«

»An den Automaten spielen, ein Weilchen in der Diskothek rumhängen.«

»Was hat Salomé gemacht?«

»Salomé? Na, das gleiche. Manchmal habe ich sie sonntags gesehen, manchmal auch nicht.«

Die Familien waren alle in der gleichen Situation. Die Eltern waren Arbeiter oder arbeitslos, und fast alle Mütter verrichteten Hilfsarbeiten: Sie putzten Treppenhäuser oder Fenster in einer Bank oder nähten für Konfektionsfabriken.

»Schöne Aussichten. Diese Jugendlichen sehen das Leben nicht gerade rosarot. Stimmt doch, oder?«

Subinspector Garzón wusste nicht, wovon ich redete.

»Und wer sieht es so?«

Jetzt würde er mir gleich erzählen, dass er als Junge einen Karren voller Säcke ziehen musste oder irgendeine andere

Scheußlichkeit. Aber nein, er schwieg. Wer das Leben rosarot gesehen hatte, war ich, eine versnobte Anwältin, die zufällig bei der Polizei gelandet war. Eine »echte Intellektuelle«, wie es mein Chef so schön ausgedrückt hatte.

»Wies scheint, haben uns die Gespräche mit all diesen Jugendlichen nicht ein Stück weitergebracht. Schlagen Sie eine andere Vorgehensweise vor?«

Er sah mich mit hochgezogenen Augenbrauen an.

»Und erzählen Sie mir jetzt nicht, dass Sie tun werden, was ich anordne, das weiß ich schon.«

Er wurde ein bisschen rot und schüttelte den Kopf.

»Ich werde mich in den Kneipen von La Verneda umhören. Der Typ könnte irgendwo Stammgast sein. Vielleicht hat er in jener Nacht ordentlich getrunken, um sich Mut zu machen.«

»Sehr gut, also los, verlieren wir keine Zeit.«

Er zog ein verhalten spöttisches Gesicht, als würde er sich über mich lustig machen.

»Inspectora, die Art von Kneipen, die ich meine, haben nur nachts auf. Das müssten Sie eigentlich wissen.«

Ich tat so, als hätte ich die Frechheit überhört.

»Einverstanden, dann gehen wir also heute Nacht. Sagen Sie mir, wo und wann.«

Nächtliche Unternehmungen machen mich fertig. In der Absicht, etwas auszuruhen, zu duschen und zu Abend zu essen, fuhr ich nach Hause. Ich wollte mich geduldig auf die fabelhafte Aussicht, mit dem Verführer Garzón auszugehen, vorbereiten. Hoffentlich traf ich unterwegs nicht Hugo, es wäre unerträglich, wenn er Zeuge dieses linkischen Berufseinsatzes würde. Ich ging in die Küche und entschied mich für eine Fertigsuppe. »Suppen wie hausgemacht«, orakelte eine bunte Aufschrift. Darunter ein Bild von einer attraktiven Frau mit einer dampfenden Suppenschüssel in den Händen. Sie und die Suppenschüssel verkörperten das Heim. Was wollte ich mehr? Nicht einmal die Geranien fehlten mir.

Nach dem Abendessen legte ich mich in die Badewanne und schloss die Augen. Wann würden sie uns den Fall entziehen?

Das Telefon klingelte. Sofort dachte ich, das muss der Subinspector sein, aber es war Hugo. Ihm fehlten noch ein paar Daten. Er war freundlich und sogar entspannt, das Thema seiner bevorstehenden Heirat kam auch wieder zur Sprache.

»Elvira ist sehr traditionell, sie wollte nicht in ein exotisches Land reisen, das ist ihr zu gewöhnlich. Sie möchte gerne am Ufer der Seine entlang spazieren und in einem Restaurant im Quartier Latin zu Abend essen.«

Zum ersten Mal erwähnte er ihren Namen, er klang gut. Als ich noch mit ihm verheiratet war, versuchte er mehrfach, mich davon zu überzeugen, meinen Namen ändern zu lassen. Petra fand er nicht distinguiert genug. Dass meine Großmutter so geheißen hatte, war ein Unfall gewesen, der nicht ein ganzes Leben lang bestimmend sein musste. Celia gefiel ihm besser. Ich war schon drauf und dran gewesen, nachzugeben, aber glücklicherweise hatte ich es dann doch gelassen.

»Mir ist es egal, wohin wir fahren. Wir haben noch unser ganzes Leben vor uns und werden noch oft Gelegenheit haben, die Welt zu bereisen. Findest du nicht auch?«

»Natürlich.«

Merkwürdig. Warum erzählte er mir das alles? Die Tragödie des modernen amerikanischen Mannes besteht aus den Telefongesprächen mit der Ex: Erhöhung des Unterhalts, jahrhundertealte Vorwürfe, wieder aufflammende, beunruhigend zärtliche Momente. Vielleicht war es im spanischen Fall umgekehrt, und uns Ex-Ehefrauen kam es zu, die Brüche der Vergangenheit zu ertragen. Die Vorstellung, dass Hugo mich jedes Mal anrief, wenn er sich mit Elvira gestritten hatte, ließ mir die Haare zu Berge stehen.

»Ja Hugo, du hast noch alle Zeit der Welt zum Reisen.«

Garzón wartete in einem Pub auf mich, der aussah wie ein Lagerhaus. Er war schon mitten in der Befragung des Besitzers, eine Art Riese, der im rechten Ohr einen Messingring trug. Man brauchte ihn nur ansehen und wusste, dass er ziemlich sauer war. Bullen, die in seiner Kneipe Fragen stellten, waren keine Empfehlung für die Gäste. Je schneller wir uns wieder verzogen, desto besser. Dennoch schienen sich die Gäste nicht allzu sehr um uns zu scheren. Es waren hauptsächlich Glatzköpfe und Mädchen in schwarzen Netzstrumpfhosen und Plastikjacken. Die Musik prallte von den nackten Wänden zurück und schlug mit bedrohlichem Echo, das irgendwo zwischen dem Grollen eines Gewitters und dem Stampfen eines Ozeandampfers auf hoher See lag, in die Raummitte zurück. Ich bewunderte zum ersten Mal Garzóns Professionalität. Er war unerschütterlich und immun gegenüber dem Getöse und der Feindseligkeit, schrie dem Besitzer seine Fragen ins Ohr, zeigte ihm Fotos von den vergewaltigten Mädchen und überprüfte ungerührt die Alibis, als hätte er sein ganzes Leben in Jugendschuppen wie diesem verbracht. Nach einer Weile machte er mir mit dem Kopf ein Zeichen, und wir gingen. Ich hatte weder den Mund aufgemacht noch aufmerksam seine Unterhaltung verfolgt.

»Er weiß nichts, aber ich glaube, selbst wenn er etwas wüsste, hätte er den Schnabel nicht aufgemacht. Er sieht aus wie ein … mieser Kerl.«

Mir war klar, dass er »Scheißkerl« hatte sagen wollen, aber der Subinspector machte weiterhin Konzessionen an meine

Weiblichkeit. Wir fuhren in die nächste Kneipe auf seiner Liste, die auch nicht gerade ein Teesalon war. Vor diesem Abend hatte ich noch nichts von der Kompetenz bemerkt, über die mein Kollege in Sachen »Außendienst«, wie es in der Polizeisprache hieß, verfügte. Der Ton, den er bei den Befragten anschlug, war neutral, aber nachdrücklich. Er setzte hartnäckige Freundlichkeit ein, die bei der geringsten Vergesslichkeit seines Gesprächspartners in verhaltene Drohung umschlug. Er war weder dreist noch besonders zynisch oder extrem höflich. Er war in seinem Leben in vielen Kneipen gewesen, daran bestand kein Zweifel. Hier war der Besitzer ein ziemlich harmloser Typ, der darauf bestand, uns zu einem Bier einzuladen. Aber er redete nicht. Er wusste von nichts und kannte auch niemanden, der uns hätte weiterhelfen können.

In der fünften Kaschemme war ich schon fast am Verzweifeln. Theoretisch hätte das »Durchkämmen von Kneipen« seinen Reiz haben können, aber ich hatte es satt, kahle Wände und nackte Tresen zu sehen und die immer gleichen Fragen des Subinspector zu hören. Ich hatte die Nase voll von der dröhnenden Musik und den Bieren. Es war fast ein Uhr morgens und wir füllten uns weiter mit Bier ab unter Jugendlichen der unterschiedlichsten Cliquen, die bei unseren Fragen an totalem Gedächtnisverlust litten.

»Glauben Sie, dass wir auf diese Art etwas erreichen, Garzón?«, fragte ich schließlich.

Er sah mich an, als wäre das eine recht bedeutungslose Frage. Dann seufzte er geduldig.

»Sie sehen ja, wenn es sich um Vergewaltigung handelt, ist die Kontaktaufnahme mit den Leuten nicht leicht. Niemand weiß etwas. Außerdem nehmen alle das Thema ernst und erstarren vor Schreck. Sie faseln nicht herum und geben keine Hinweise, von denen sie nicht ganz sicher überzeugt sind. Es ist logisch, dass sie nichts wissen. Diese Dinge geschehen eher im Verborgenen. Bei Raubüberfällen oder bei Schmuggel singen sie schneller, da funktioniert es mit Spitzeln ganz gut. Wie auch immer, wir müssen es tun, wir müssen eine Möglichkeit nach der anderen ausschließen.«

Ziemlich überrascht von seinem Wissen sah ich ihn neugierig an.

»Hatten Sie schon mit Spitzeln zu tun?«, fragte ich.

»Es ist eine meiner Spezialitäten, ihr Vertrauen zu gewinnen. Ich tue das auch jetzt noch, in der Sache mit dem Zigarettenschmuggel.«

»Ach ja? Und wie machen Sie das?«

»Ich schlage mich so durch.«

Mit taten die Füße weh. Vertrödelte Stunden für das Ausschließen von Möglichkeiten. Stundenlang durch Jugendkneipen latschen, die in gewisser Weise auch nichts Neues für mich waren. Das war ein vertrautes Feld, nicht umsonst war mein frisch gebackener zweiter Ex-Mann Besitzer eines friedlichen und anarchistischen Öko-Lokals, wo zum üblichen Alkoholverzehr Weizenkleiebällchen als Tapas angeboten wurden. Ich hatte es ihm gekauft, es war die Lösung seines Lebens. Pepe hatte sein Soziologiestudium beendet, aber es war ihm selbstverständlich nie in den Sinn gekommen, sich auf diesem Gebiet einen Job zu suchen. Wir hatten uns in der überfüllten Gerichtskneipe kennen gelernt, wo er als Kellner gearbeitet hatte. Wir gefielen uns und ich dachte, er wäre der ideale Gegenpol zur Ernsthaftigkeit meines früheren Lebens. Viel später, als wir uns zur Heirat entschlossen, hatte ich ihm vorgeschlagen, einen Teil des Geldes, das ich durch den Verkauf meiner gemeinsamen Wohnung mit Hugo erhielt, in die Kneipe zu investieren, die er sich so sehr wünschte. Er tat sich mit einem Freund aus dem Maghreb namens Hamed zusammen, und sie eröffneten das Efemérides, dem sie den Charakter ihrer Philosophie und ihrer Weltanschauung aufprägten. Er war glücklich. Dort konnte er mit Menschen seines Alters und seiner Wellenlänge zusammen sein: Neo-Naturalisten, Wehrdienstverweigerer, Grüne, zeitgenössische Stoiker, Kernkraftgegner und Sympathisanten der unglaublichsten Aktivitäten. Eine etwas verlotterte, aber überzeugte Bruderschaft. Bei solchen Cliquen hatten wir es in dieser Nacht nicht versucht, denn es war auch ziemlich unwahrscheinlich, dass irgendein Freund der vergewaltigten Mädchen aus dieser Szene kam. Die Mädchen sahen nicht so aus, als hätten sie jemals mit irgendeiner Stadtszene zu tun gehabt, sie waren viel zu einfältig, grau, wie vom Strom der Stadt mitgerissen, ohne jeglichen Boden unter den Füßen, auf dem sie wurzeln könnten.

Wir waren mit Garzóns Liste durch. Ich war so deprimiert, erfroren und erschöpft, dass ich den Subinspector bat, noch in eine letzte Kneipe zu gehen, um etwas Scharfes zu trinken, was den blähenden Effekt des vielen Biers vertreiben konnte.

»Morgen müssen wir früh raus«, argumentierte er.

»Na gut, wenn Sie nicht mitkommen wollen, gehe ich alleine.«

Ich betrat eine heruntergekommene Musikkneipe. Einen dieser traurigen Orte, wo einsame Menschen unverbindlich anbändeln konnten. Die Gäste waren alternde, füllige und auffällig herausgeputzte Frauen und halbglatzige Fünfzigjährige in Mohairanzügen und mit großen Rolex-Imitaten am Arm.

Ich bestellte einen Cognac.

Aus dem Augenwinkel sah ich, dass Garzón mir gefolgt war. Er stützte sich neben mich auf den Tresen und bestellte das gleiche. Wir schwiegen. Es gab nichts Besonderes zu besprechen. Im Hintergrund ertönte ein populärer süßlicher Bolero. *Sag mir, warum wir uns trennen. Sag mir, warum die Zeit mit unserer Liebe gespielt hat.* Ein ausgesprochen widerwärtiger Typ spielte mit der Kamee, die am fleischigen Hals einer Frau hing. Er hob sie hoch und ließ sie dann auf ihren üppigen, von einer dünnen Kunstseidenbluse bedeckten Busen zurückfallen. Ich sah Garzón an, der in sich gekehrt dasaß und in kleinen Schlucken das Unglück schlürfte, das sich seinen glasigen und stumpfen Augen darbot. Ich unterstellte, dass der Bolero sein Innenleben aufwühlte.

»Gute Musik, nicht wahr?«, sagte er, um seine Überraschung darüber, dass ich ihn beobachtete, zu verbergen.

Ich lachte. Er drehte sich mir ganz zu, wieder einmal überrascht über meine Ahnungslosigkeit.

»Boleros erzählen immer die Wahrheit über die Liebe. Wenn Sie sich auf den Text konzentrieren, werden Sie hören, dass alles drin ist.«

Jetzt war ich überrascht. Ich fand es besser, ihm nicht zu sagen, dass mir die Musik kitschig vorkam.

»Darüber habe ich nie nachgedacht.«

»Dann denken Sie darüber nach.«

*Niemand wird je erfahren, wie sehr ich dich geliebt habe, niemand wird je erfahren, wie weit meine Leidenschaft ging.*

»Meine Frau und ich haben oft zu Boleros getanzt. Bei Feierlichkeiten und Familienfesten, Sie wissen schon.«

Seine Augen wurden noch undurchsichtiger.

»Haben Sie Ihre Frau sehr geliebt?«

Er nahm einen langen Schluck und raffte sich plötzlich auf.

»Sie haben sich ein falsches Bild von mir gemacht, Inspectora.«

Die Sache nahm eine unvorhersehbare Wendung. Ich protestierte nur, um ihm einen guten Gesprächseinstieg zu ermöglichen.

»Nein, ich ...«

»Doch, ich weiß sehr gut, was ich sage, ein falsches Bild, das haben Sie von mir. Sie sehen in mir einen gefühllosen Chauvinisten, einen unsensiblen Mann, aber ich versichere Ihnen, das stimmt nicht. Für mich steht die Frau ganz oben, ich hebe sie im wörtlichen Sinne auf einen Sockel. Ich glaube, sie ist ein wunderbares Wesen, voller Geist, schön und perfekt wie eine Blume.«

Garzóns Begabung für Metaphern war sichtlich begrenzt. Das Zeichen des Vergewaltigers sah aus wie eine Blume, die Frau war wie eine Blume... Er lächelte mich an, ich glaube, zum ersten Mal. Jede andere hätte ihm daraufhin zu erwidern gewagt, dass Blumen im Grunde nichts anderes sind als organisches Material, dass sie verwelken und ihre Blütenblätter leicht abfallen.

»Aber ich versteh Sie ja, Garzón, obwohl Ihnen aufgefallen sein sollte, dass diese weiblichen Tugenden bei der Arbeit mehr stören als alles andere. Sie hemmen unsere Beziehungen zueinander. Ich hätte es lieber, wenn Sie mich wie einen Kollegen betrachten würden.«

Garzón trank sein Glas aus, sog mit einem Fipsen Luft ein und sagte:

»Für mich bleibt eine Frau immer eine Frau. Gibt es sonst noch was?«

»Ja, bringen Sie mich bitte nach Hause.«

Als wir zum Ausgang gingen, brach eine dieser Knoblauchblüten – zerlumpter Geist auf zitterndem Blütenblatt – in ein kokettes, hysterisches Lachen aus, das ihrem geschniegelten Galan galt. Ich fuhr zusammen. Wir legten den Weg schweigend zurück. Es war ein unfruchtbarer Annäherungsversuch gewesen, besiegelt von dem »Gibt es sonst noch was?«, das jegliche Möglichkeit einer friedlichen Verständigung ausschloss. Ganz sicher war der an sein Lenkrad geklammerte Subinspector gerade dabei, sich zu verfluchen, weil dieser ordinäre Bolero unnötigerweise seine Emotionen hervorgekitzelt hat.

»Ich will, dass Sie morgen Nachforschungen über die Familien der Mädchen anstellen.«

»Die Familien?«, fragte er befremdet.

»Denken Sie daran, dass es auch Cousins, Onkel oder sonst wie nahe stehende Männer gibt.«

»Und wie ist dann das Zeichen zu erklären? Die Mädchen haben nichts miteinander zu tun, es gibt keine Verwandtschaftsverhältnisse.«

»Ist egal, eine Sache kann uns über unbekannte Wege zur nächsten führen. In jedem Fall haben wir absolut keine Spur, sodass wir jeden Faden aufgreifen müssen.«

»Zu Befehl, Inspectora, so werde ich es machen.«

Hinter mir hörte ich den Wagen in der nächtlichen Kälte davonfahren. Unter meiner Tür hatte jemand einen Umschlag durchgeschoben. Misstrauisch öffnete ich ihn. Vielleicht war es ein Hinweis auf den Fall, die Information eines Zeugen, der nicht erkannt werden wollte. Aber nein, es war ein Foto von der sich auf dem Sofa räkelnden Milena und Pepes Zeilen darunter: »Ich dachte, du hättest vielleicht gern ein Erinnerungsfoto von der armen Katze. Wenn du mehr Fotos möchtest, komme ich wieder. Bis bald.«

Das war die Höhe. Pepe wusste, dass ich dieses faule schmeichlerische Tier nie hatte leiden können. Seltsame Ausrede, bei mir aufzutauchen. Die Ehe war eine fettige Substanz, von der immer Reste auf der Haut zurückbleiben, so sehr man sie auch mit Seife abzuschrubben versucht. Ich zerriss das Foto. Ich war so verärgert, weil ich die haltlosen Vorurteile meines Arbeitskollegen hatte ertragen müssen, weil ich so gefroren hatte, wegen der schrecklichen Kneipen, der Blütenblätter, der reinen Geister und der Blume, besonders wegen der Blume. Wie einfach es ist, gelassen und ausgeglichen zu bleiben, wenn dich Intelligenz und Gemütlichkeit umgeben. Genau darin besteht die Würze der Zivilisation.

# 4

Ein paar Tage später gab es eine dritte Vergewaltigung mit der gleichen Markierung. Die Angelegenheit wurde allmählich Futter für die Presse. Die Meute fiel über uns her. Journalisten wollten Details und bekamen sie. Das Opfer war achtzehn Jahre alt, arbeitete Nachtschicht im Konfektionsgewerbe, wohnte im Stadtteil Gràcia und hatte das Gesicht des Vergewaltigers auch nicht erkennen können. Trotzdem schienen Größe, Aussehen, Methode und vor allem die grauenhafte Markierung des Arms darauf hinzuweisen, dass es sich um denselben Mann handelte, der mit einer merkwürdigen Waffe ausgestattet war, die diesen Kreis tiefer Einstiche auf der Haut hinterließ. Diese Angaben waren die offizielle Information. Aber, wie immer in solchen Fällen und ohne, dass jemand wusste, wie das passieren konnte, sickerte bald mehr durch. Eine Schlagzeile traf den Nagel auf den Kopf: »Die Ermittlungen bei diesen Serienvergewaltigungen führen zwei Inspectores, die kurioserweise nicht zur Mordkommission, sondern zum Archiv gehören.« »In den Ermittlungen scheint es keinerlei Fortschritte zu geben. Bei den Polizeikräften herrscht totale Orientierungslosigkeit«, hämte eine andere Schlagzeile unverhohlen. Die Jagd war eröffnet.

Dieses Mal war es schwierig gewesen, von dem Mädchen klare Aussagen zu erhalten. Sie war sehr mitgenommen, in der psychologischsozialen Betreuung waren ihr so heftige Beruhigungsmittel verabreicht worden, dass sie nicht vernehmungsfähig war. Der Vater, ein Metallfacharbeiter, verlor mehrmals die Beherrschung, schwor Rache, verfluchte die Justiz, die Polizei, jede Institution, die auch nur ein Fünkchen Verantwortung trug. Die Mutter weinte die ganze Zeit, und auch ihr wurde ein Beruhigungsmittel gegeben. Offensichtlich hatte das Mädchen Widerstand geleistet. Deswegen hatte sie nicht nur die Markierung auf dem Arm, sondern obendrein noch einen Schlag auf die Nase erhalten. Der Vergewaltiger hatte wie gewöhnlich nicht ein einziges Wort gesagt und war ausgesprochen vorsichtig vorgegangen.

Als der Comisario mich zu sich rief, hatte ich keine Schwierigkeiten, die Sachlage zu beschönigen.

»Wir haben schon eine Menge Fakten«, platzte ich heraus. »Es dürfte sich um einen Mann mit Persönlichkeitsstörungen handeln. Sie verstehen schon, Probleme mit Frauen und so. Er bevorzugt offensichtlich hilflose, kleine und zarte Mädchen. Das ist kein leidenschaftlicher Typ. Er ist kalt und agiert vorsichtig. Er sucht sich die Mädchen aus, verfolgt sie ein paar Tage lang, bis er ihren Tagesablauf kennt, und wählt dann ausgesprochen umsichtig den idealen Zeitpunkt. Er ist schlau, spricht nicht, verhüllt immer das Gesicht, wechselt die Stadtviertel. Er ist stolz auf seine Taten, sonst würde er nicht das makabre Ritual der Markierung mit einer Blume ausführen. Irgendetwas muss in ihm den Trieb ausgelöst haben. Oder vielleicht ist es nach zunehmender Anstauung zu einer Explosion gekommen, und deshalb passieren die Vergewaltigungen so schnell hintereinander. Trotzdem handelt es sich nicht um einen besonders grausamen oder kranken Mann. Es gibt keine weitere Gewaltanwendung, auch scheint es nicht so, dass er im Augenblick der Vergewaltigung viel Vergnügen empfindet. Er hört vor dem Samenerguss auf, markiert sie und verschwindet.«

Als ich meine Darlegung beendet hatte, sah mich der Comisario in gewisser Weise neugierig an. Ehrlich gesagt war ich selbst überrascht über die Reihe von Schlussfolgerungen, die ich zu Stande gebracht hatte. Sie vermittelten den Eindruck, dass wir in unseren Nachforschungen weitergekommen waren, was nicht stimmte. Wir standen immer noch am Anfang, konfus, unentschlossen, ohne zu wissen, in welche Richtung wir ermitteln sollten. Alle unsere Schritte waren in Frustration gemündet, und wir hatten noch keine Idee, wie wir weiter vorgehen sollten. Garzón kämmte noch immer wie ein erfahrener Coiffeur die Kneipen im Viertel durch, und weil sich der Fall in ein Serienverbrechen verwandelt hatte, ging ich zu den Polizeipsychologen, in der Hoffnung, ein Profil zu entwerfen. Aber natürlich ist die Psychologie immer eine Mischung aus Intuition und Fantasie. Soll heißen, nicht sehr wissenschaftlich. Jedes Mal, wenn ich mit dem jungen Team sprach, begann jeder ihrer Sätze mit: »Möglich, dass …«, was mir einen entmutigenden Stich versetzte. Was dann folgte, war so einleuchtend, dass es wie aus einem Handbuch klang: Kindheitstraumata, dominante Mutter, nicht aufgelöster Ödipuskomplex, zeitweilige Impotenz, Unfähigkeit, normale Liebesbeziehungen einzugehen …

Eines Tages fragte ich den Chefpsychologen patzig:

»Sagen Sie, erscheint Ihnen das alles nicht zu simpel?«

Er war ein junger Mann, kaum älter als fünfundzwanzig, der im Kommissariat als ein Wunder der Mustergültigkeit galt. Er hatte seinen Doktor und mehrere schwierige Abschlüsse gemacht, und auf seine Gutachten wurde blind vertraut.

»Und was erwarten Sie, Inspectora? Das menschliche Verhalten ist so unterschiedlich, unberechenbar, voller Tücken und Windungen. Aber es erzeugt sich immer aus den gleichen Konstanten, den normalsten Dingen: Liebe, Eifersucht, Neid, Groll, Herrschaft. Deshalb sind Shakespeares Werke immer noch so aktuell.«

»Lassen Sie die Literatur aus dem Spiel, das ist ja noch schlimmer.«

Er lachte.

»Wie auch immer, wir werden tun, was wir immer in solchen Fällen machen. Ich werde Ihnen die Lebensläufe der Personen geben, die im psychologischen Sinne mit Ihrem Vergewaltiger übereinstimmen und die nach verbüßter Strafe wieder auf freiem Fuß sind. Mehr kann ich Ihnen nicht anbieten.«

Er hatte hübsche Wimpern und lange, zu einem Pferdeschwanz zusammengebundene Haare. Ich stellte mir vor, wie er mich einschätzte: Wortkarg wie alle Bullen, und unfähig, abstrakt zu denken oder zu interpretieren. Und wahrscheinlich hatte er Recht. Ich nahm die Dossiers der Psychologie mit nach Hause. Die meisten waren gewöhnliche Geschichten, darin hatte der brillante Junge Recht. Typen, die auf den Fotos ein angeekeltes oder erschrockenes Gesicht machten oder dämliche Grimassen schnitten. Die familiären Lebensumstände waren entweder normal oder am Rande der Sozialität. Junge Männer, die mit Frauen offene Rechnungen hatten, Söhne von Müttern, die sich von ihnen abgewandt hatten oder zu besitzergreifend waren oder sie extrem verzogen hatten. Ein Heer von unterschiedlichen Müttern, aber eines hatten sie gemein: Die Schuld an den Verbrechen. Zum Glück hatte ich mich bewusst den Mutterfreuden verweigert und keines dieser Monster produziert. Ein paar von ihnen verdankten ihr Ungleichgewicht enttäuschten Liebschaften oder sexuellen Störungen als Erwachsene, aber im Allgemeinen waren die Mütter schuld. Ich musste dieses neue Material mit dem Subinspector studieren. Seit zwei Tagen arbeiteten wir jeder für sich, was für ihn eine Erleichterung gewesen sein dürfte. Aber jetzt mussten wir uns sofort zusammensetzen. Ich rief im Kommissariat an, aber da war er nicht. Ich bekam aber seine Privatnummer heraus. Es war eine Frau am Apparat, was mich überraschte, und als ich seinen

Namen nannte, sagte sie mürrisch: »Ach, der Polizist!« Dann ging sie ihn rufen, und durch den Telefonhörer drangen das Klappern von Tellern, ein ziemlich lautes Radio, Klopfen und Rufen an einer Tür… Ich nahm an, dass er sich in einer Pension eingemietet hatte. Garzón antwortete mit verhaltener Unruhe und schien nicht sehr erfreut zu sein darüber, mich am Apparat zu haben.

»Wollen Sie, dass ich ins Kommissariat komme?«

»Ich weiß nicht, Subinspector, ob ich Ihre Freundlichkeit überstrapaziere, aber es ist so kalt und schon so spät… Was halten Sie davon, wenn wir uns ganz inoffiziell bei mir treffen? Vielleicht arbeiten wir dann auch besser. Wenn Ihnen das recht ist, gebe ich Ihnen meine Adresse.«

»Schießen Sie los, ich bin gleich da.«

Er trat sichtlich verkrampft ein, aber einen Augenblick später entspannte er sich. Er betrachtete die Bücherkisten, die neben der Tür zum Garten standen.

»Ich bin gerade erst umgezogen. Gefällt Ihnen mein Haus?«

»Es sieht sehr gut aus.«

Selten hatte ich ihn lächeln gesehen. Sein mexikanisches weiß meliertes Bärtchen hatte sich nur beim Trinken und Sprechen verzogen. Er war sorgfältig gekämmt und roch nach Eau de Cologne, wie morgens, wenn wir uns im Büro trafen.

»Kann ich Ihnen einen Cognac anbieten?«

Er zögerte. Nach seinem antiquierten Protokoll schien Ablehnung das Korrekteste zu sein.

»Ich habe auch Kaffee da.«

Er zögerte noch immer.

»Ich werde beides holen, das wird uns wach halten.«

Er saß steif in einem Sessel, und ich warf mir vor, ihn zu mir nach Hause gelockt zu haben, wo sich ein stärkerer Eindruck von Intimität ergab. Nicht zu vergessen, dass unser Umgang bis jetzt nicht einmal im Entferntesten freundschaftlich gewesen war. Er war auf meinem Territorium, und es fiel ihm schwer, sich natürlich zu verhalten.

»Ich wollte Ihnen was zeigen.«

Wir lasen konzentriert eine Akte nach der anderen. Er machte Randbemerkungen, studierte jeden Bericht, blätterte zurück, verglich.

»Alle, die in Statur und Gewicht nicht mit der Beschreibung des Vergewaltigers übereinstimmen, können aussortiert werden«, sagte er.

»Und dann, was glauben Sie, welchen Weg wir einschlagen sollen?«

»Zuerst müssen wir sehen, in welchen Vierteln sie wohnen, wo sie sich aufhalten, herumfragen und als nächsten Schritt die Alibis überprüfen.«

Ich sah unendliche Routinearbeit auf uns zukommen und mich befiel Trägheit. Mir wurde schlagartig klar, dass ich mich nicht wirklich auf den Fall eingelassen hatte, dass ich ihn am liebsten sofort abgegeben hätte. Irgendwann einmal hatte ich geglaubt, eine polizeiliche Ermittlung durchziehen zu können, aber jetzt wurde mir bewusst, dass die größte Härte in der schrecklichen Eintönigkeit lag, in der Langeweile, im kontinuierlichen Gefühl, Rückschläge zu erleiden. Garzón war im Gegensatz zu mir quietschfidel, weil er das tat, was er sein Leben lang getan hatte. Ein Bücherwurm und ein kürzlich aus Salamanca angereister Vorruheständler. Seltsam, dass wir den Fall noch hatten. Vielleicht hatte uns der Comisario nicht ausgetauscht, weil er den Journalisten keinen Köder hinwerfen wollte.

»Was halten Sie von dem ganzen Material, Subinspector?«

Er schüttelte den Kopf.

»Das ist wirklich ein schwieriger Fall.«

»Das finde ich auch. Ein Psychopath und Serienvergewaltiger ist weit mehr, als ich für meinen Einstieg erwartet hätte. Ich dachte, solche Dinge gibts nur im Kino.«

»Nun ja, auch ich hatte in Salamanca nichts mit Psychopathen zu tun. Wenn Sie meine Meinung hören wollen, ich glaube nicht, dass dieser Typ verrückt ist. Mir kommt es eher so vor, als handle es sich um ein gelangweiltes reiches Söhnchen. Also geht er in Arbeiterviertel, sucht sich ein Mädchen aus der unteren Gesellschaftsschicht und vergnügt sich mit ihr.«

»Sie sind ja ein Marxist, Garzón!«

Er sah mich mit seinen ausdruckslosen Bratfischaugen an. Das war das Letzte, was er hören wollte.

»Niemals, ich habe mein Leben lang nichts mit Politik zu tun gehabt, nie. Ich habe immer genauestens die Anweisungen meiner Vorgesetzten befolgt und meine Pflicht erfüllt.«

Er war wirklich verärgert.

»Verstehen Sie mich nicht falsch, ich meinte nur, dass für Sie das soziale Umfeld entscheidend ist.«

»Ich mag es nur nicht, wenn ich mich irre. Stimmt schon, dass da draußen ein paar ausgeflippte, vollkommen verrückte Typen rumlaufen, aber armen Leuten kommen solche Kunststückchen, den Mädchen Blumen auf den Körper zu tätowieren, nicht in den Sinn. Die kommen direkt zur Sache.«

»Glauben Sie das nur nicht, jeder nutzt seine Vorstellungskraft so gut er kann. Dafür gibt es keine Klassenunterschiede. Es gibt eine Übereinstimmung bei den Mädchen, die mich geneigt macht, an einen Persönlichkeitsgestörten zu denken. Die drei sind zerbrechlich wie Porzellanpüppchen. Dieser Mann wagt es nicht, sich einer kräftigen Frau zu stellen, Garzón.«

»Kann sein.«

Ich sah, dass sein Cognacglas leer war, und schenkte ihm ungefragt nach. Er legte die Akten zu einem Stapel zusammen.

»Gut, das hier ist sortiert, morgen fangen wir an. Wenn wir auf einen stoßen, der es sein könnte, sollten wir eine Gegenüberstellung veranlassen.«

»Aber er war doch maskiert…«

»Wir maskieren auch alle, vielleicht klappt es ja… Übrigens, Inspectora, um mich schleicht so eine Fernsehjournalistin herum, die Moderatorin einer dieser schrillen Sensationssendungen.«

»Haben Sie ihr etwas erzählt?«

»Ja, dass wir hier nicht in den Vereinigten Staaten sind, und dass sich die Polizei hier zu Lande nur um ihre Ermittlungen kümmert.«

»Gut gemacht.«

»Sie wird wiederkommen.«

»Vielleicht haben wir dann den Fall gar nicht mehr.«

»Fangen Sie schon wieder damit an? Wissen Sie, mir ist das ziemlich egal, ich bin damit beschäftigt, weil es meine Pflicht ist, aber wenn man mir anordnet, woandershin zu gehen, werde ich das ohne zu murren tun.«

»Der Chef hat immer Recht?«

Er wollte mich gerade zum Teufel schicken, als es plötzlich klingelte. Garzón fuhr erschrocken zusammen, aber ich wusste sofort, wer das um diese Zeit nur sein konnte. Ich bat Pepe herein und stellte die beiden einander nur mit Namen vor, ohne weitere Erklärungen abzugeben.

»Ich wollte die Geranien retten«, entfuhr es ihm.

»Muss man das nachts tun?«, fragte ich.

»Nein, aber tagsüber bist du ja nie zu Hause…«

Garzón machte keine Anstalten zu gehen. Ich fühlte mich reingelegt und musste Pepe einen Kaffee anbieten. Er nahm erfreut an. Als ich aus der Küche zurückkam, stand die Tür zum Garten sperrangelweit offen. Dort beugten sich die beiden über die Geranienskelette, und Garzón bröselte feuchte Erde über die Stiele, womit er ihnen eine Art Massage verabreichte. Ich fand die Situation lächerlich, schenkte mir noch einen Kaffee ein und drehte die Heizung hoch. Zwanzig Minuten später kehrten sie lachend ins Wohnzimmer zurück. Garzón trank auch noch einen Kaffee.

»Dein Kollege meint, dass es nicht nötig ist, sie mit warmem Wasser zu gießen, wie ich dir raten wollte. Es reicht, wenn du Erde um den Stängel reibst, dann treiben sie wieder aus.« Er wandte sich an Garzón. »Woher weißt du so viel über Gartenarbeit?«

»Meine Eltern waren Bauern in einem Dorf bei Salamanca.«

»Mir macht es Spaß. Das mit dem Wiederbeleben der Geranien hat mir ein Typ erzählt, der immer in meine Kneipe kommt, einer, der Pflanzen nicht mit Kunstdünger behandelt.«

»Du hast eine Kneipe?«

»Ja, damit verdiene ich meinen Lebensunterhalt. Weißt du auch, wie man einen Zwergbenjamin beschneiden muss?«

»Ich denke schon.«

»Ich habe einen geschenkt bekommen und weiß nicht, wo ich die Schere ansetzen soll.«

»Keine Schere! Der Zwergbenjamin enthält eine Art Milch und ein glatter Metallschnitt kann bei ihm einen Bluterguss verursachen. Du solltest ihn mit den Fingern kürzen und die Stelle dann mit Watte abtupfen.«

»Also, das ist ja unglaublich!«

Offensichtlich bestand zwischen den beiden gegenseitige Sympathie. So sah ich mir die ungewöhnliche Vorstellung mit einem lächelnden, fast glücklichen Garzón an. Seine Augen bekamen einen lebendigen Ausdruck und der Bart stellte sich auf, wobei er den Ausdruck einer traurigen Seekuh verlor. Augenscheinlich war er ein höflicher Mann. Sein einziges Problem war ich. Ich erinnerte mich nicht, jemals irgendwem so unsympathisch gewesen zu sein. Von jetzt an würde ich auf jede weitere Strategie verzichten, ich begriff, dass unser Zusammenstoß unvermeidlich sein würde. Wie auch immer, ob sie uns nun den Fall entzögen oder es uns gelingen sollte, ihn zu lösen, wenn alles vorbei war, würde ich Fermín Garzón nie wieder sehen.

»Glaubst du, du könntest einen Rhododendronableger akklimatisieren?«

Ich sah mich genötigt, den immer mehr ausufernden botanischen Austausch zu unterbrechen.

»Meine Herren, tut mir sehr Leid, Sie zu stören, aber es ist schon spät …«

Pepe stand auf.

»Ich gehe schon, ich muss auch früh raus.«

Wir küssten uns freundschaftlich auf die Wangen, und er verabschiedete sich von Garzón, der auch aufbrechen wollte.

»Ich habe mir aus der Liste ein paar Typen herausgesucht, die mir interessant erscheinen. Wenn es Ihnen recht ist, kann ich sie alle zusammentrommeln, damit Sie sie um neun Uhr befragen können.«

»Das heißt, früh aufstehen.«

»Ich bin daran gewöhnt, wenig zu schlafen. Ihr Bruder ist sehr sympathisch«, fügte er boshaft hinzu.

»Das ist mein zweiter Ex-Mann.«

Er lächelte ironisch. Ich war empört. Es war eine Sache, wenn er unser Berufsverhältnis auf kühler Distanz halten wollte, und eine andere, mich zu beleidigen. Verstimmt räumte ich Aschenbecher und Geschirr weg.

Um Zeit zu gewinnen, teilten wir uns die Arbeit auf. Garzón befragte den einen Teil der infrage kommenden Männer im Sitzungssaal und ich den anderen in unserem Arbeitszimmer. Wenn einer auf Bewährung raus war und als Tatverdächtiger vorgeladen wird, nimmt er sich das meist sehr zu Herzen. In kurzer Zeit erntete ich mehr hasserfüllte Blicke als je zuvor. Stundenlang näselnde Stimmen, freche Kommentare, Zweifel und Stammeln, Geschwätz, das nervös machte. Und meine eigene Stimme, die mich selbst verblüffte, mein inquisitorischer Tonfall, der eher nach Lehrerin klang als nach Polizistin. Eine etwas pathetische Komödie.

Mitten in so einem Moment tauchte Garzóns Kopf in der Tür auf.

»Erlauben Sie?«, säuselte er, und diese Ausdrucksweise erschien mir so unangebracht, dass ich sprachlos war.

»Ob Sie erlauben?«

»Mein Gott ja, kommen Sie schon rein, Garzón!«

Dann flüsterte er mir ins Ohr:

»Einer hat gerade gestanden.«

Ich sah ihn überrascht an. Sein Gesicht blieb ausdruckslos. Dann ließ ich den Mann, der bei mir war, gehen, und wir traten in den Flur hinaus.

»Er hat wirklich gestanden?«

»Das ist ein Beknackter, ziemlich unangenehm und aggressiv. Ich nehme an, er hat es einfach satt, zu Verhören bestellt zu werden, und jetzt will er ein bisschen mit uns spielen.«

»Und warum rufen Sie mich dann?«

»Er hat gestanden, und Sie sind die Chefin, Sie entscheiden, was wir tun sollen.«

Gut, Garzón warf mich bewusst dem Löwen zum Fraß vor.

»Also gut, gehen wir zu ihm.«

Mir zitterten die Knie, ein aggressiver Durchgeknallter mit Sexualvorstrafen war vielleicht zu viel für mich. Als wir eintraten, ließen ihn zwei Beamte aufstehen. Ich schickte sie hinaus. Garzón stellte mich vor.

»Inspectora Delicado wird dich befragen.«

Er sah mir direkt und herausfordernd in die Augen, und ich konnte ihn mir genau ansehen. Er war groß und gut aussehend.

»Setz dich.«

Er setzte sich und stützte die Hände auf die Knie. Dann lächelte er ironisch.

»Du warst es also.«

»Ja, das hab ich doch schon alles dem Bullen da erzählt.«

»Nun, dann erzählst du es jetzt mir.«

»Noch mal?«

Die Verachtung war wie Spucke in seinem Mund, ein natürliches Sekret.

»Erzähl doch erst einmal, was du an den besagten Tagen gemacht hast.«

Er verdrehte die Augen.

»Hören Sie, jetzt reichts. Ich hab das alles doch schon erzählt, dort ist alles aufgenommen. Warum hören Sie es sich nicht einfach an und lassen mich in Frieden?«

»Mehr Respekt mit der Inspectora!«

»Lassen Sie ihn, Garzón, lassen Sie nur.«

Ich setzte mich und knöpfte meine Jacke auf.

»Womit hast du sie markiert?«

Er pulte sorgfältig ein Hautfitzelchen vom Fingernagel.

»Antworte, bitte.«

Er sah mich spöttisch an.

»Ich erinnere mich nicht.«

Garzón konnte sich nicht mehr beherrschen und fuhr ihn an.

»Hör mal, du …«

Ich hielt ihn sanft zurück. »Bitte, Subinspector, setzen Sie sich schon.«

An den Jungen gewandt sagte ich:

»Versuch dich zu erinnern.«

Er kniff seine stählernen Augen zusammen und sagte:

»Mit einer Uhr.«

Mein Geist arbeitete schneller, ich dachte nach.

»Erklär das genauer.«

»Na, mit einer Uhr. Wissen Sie etwa nicht, was eine Uhr ist?«

»Du hast sie mit einer speziell präparierten Uhr markiert, willst du das sagen?«

»Na klar, mit einer normalen Uhr wird das kaum gehen.«

»Kannst du mir beschreiben, wie die Uhr aussieht?«

»Ja, mit zwei Zeigern, Zifferblatt und einem Rädchen zum Aufziehen.«

»Aha.«

Ich konnte Garzóns Kiefer knirschen hören.

»Und wo hast du die Uhr präparieren lassen?«

Jetzt lächelte er nicht mehr. Er griff mit beiden Händen um die Rückenlehne seines Stuhls, machte eine verkrampfte Halbdrehung und hob die Stimme.

»Hören Sie, mir geht das Ganze ziemlich auf den Sack. Ich habe Ihnen gesagt, dass ich es war. Ich hab ihnen erst den Schwanz rein gesteckt und die Uhr hinterher. Die Tussis kriegen doch nie genug und wollen immer mehr. Also habe ich ihnen ihre ekelhaften Mösen aufgerissen. So hab ichs gemacht. Und alle sind vor lauter Geilheit gekommen, glauben Sie bloß nicht, dass die geheult haben.«

Garzón schnappte ihn sich und schüttelte ihn. Ich zerrte ihn am Arm zurück und bat ihn, sich zu setzen.

»Keine Gewalt bitte.«

Ich räusperte mich und fragte ganz sanft:

»Wie heißt du?«

»Tomás«, antwortete er.

Ich zündete mir eine Zigarette an und achtete darauf, dass meine Hand nicht zitterte.

»Wunderbar, Tomás, ich werde dir keine weiteren Fragen mehr stellen. Jetzt musst du dich nur noch ausziehen.«

Er war überrumpelt und lächelte unsicher.

»Spinnen Sie?«

»Nein. Wir müssen nur was überprüfen. Zieh dich aus!«

»Kommt nicht infrage, dazu haben Sie kein Recht…«

»Zieh dich aus!«

Garzón nahm sich eine Zigarette aus meinem Päckchen und drehte sie unangezündet zwischen den Fingern hin und her.

»Zieh dich aus!«

»Nein, verdammt, ich zieh mich nicht aus, es gibt Gesetze, Sie können mich nicht…«

Ich stand auf, ging zur Tür und schloss sie ab. Der Junge beobachtete mich nervös. Ich ging auf ihn zu, und mit verhaltener Wut, die mir viel Kraft verlieh, schnappte ich ihn am Hemdkragen und zog ihn hoch.

»Wenn du dich nicht sofort ausziehst, schwöre ich dir bei Gott, dass wir dir eine Tracht Prügel verpassen. Das ist Gesetz.«

Er gab nach und zog sich wortlos aus. Garzón verströmte Hitze wie eine Herdplatte. Dann stand der Knabe in der Unterhose vor uns.

»Die Unterhose auch, und stell dich gerade hin.«

Er war nackt. Sein junger und gebräunter Körper hob sich von den Tafeln, den Wänden und dem Porträt des Königs ab. Er hatte ein hübsches Geschlechtsteil und einen vollen, üppigen Hodensack wie eine Weinrebe. Er wusste weder, wie er stehen noch wohin er schauen sollte.

»Gut, noch mal von vorne. Du sagst, dass du sie mit einer Uhr markiert hast.«

»Kann ich mich setzen?«

»Nein. Du hast sie vergewaltigt und dann mit einer Uhr markiert.«

Er bedeckte sich das Geschlechtsteil mit den Händen.

»Die Hände nach hinten. Red weiter, wir hören dir zu.«

Jetzt blieb uns nur noch zu warten. Man konnte die Wanduhr ticken hören. Er verlagerte sein Gewicht erst auf das eine, dann auf das andere Bein.

»Hören Sie, dauert das noch lange?«

»Halt die Klappe.«

Der Subinspector zündete sich endlich die Zigarette an, stieß nervöse Rauchsignale aus und hustete. Ich wandte meinen Blick nicht von dem Mann ab, ich sah ihm direkt und ziemlich unverschämt auf sein Geschlechtsteil. Er zog die Schultern ein, jede Minute, die verging, wich er ein bisschen weiter zurück.

»Das ist nicht legal«, sagte er.

»Mädchen zu vergewaltigen und sie mit einer Uhr zu markieren auch nicht.«

Er zögerte.

»Ich war es nicht«, sagte er schließlich.

»Hast du das nicht erst gerade vorhin behauptet?«

Er griff zu seiner Hose.

»Ich habe es nur in der Zeitung gelesen, dann haben Sie mich herbestellt und ich dachte …«

Ich unterbrach ihn.

»Ganz ruhig, lass die Hose liegen, was du zu sagen hast, kannst du auch sagen, wie du bist.«

Er war aufgeregt, seine Stimme bekam einen nervösen und flehenden Tonfall.

»Ich war es nicht, sehen Sie das nicht? Aber seit ich auf Bewährung raus bin, werd ich ständig belästigt.«

»Wolltest du uns eine Lektion erteilen?«

»Ich wollte nur, dass Sie begreifen, dass Sie mit mir Ihre Zeit verschwenden. Ich habe mich gebessert, ich bin kein Verbrecher. Ich arbeite als Bote für eine Firma, hier haben Sie die Telefonnummer, Sie können anrufen und es sich bestätigen lassen.«

Garzón stand auf. Ich warf ihm einen Blick zu und schüttelte den Kopf.

»Wir werden gar nichts bestätigen lassen. Wir werden einfach so weitermachen. Warum bist du vorbestraft, was hast du gemacht?«

Er senkte den Kopf.

»Ich habe ein Mädchen befummelt, das gerade aus der Schule kam«, sagte er leise.

»Wie, ich verstehe dich nicht.«

»Darf ich mich wieder anziehen?«

»Nein.«

»Bitte!«

»Du bleibst, wie du bist.«

Garzón stand auf und bat darum, hinausgehen zu dürfen. Ich gestattete es ihm und schloss die Tür wieder ab. Der Junge war so nervös und verstört, dass ich schon glaubte, er würde zu heulen anfangen. Aber er tat es nicht, mit hervorquellenden Augen und vor Erniedrigung hochroten Ohren hielt er durch.

Ich zwang mich, weitere zwanzig Minuten in derselben Position zu verharren, ohne den Blick von ihm abzuwenden. Dann stand ich auf.

»Zieh dich wieder an, du Jammerlappen. Über eine Vergewaltigung macht man keine Witze. Verschwinde und erzähl niemandem ein Wort von dem hier, oder ich werde dich rupfen.«

Bevor er ging, fragte ich noch mal:

»Warst du es?«

Und er antwortete matt:

»Ich schwöre Ihnen, dass ich es nicht war, ich schwöre es Ihnen.«

Garzón erwartete mich im Flur. Ich lächelte ihn an, als wäre nichts geschehen.

»Wenn es Ihnen recht ist, machen wir eine Pause und trinken einen Kaffee.«

Er folgte mir über den Gang, immer zwei Schritte hinter mir. Wir überquerten die Straße und betraten die Kneipe. Er war absolut stumm, aber als er die ersten Schlucke getrunken hatte, konnte er sich nicht mehr beherrschen und sagte mit verzerrtem Lächeln:

»Nicht schlecht, Inspectora, Sie haben mich überrascht! Sie waren ganz schön hart, diese Methode heute ist nicht sehr gängig.«

Ich ging über die Bemerkung hinweg.

»Wie finden Sie das mit der Uhr, Garzón? Ich glaube, das ist eine interessante Idee. Das ist ein Gegenstand, den man nicht extra in die Hand nehmen muss, aber man kann ihn auf die Haut drücken. Vielleicht gibt es eine Armbanduhr auf dem Markt, die mit Stacheln eingefasst ist, für irgendeinen Sport oder die Jagd, was weiß ich. Wir sollten uns dahinter klemmen, vielleicht hat uns dieser Stümper weitergeholfen.«

»Sie wissen, dass man uns das, wenn jemand während des Verhörs reingekommen wäre, angehängt hätte.«

»Also, Subinspector, waren Sie so verstört, dass Sie nicht mal mitbekommen haben, dass ich abgeschlossen hatte?«

»Verstört, ich?«

»Ich denke schon.«

Wir sahen uns direkt an. Er hatte noch immer dieses starre Lächeln im Gesicht.

»Gut, Petra, um ehrlich zu sein, möglich, dass Sie Recht haben, ich war etwas verstört. Jeder tut das, wozu er bei einem Verhör Lust hat, aber ganz ehrlich, diesmal sind Sie zu weit gegangen.«

»Warum?«

»Was wollen Sie hören, Inspectora? Einen Mann auf diese Weise nackt vorführen ... das verstößt gegen die Rechte des Verhörten.«

»Ihm eine reinzuhauen aber nicht?«

»Wenigstens verletzt das nicht seine Würde.«

»Ich hätte nicht gedacht, dass Sie es mit der Würde so genau nehmen.«

»Tu ich aber.«

»Und es kann nicht sein, dass Sie sich stellvertretend in Ihrer männlichen Würde verletzt gefühlt haben?«

Das Lächeln erstarb.

»Nein, ganz sicher nicht. Aber so betrachtet glaube ich, dass sie es einfach ausgenutzt haben, eine Frau zu sein.«

In mir stieg eine Wolke der Wut auf. Ich stieß ein theatralisches Lachen aus und hob die Stimme.

»Mein Gott noch mal! Jetzt haben Sies mir aber gegeben. Da hör ich mir mein ganzes Leben lang Beleidigungen an, und jetzt nutze ich es aus, eine Frau zu sein.«

»Ich weiß nicht, wovon Sie sprechen.«

»Aber ich. Hätten Sie es korrekter gefunden, wenn die Befragte eine Frau gewesen wäre? Wie oft haben Sie die sexuelle Würde von weiblichen Häftlingen verletzt, wie oft? Und wie oft haben Sie spöttische, doppeldeutige Bemerkungen, Gesten und Bosheiten vor ihnen von sich gegeben? Bestimmt mehr als einmal. Glauben Sie, ich schlucke das mit dem Gesangsverein Polizei, wo sich alle Welt um die Würde kümmert? Sie haben diese Dinge oft gesehen und gemacht, Subinspector, da bin ich ganz sicher, und es schien Ihnen ganz normal. Soll ich Ihnen mal was sagen? Wenn sich mir irgendwann einmal die Gelegenheit bieten sollte, mein Geschlecht zu nutzen, werde ich sie wirklich bis zur Neige auskosten.«

Es war so laut in der Kneipe, dass glücklicherweise niemand zu uns hersah. Garzón flüsterte eine kurze Entschuldigung und ging. Er war krebsrot vor Wut und so verärgert, dass er nicht einmal die Rechnung bezahlte, worauf er sonst immer bestand. Als er schon an der Tür angekommen war, rief ich ihm hinterher:

»Finden Sie das mit den Uhren heraus!«

»Zu Befehl«, glaubte ich ihn ausstoßen zu hören. Gut, jetzt waren alle Fehler gemacht, die es zu machen gab. Der Geschlechterkampf war in vollem Gang. Andererseits konnte ich nicht zulassen, dass er sich mir auch nur einmal widersetzte. Dann würde Garzón zum Comisario laufen und ihn um seine Versetzung bitten. Was unserem Chef wie gerufen käme, denn so wäre er uns beide auf einmal los. Plötzlich kam ein Streifenpolizist auf mich zu.

»Inspectora, im Kommissariat fragt ein Mann nach Ihnen.«

»Wissen Sie, was er will?«

»Es geht um die Vergewaltigungen.«

»Ich komme sofort. Mögen Sie einen Kaffee trinken, ich lade Sie ein.«

Er lächelte freundlich.

»Nein danke, ich habe schon bei Dienstantritt eine Erfrischung getrunken.«

Der offizielle Stil der Streifenpolizisten gefiel mir, so hölzern und gestelzt, »Ermordete, die in ihrem Haus übernachten«, »Augeninspektion«, wie ein Aktenbündel alter Unterschriften und Stempel.

»Er wartet in der Empfangshalle auf Sie.«

Eine scharfsichtigere oder erfahrenere Polizistin als ich hätte sofort gewusst, dass es sich um einen Journalisten handelte. Ich musste ihn erst sehen, um argwöhnisch zu werden. Er arbeitete an einer Fernsehsendung zum Thema Straftaten und schreckte vor keiner Scheußlichkeit zurück: Verschwundene, Morde, Diebstähle …, aber die Krönung waren Vergewaltigungen, etwas, das die Zuschauer bewegte. Seine Chefin, Leiterin und Moderatorin dieses Irrsinns, war ein ziemlich hübsches Miststück in meinem Alter, die ich schon einmal gesehen hatte. Sie wollten eine große Sendereihe über unsere Vergewaltigungen produzieren, weswegen sie mich um Informationen und meine Mitarbeit baten. Der Gesandte war ziemlich überrascht zu hören, dass ich nicht daran dachte, ihnen zu helfen.

»Das ist Ana Lozanos Sendung. Wir sind auf Platz eins der Einschaltquoten.«

»Tut mir Leid.«

»Unsere Sendungen nehmen Einfluss auf die öffentliche Meinung.«

»Das kann ich mir vorstellen.«

»Die Polizei pflegt uns immer zu helfen.«

»Hören Sie, das ist ein komplizierter Fall, zudem delikat. Wir können Ihnen nicht einfach so Fakten rüberreichen oder Informationen zuspielen.«

»Ich versichere Ihnen, dass die Reportagen so oder so gemacht werden, mit oder ohne Ihre Hilfe. Mehr noch, wenn Sie uns keine Fakten aus erster Hand liefern, ist es gut möglich, dass versehentlich etwas falsch dargestellt wird.«

»Wenn Sie etwas Falsches bringen, verklage ich Sie.«

Er zuckte mit den Schultern und lächelte. Er war kein bisschen beleidigt, das war sein Berufsalltag.

»Gut, dann gehe ich jetzt. Übrigens, wissen Sie schon was über den Vergewaltiger?«

Ich lächelte ihn an: »Trinken Sie einen auf meine Gesundheit.«

Damit ließ ich ihn stehen. Hatte der Subinspector doch Recht? War ich zu brutal gewesen, als ich diesen Typ sich ausziehen ließ? Ich empfand keinerlei Reue, schließlich hatte ich keine Gewalt angewandt, sondern war nur so subtil gewesen, die Sachlage umzudrehen. Garzón hatte es ganz richtig erkannt: Ich nutzte es aus, eine Frau zu sein. Der Rahmen war bereits abgesteckt: Vorurteile, Konventionen… Um die Szenerie umzudrehen, bedurfte es nur eines Quäntchens Macht. Ein Fünkchen Macht in weiblichen Händen. Und die hatte ich jetzt.

# 5

Wie zu erwarten, gab es auf dem Markt keine Armbanduhren mit Klingen oder Stacheln um das Zifferblatt herum. Wir dachten, es könnte sich vielleicht um eine Spezialanfertigung für Bergsteiger oder Taucher handeln, aber nein. Anfangs sah das wie ein weiterer Fehlschlag aus, aber immerhin blieb so die Waffe einzigartig. Umso besser. Trotzdem wusste ich wieder nicht, in welche Richtung wir ermitteln sollten. Ich schlug dem Subinspector eine Gegenüberstellung der drei Mädchen vor. Garzón, der erstaunlicherweise nicht um Ablösung gebeten hatte, war einverstanden und half mir, das Zusammentreffen vorzubereiten.

Er benachrichtigte die Opfer und bemühte sich um einen Termin. Es gab jede Menge bissiger Antworten. Sie hatten gute Ausreden, eine Zusammenarbeit mit uns abzulehnen. Ich unterstellte, keine von ihnen glaubte daran, dass unsere Ermittlungen zu einer schnellen Lösung führen würden. Auch hegten sie – und das war auffällig – keine Rachegelüste, den Schuldigen hinter Gitter zu sehen. Sie hatten das Unaussprechliche erlitten, sie waren in große Bedrängnis geraten, und zur Solidarität braucht es eine intakte Würde. Erniedrigung führt in ungeahntem Ausmaß zu Vereinzelung. Sie bedeutet inneren Konflikt und Isolation. Da Garzón die Begrüßung übernahm, ersparte ich mir die ersten bösen Blicke.

Bevor ich ins Kommissariat ging, machte ich noch einen Abstecher ins Fitnesscenter. Ich musste dringend Aggressionen abbauen und ordentlich schwitzen. Beim Gedanken an das bevorstehende Verhör gelangen mir die Übungen am Bauchtrainer besser denn je. Nach dem Duschen kam eine der jungen Frauen auf mich zu. Die anderen sahen neugierig zu uns herüber.

»Du bist Polizistin?«, fragte sie ohne Umschweife.

Ich erstarrte. Ich hatte ihnen nie von meinem Beruf erzählt.

»Woher weißt du das?«

»Dein Name steht in der Zeitung, und so viele Petra Delicados gibts ja nicht…«

»Kann ich mal sehen?«

Sie hatte die Zeitung an der besagten Stelle aufgeschlagen. Die übrigen Mädchen glotzten noch immer neugierig, sie hatten ihre Toilette unterbrochen und warteten gebannt auf meine Reaktion.

»Inspectora Petra Delicado arbeitete seit ihrem Eintritt bei der Polizei im Archiv. Subinspector Garzón ist eine Art Münze, die innerhalb der Abteilungen und der Kommissariate weitergereicht wird. Da stellt sich die Frage: Bringt einer von beiden die erforderliche Erfahrung für diesen Fall mit? Bleibt zu hoffen, dass sie bald abgelöst werden von einem Fall, der für sie offensichtlich eine Nummer zu groß ist. Der Fall des ›Blumenvergewaltigers‹ hat sich außerordentlich kompliziert und zum sozialen Alarmsignal verwandelt. Viele Eltern beginnen sich zu fragen: Sind unsere Töchter auf der Straße nicht ständig in Gefahr?«

Wer hatte das geschrieben? War auch egal, der Arm der Presse ist viel länger und reicht weiter als der des Gesetzes. Ich hatte die Botschaft meines Besuchers vom Vortag nicht verstanden: »Wenn du mitmachst, bekommst du vielleicht Schwierigkeiten, wenn nicht, werden wir alle hinter dir her sein.« Meine vormals heiteren Sportkameradinnen sahen mich erschrocken an. Ich hatte sie aufgeschreckt wie Eulen in der Bodenkammer.

»Glaubst du, dass ihr den Schuldigen findet?«

»Natürlich.«

In ihrem noch geröteten Gesicht stieg eine Wolke unvermittelter Wut auf.

»Gegen Vergewaltigung Kastration«, sagte sie und gesellte sich wieder zu den anderen.

»Macht euch keine Sorgen, ich werde ihn nicht nur kastrieren, ich werde euch seine Eier in Zellophan verpackt schicken.«

Sie wussten nicht, wie sie das einordnen sollten. Missmutig packte ich meine Sachen und verzog mich. Alberne Mädchen, gesegnet sei ihre Naivität! Ich würde das Fitnesscenter wechseln müssen, vorausgesetzt, dass es überhaupt noch eines gab, in dem ich weiterhin eine anonyme und normale Mitbürgerin sein konnte.

Als ich im Kommissariat ankam, war ich so in Rage, dass ich an Garzón vorbeirauschte. Er sprach mich an.

»Haben Sie das in der Zeitung gelesen?«, knallte ich ihm an den Kopf.

»Nein.«

»Jetzt haben sie uns auf der Abschussliste.«

»Aha.«

»Können Sie sich das vorstellen?«

»Als Sie mir von Ihrem Gespräch mit diesem Journalisten erzählt haben, dachte ich mir schon, dass so was passiert.«

»Ehrlich, Garzón, ich verstehe nicht, wie Sie so unempfindlich sein können. Sie sind wohl an alles gewöhnt, was?«

»Nein. In Salamanca gabs nicht viele Journalisten.«

»Und?«

»Warum regen Sie sich so auf? Die Leute lieben Skandale.«

»Bis jetzt habe ich meine Arbeit in völliger Anonymität gemacht. Mich entsetzt schon der bloße Gedanke, dass es jemanden gibt, der seine Nase in meine Angelegenheiten steckt.«

»Das ist normal.«

Er trug einen grauen Nadelstreifenanzug mit Weste, aber er hätte genauso gut die Toga eines Stoikers anhaben können. Was für ein Glückspilz! Er schien gegen jeden Regenguss gefeit. Außer seinem Kampf und seiner Abneigung gegen mich bremste oder beschleunigte ihn nichts.

»Um ein guter Polizist zu sein, muss man jede Emotion außen vor lassen«, stieß er aus.

»Und Sie sind ein guter Polizist?«

»Ich halte es schon dreißig Jahre aus.«

»Wissen Sie was, Garzón? Ich hab die ganze Angelegenheit bis oben hin satt. Wenn sie uns jetzt entbinden, wäre das gar nicht schlecht. Wir stochern im Dunkeln, ohne Spuren, ohne Intuition, ohne einen verdammten Lichtstrahl. Und die Journalisten haben uns gerade noch gefehlt.«

Er setzte eine ausdruckslose Miene auf und ich schnaubte weiter.

»Ja, ich weiß schon, Sie brauchen es nicht zu wiederholen. Sie tun, was Ihnen angeordnet wird.«

»Genau.«

Ich vergaß immer wieder, dass er nicht mein Verbündeter war. Ich war seine Chefin und eine verdammte Frau. In dieser beschissenen Untersuchung war ich ganz allein auf mich gestellt.

»Sind die Mädchen da?«

»Die drei sitzen im Konferenzzimmer.«

»Schauen wir mal, ob wir irgendeinen verfluchten Hinweis kriegen.«

Es war tatsächlich kein Blödsinn gewesen, die Opfer zusammenzubringen. Zuerst fiel auf, dass sie sich äußerlich sehr ähnelten. Niemand konnte abstreiten, dass sie alle sehr zerbrechlich wirkten. Schlank, zierlich, mit Augen wie ein Blindenhund, aufmerksam, aber desinteressiert. Und es war überdeutlich, dass sie sich nie wehren würden.

Im Gegensatz zu ihrem bescheidenen Leben hatten sie paradoxerweise alle wunderschöne Namen. Die Tochter der Köchin hieß Salomé, die Friseuse Patricia und die Schneiderin Sonia. Sie saßen weit auseinander, womit sie vermeiden wollten, eine homogene Gruppe zu bilden. Und sie vermieden es, sich anzusehen.

»Ihr müsst eure Aussagen nicht wiederholen. Trotzdem muss ich euch noch ein paar Dinge fragen, und wenn ihr drei zusammen da seid, ist das einfacher.«

Keine Antwort.

»Habt ihr mich verstanden?«

Noch immer keine Antwort.

»Hat keine von euch etwas zu sagen?«

Patricia sagte mit tonloser Stimme: »Wir haben es doch schon so oft erzählt.«

Ich schlug einen mütterlichen Ton an.

»Es geht nicht darum, sich zum Spaß an das Unangenehme zu erinnern. Wir versuchen, diesen Kerl zu erwischen, und jede Kleinigkeit kann uns helfen.«

Kleinigkeiten? Aber sie hatten doch praktisch nichts beigesteuert. Ich warf einen Seitenblick auf Garzón, der wie ein Schornstein rauchte, und hoffte, dass er wenigstens meinen förderlichen Umschwung zur Sanftheit zu schätzen wusste.

»Wisst ihr was? Ich werde ein paar Dinge zusammenfassen und wenn ihr etwas richtig stellen oder hinzufügen wollt, unterbrecht ihr mich einfach.«

Ich hatte den Eindruck, als würde ich ohne Dolmetscher vor Koreanern eine Rede halten.

»Es war immer ziemlich dunkel. Er hatte eine Mütze auf. Er

sprach wenig, und wenn doch, dann flüsterte er. Bis jetzt alles richtig?«

Sie schauten alle woandershin.

»Obwohl ihr weder sein Gesicht erkennen noch seine Stimme deutlich hören konntet, habt ihr alle bemerkt, dass er ein junger, gesunder und athletischer Mann ist. Stimmt das?«

Schweigen. Ich fasste mich in Geduld und fuhr fort.

»Er hat keine Gewalt angewendet.«

Patricia sagte ganz leise: »Mich hat er geschüttelt.«

Animiert von diesem ersten Einwurf fügte Sonia hinzu:

»Mich hat er geschubst und am Ärmel gezerrt.«

Ich hob die Hände.

»Wollt ihr damit sagen, dass er brutal war, auch wenn er euch nicht geschlagen hat?«

Die beiden Köpfe deuteten ein Nicken an.

»Gut. Jetzt will ich, dass ihr drei scharf nachdenkt ...«

Ihre Blicke schweiften wieder ab. »Ihr drei« war eine Kollektivbezeichnung, die sie nicht akzeptieren mochten.

»Als er euch diese Stiche zugefügt hat, wie hat er sich dabei bewegt?«

Momentan waren sie wie erstarrt. Patricia zeigte schüchtern auf Garzón.

»Kann er rausgehen?«

Obwohl ich die eigentliche sexuelle Aggression nicht erwähnt hatte, wirkte die unglückselige Markierung wie ein Symbol, das vielleicht sogar noch beschämender war als die Vergewaltigung selbst. Das Mal vereinte sie, es verwandelte sie in eine Art Opferherde. Garzón schnaubte etwas in seinen Bart. Er verlagerte seinen ausladenden Schwangerenbauch von einem Fuß auf den anderen und wartete.

»Es macht Ihnen doch nichts aus, einen Augenblick rauszugehen, Subinspector?«

Vielleicht hätte ich ihm diese Anordnung nicht erteilen sollen. Ich, die sich bei allen Verhören ungewöhnlich rüde verhalten hatte, gab jetzt dem Zieren eines Mädchens nach, das keinerlei Anlass zu solch einer Forderung hatte.

»Natürlich nicht«, murmelte er.

Aber damit änderte sich auch nichts, dieselbe Weigerung, zu reden, dieselbe schuldbeladene Scham.

»Ja, und?«

Die Friseuse stand auf.

»So hat er es gemacht.«

Sie zögerte, wen sie als Demonstrationsobjekt wählen sollte. Salomé kauerte sich zusammen, aber Sonia hielt ihr den Arm hin. Patricia nahm ihn mit der rechten Hand, drückte ihn brutal nach hinten und presste ihr dann die linke Handoberfläche darauf.

»Jetzt du, Sonia.«

Sonia tauschte mit Patricia den Platz und machte fast identische Bewegungen.

»Gut. Willst du es auch vormachen, Salomé?«

Die Tochter der Köchin war extrem unruhig. Sie senkte den Kopf, sodass es nicht einfach war, sie zu verstehen.

»Mit mir hat er es genauso gemacht«, flüsterte sie.

»Du musst es vormachen.«

Sie stand schwerfällig auf. Über ihren zerschlissenen Jeans trug sie ein viel zu langes Hemd. Sie kam auf mich zu, nahm meinen Arm und drückte mit überraschender Kraft ihren darauf. Dann hob sie den Kopf und sah mich wild an. Ich spürte ihren Hass. Mein Arm juckte, und ich zog ihn zurück.

»Ist gut.«

Bevor ich weiter sprach, versuchte ich mich zu beruhigen.

»Das heißt also, dass er etwas am Arm trug und nur fest zudrücken musste.«

Sie nickten.

»Hört mir aufmerksam zu. Könnte es eine Uhr gewesen sein, eine Armbanduhr?«

Sie dachten nach.

»Ich weiß nicht«, sagte Patricia.

Sonia mischte sich ein.

»Ist gut möglich, aber es könnte auch ein Armband gewesen sein, oder etwas, das mit einer Schnur festgebunden war.«

Salomé blieb stumm.

»Was meinst du?«, fragte ich sie.

»Ich weiß nur, dass es sehr wehgetan hat«, antwortete sie.

»Eine letzte Frage, und das ist kein Blödsinn: Würdet ihr sagen, dass euch drei derselbe Typ überfallen hat?«

Sie nickten alle gleichzeitig. Ich brachte ein Lächeln zu Stande. »Das ist alles. Ihr könnt gehen.«

Hastig liefen sie hinaus. Sie sagten nicht mal Auf Wiedersehen, und ich tat es auch nicht.

Garzón kam wieder herein. Ich bat ihn nicht um Entschuldigung.

»Wie wars?«, fragte er.

»Nichts Besonderes, aber jetzt können wir sicher sein, dass es sich um denselben Mann handelt.«

Nun war er am Zug.

»Ich dachte, das wäre schon klar gewesen.«

»Nein, es hätte sich um eine Bande handeln können.«

Er verzog das Gesicht, und nur sein tiefer Respekt vor der Hierarchie hinderte ihn daran, loszulachen. Sein Zigeunerbart schwoll vor Verachtung.

»Außerdem weiß ich jetzt, wie er es genau angestellt hat mit der Markierung.«

»Gut, sagen Sie mir, wie wir weiter vorgehen.«

»Wissen Sie, ob die Sozialarbeiterin hier ist?«

Solche Fragen zur Unzeit bewirkten, dass er in seine offizielle Rolle schlüpfte.

»Ich werde nachsehen.«

»Ich will sichergehen, dass wir alles über die Überfälle wissen.«

Armer Garzón, er nahm flüchtig Haltung an und verschwand. Pflichtgefühl stand bei ihm über allem. Er sah ganz genau, dass ich im Moor festsaß und sinnlose Befreiungsversuche unternahm, aber trotzdem gehorchte er meinen Anweisungen, als kämen sie vom Papst. Einen Augenblick später war er mit der Sozialarbeiterin zurück.

Sie war sehr direkt.

»Was wollen Sie wissen?«, fragte sie.

»Erzählen Sie mir etwas über die Mädchen. Wie sind sie?«

»Die Mädchen? Na ja, Sie können es sich ja vorstellen, Typisch Unterschicht. Wenig Geld, wenig Hirn, wenig Bildung. Sie arbeiten ihre Stunden ab und hängen danach in Kneipen rum.«

»Glauben Sie, dass es jemand aus ihrem Umfeld gewesen sein könnte?«

»Was soll ich Ihnen sagen. In diesen Kreisen kann man nichts mit Sicherheit ausschließen. Sie spielen an den Automaten oder Billard, vielleicht dealen sie, vielleicht auch nicht. Wenn sie sich auf nichts einlassen, heiraten sie einen Mechaniker oder gehen putzen … Sie wissen schon.«

»Drogen?«

»Wirkt nicht so.«

»Sie waren die Erste, die mit ihnen nach der Tat gesprochen hat. Ist Ihnen irgendetwas an ihren Reaktionen aufgefallen?«

Sie nahm das mitgebrachte Notizbuch zur Hand.

»Mal sehen... diese Sonia war sehr besorgt wegen ihrem Freund, ein Bursche, der in einer Autowaschanlage arbeitet, weil dieser Scheißkerl sie doch markiert hat... Patricia war die Wütendste, sie sagte, sie hätte ihn gerne umgebracht, hat sich aber sofort wieder zusammengerissen. Die andere, Salomé... ein seltsames Mädchen, redet wenig, wirkt, als würde sie alles schlucken. Ich vermute, sie war noch Jungfrau.«

»Die anderen nicht?«

»Glaub ich nicht. Hören Sie, diese Mädels wissen ziemlich gut Bescheid über das Leben, glauben Sie bloß nicht, dass das Kinder sind, die ein Trauma erlitten haben. Ihre Lebensumstände sind so hart, dass sowas nur ein weiterer Schlag ist.«

Ich betrachtete überrascht dieses Gesicht, das so unsensibel wirkte.

»Wollen Sie damit sagen, dass es im Grunde egal ist, dass sie vergewaltigt wurden?«

Sie zuckte zusammen und sah Hilfe suchend den Subinspector an, Zeuge der Provokation.

»Ich habe nichts dergleichen gesagt. Was wollen Sie damit andeuten?«

»Sie können gehen. Das war alles, was ich wissen wollte.«

Sie schürzte die Lippen, als müsste sie sich zurückhalten, um mich nicht anzuspucken. Dann verabschiedete sie sich, indem sie die Tür hinter sich zuschlug. Ich wandte mich an Garzón.

»Haben Sie das gehört? Besteht ihre Arbeit hier nicht etwa darin, die Opfer zu unterstützen?!«

Garzón blieb ausdruckslos. Er war offensichtlich weder bereit, mir Recht zu geben noch sich mit mir anzulegen.

»Wie will sie ihnen helfen, wenn sie in ihnen nur kleine Nutten sieht?«

»Jeder hat seine eigene Art, seine Pflicht zu erfüllen.«

Verfluchter Garzón, immer bereit, mir den Ball zurückzuwerfen, womit er die Barriere zwischen uns immer schön aufrecht hielt.

»Ich gehe nach Hause, Subinspector. Rufen Sie mich an, wenn es was Neues gibt.«

Nicht einmal Chopin konnte mich beruhigen. Ich setzte mich in einen Sessel und legte die Beine hoch, fühlte mich aber ungemütlich und ging lieber in den Garten hinaus. Die Geranien wirkten so tot wie immer, nur dass sie jetzt mit einer Schicht Erde überzogen waren, was sie noch schrecklicher aussehen ließ. Ich sollte mir was zu essen machen. Wie heißt es doch? Kochen entspannt. Schon der Anblick meiner neuen Küche beruhigte mich. Vorsichtig zog ich die Vorhänge zu, die Außenwelt voller Vorurteile und Dummheit, Sozialarbeiterinnen und Subinspectoren blieb draußen. Ich schlug ein paar Eier auf, ohne genau zu wissen, was ich mit ihnen tun sollte. Das Telefon klingelte. Es war Hugo.

»Um vier erwartet uns der Notar zum Unterschreiben. Wir könnten zusammen essen.«

»Tut mir Leid, ich mache mir gerade ein Soufflé.«

»Ein Soufflé? Hast du wieder geheiratet?«

»Nein, aber ich versorge mich besser, ich treibe Sport, nehme aromatische Bäder, mache mir Obstsalate...«

»Und Soufflés.«

»Genau, und Soufflés.«

»Dann treffen wir uns kurz vorher im Café.«

Hugo war tadellos wie immer, ganz Kavalier. Er konnte sich bei meinem Anblick ein nervöses Zucken nicht verkneifen.

»Tut mir Leid, dass du kommen musstest, aber ich möchte vor meiner Heirat alles geregelt haben. Es wäre nicht sehr ehrenhaft, mit zwei Frauen gleichzeitig Besitztümer zu haben. Das versteht du doch, oder?«

»Ja. Was soll ich denn unterschreiben?«

»Den privaten Kaufvertrag. Wir bekommen in Kürze die Niederschrift und dann gebe ich dir auch den Scheck mit deinem Anteil.«

»Einverstanden.«

»Du sagtest, das Geld kommt dir nicht ungelegen.«

»Nein.«

»Hast du finanzielle Sorgen?«

»Keineswegs. Aber du weißt ja, das Gehalt einer Polizistin ist nicht so hoch.«

»Wenn du die Kanzlei nicht verlassen hättest…«

Ich versuchte, sanft zu sein: »Hugo, bitte.«

»Du hast einen gewissen Wohlstand genossen.«

»Ich weiß.«

»Und für eine Frau eine viel würdigere Arbeit gehabt.«

Das war der passende Augenblick, ihn zum Teufel zu jagen, aber ich ließ ihn vorübergehen.

»Ich habe die Zeitung gelesen.«

»Aha.«

»Deprimierend. Sie werden dich kreuzigen. Weißt du, worauf du dich eingelassen hast? Ein Fall von Serienvergewaltigung, da kommst du nicht unbeschadet raus. Die Presse wird dich auseinander nehmen.«

»Ich kann mir meine Fälle nicht aussuchen, sie werden mir übertragen.«

»Blödsinn, Petra, das ist etwas, womit sich niemand die Finger schmutzig machen will, aber du hast es dir aufgehalst. Ist es das, was du wolltest, als du zur Polizei gegangen bist?«

»Schau, ich…«

»Den ganzen Tag mit einem dicken Polizisten rumlaufen und in erbärmlichen Kneipen und Nuttenbars rumhängen. Du verspielst deine Würde. Die wissen, dass du aus dem Archiv kommst, die Aasgeier forschen dein Leben aus, sie werden ihre Nase in alles reinstecken. Jetzt ist es deine Unerfahrenheit, später wird es was anderes sein.«

Dass ich beispielsweise mit ihm verheiratet gewesen war. Mein Gott, wie leicht war er zu durchschauen. Er fürchtete, in mein desaströses Leben verwickelt zu werden und seinen Namen neben dem meinen lesen zu müssen. Das wäre der Gipfel. Ein verlassener und verspotteter Hahnrei.

»Ständig mit diesem Subinspector oder was auch immer er sein mag, der aussieht wie ein Tangosänger. Das ist keine Arbeit für dich.«

»Ist nur vorübergehend.«

»Genug, um dein Image zu zerstören. Schau mal, ich habe Freunde, ich könnte was in einer Kanzlei für dich finden. Du musst dein neues Leben in Ordnung bringen. Ist dein Durst nach Veränderungen und Abenteuern nach all diesen Jahren noch immer nicht gestillt? Du bist eine zweite törichte Ehe eingegangen, die auch gescheitert ist, du kannst dir nicht erlauben, dass es auch beruflich mit dir bergab geht.«

»Ich weiß nicht, ich …«

»Dann lass dich doch wenigstens von dem Fall entbinden. Sag, du fühlst dich dem nicht gewachsen. Geh zurück ins Archiv. Ich denke, das werden sie dir nicht abschlagen, es wäre das Vernünftigste.«

»Ich denk darüber nach. Ich verspreche es dir.«

Er sah mich prüfend an und versuchte herauszufinden, ob ich nur vom Thema ablenken wollte. Dann stand er erhobenen Hauptes auf, gab mir die Hand und ging ohne ein Lächeln.

Als ich nach Hause kam, warf ich die Tür so heftig zu, das es in der Stille widerhallte. Das Licht ließ ich aus. War das das Schicksal einer Frau? Blieben die Ehemänner, Freunde, Geliebten, die irgendwann einmal in ihr Leben getreten waren, immer anwesend? Würde die Vergangenheit sie immer einholen? Hugo dachte bestimmt: Was fällt ihr wohl noch alles ein, um mich zu kompromittieren? Und trotzdem hatte er Recht: Ich war dem Fall nicht gewachsen, und ich wusste nicht, was ich tun sollte. Nicht einmal der Tangosänger half mir.

Das Telefon klingelte.

»Tut mir sehr Leid, Sie zu stören, Petra, aber …«

»Keine Sorge, Garzón. Was ist los?«

»Es handelt sich um den Vergewaltiger.«

»Ja, und?«

»Er hat es wieder getan.«

»Was?«

»Sie hören es ja.«

»Wie ist es passiert?«

»Nicht am Telefon. Es ist besser, wenn Sie ins Kommissariat kommen. Ich bin schon da.«

Verfluchter Garzón, was tat er immer im Kommissariat? Wohnte er dort? Und warum konnte er nicht am Telefon reden? Ich rieb mir das Gesicht, aber das machte mich auch nicht wacher. Ein Albtraum. Welches Arschloch konnte nur so frenetisch vergewaltigen und eine Blume nach der anderen hinterlassen? Wollte er auf sich aufmerksam machen, die Medien aufscheuchen, die Polizei in Schach halten?

Die vierte Vergewaltigung machte Garzóns soziale Hypothese zunichte. In diesem Falle handelte es sich um ein Mädchen aus gutem Hause. Die Tat war am Spätnachmittag in einem gutbürgerlichen Viertel geschehen. Es bestätigte sich ein

Begleitumstand nach dem anderen: Penetration, vermummtes Gesicht, junger, athletischer Mann, keine weitere Gewaltanwendung als die Markierung des Arms. Das Mädchen kam vom Tennisspielen, er überraschte sie, drängte sie in eine Garageneinfahrt und vergewaltigte sie. Keine Zeugen. Wir konnten sie nicht befragen, sie hatte einen Nervenzusammenbruch erlitten und lag im Krankenhaus. Bis sie sich nicht beruhigt und die Schockwirkung nachgelassen hatte, hatten wir keine Gelegenheit, sie zu sprechen. Ich wollte sie sehen, bestätigt finden, dass ihre physische Konstitution mit der der anderen Opfer übereinstimmte, denn ich war fest davon überzeugt, dass es sich um einen psychologischen Beweggrund handelte.

Der Vater des Mädchens hingegen war anwesend. Ein einflussreicher Architekt um die vierzig, und mit einer außerordentlichen Portion Energie ausgestattet. Kaum hatte ich ihn gesehen, war mir klar, dass er für jedes persönliche Unglück die Polizei verantwortlich machte. Während er auf uns einredete, lief er völlig außer sich auf und ab. Laut Garzón hatte er um ein Gespräch mit dem Comisario gebeten. Als er mich erblickte, spuckte er übergangslos Feuer.

»Sie beide sind bis jetzt ruhig in Ihrem Trott vorgegangen. Gut, aber von jetzt an ist es damit vorbei. Ich will, dass Sie vierundzwanzig Stunden lang ermitteln, dass Sie eine Sonderkommission bilden. Ich werde bei all Ihren Vorgesetzten vorsprechen und versichere Ihnen, wenn nötig, gehe ich bis zum Innenministerium.«

Ich sah ihn ironiefrei an und überlegte, wie ich ansetzen sollte.

»Und selbstverständlich werde ich als Erstes verlangen, dass Sie beide von dem Fall entbunden werden.«

Garzóns Schweigen war unergründlich.

»Darf ich fragen, warum?«

»Glauben Sie, ich lese keine Zeitung? Wollen Sie mich auf den Arm nehmen? Ich weiß, dass Sie nicht qualifiziert sind. Es ist eine Schande, wie dilettantisch Sie die Ermittlungen führen.«

»Glauben Sie alles, was in der Zeitung steht? Denken Sie etwa daran, der Presse Fakten zuzuspielen?«

»Wenn mein Name oder auch nur das geringste Detail über die Vergewaltigung meiner Tochter veröffentlicht wird, verklage ich Sie.«

»Nun, wenn Sie der Presse so wenig vertrauen, warum interessiert Sie dann, was über uns geschrieben wird?«

»Das ist nicht der passende Augenblick für Spielchen. Da draußen läuft ein Vergewaltiger frei herum, das erscheint Ihnen vielleicht normal, aber der Zufall wollte es, dass dieser Hurensohn meine Tochter vergewaltigt hat, und dafür wird er bezahlen, jetzt, verstehen Sie? Jetzt sofort, jawohl!«

Garzón streckte einen Arm in seine Richtung.

»Ich bitte Sie, beruhigen Sie sich.«

»Sagen Sie mir nicht, was ich zu tun habe! Im Grunde wäre es gar nicht nötig, die Zeitungen zu lesen. Es reicht schon, Sie nur anzusehen, eine Frau und ein alter Mann. Ist das alles, was die Polizei einem unbescholtenen Bürger zu bieten hat?«

Ich sah, wie Garzóns Kiefer arbeiteten. Zum Glück kam in dem Moment ein Streifenpolizist herein.

»Inspectora Delicado, der Comisario sagt, dass er Señor Masderius jetzt empfängt, wenn man die Sitzung unterbrechen darf.«

»Sie ist schon unterbrochen«, fauchte Masderius.

Wutentbrannt verschwand er, wobei er Garzón und mich ansah, als wären wir Schnecken in einem Salat.

Garzón kratzte sich am Bart.

»Er ist sehr aufgeregt«, sagte er.

»Sie verteidigen ihn noch?«, fragte ich.

»Wenn meine Tochter vergewaltigt worden wäre, würde ich auch ...«

»Die Ehre, nicht wahr, Garzón? Es gibt keine größere Schande für einen Mann.«

»Ich ziehe es vor, nicht zu urteilen.«

»Das Beschissene ist, dass der Comisario ihn auch noch empfängt. Ist Ihnen aufgefallen, dass er sonst nie jemanden empfängt? Und schon gar keine Familienangehörigen?«

»Wir werden sehen.«

»In welchem Krankenhaus liegt das Mädchen?«

»Im Hospital Sagrada Familia.«

»Dann gehen wir sie besuchen.«

»Man wird uns nicht reinlassen.«

»Wir versuchen es trotzdem.«

Im Auto sah Garzón besorgt aus. Uns beiden war nicht entgangen, dass wir auf einem Pulverfass saßen. Ich betrachtete ihn aufmerksam. Eigentlich sah er gar nicht wie ein Tangosänger aus, Hugo hatte sich geirrt, er wirkte eher wie ein ungarischer Bärenführer, der durch die Stadt spazierte und auf der Straße sein Schauspiel darbot.

»Das Motiv der sozialen Unterschiede hat sich erledigt, Subinspector.«

»Da bin ich mir nicht so sicher.«

»Ich möchte dieses Mädchen sehen. Schauen Sie genau hin. Ich bin davon überzeugt, dass sie einen hilflosen Eindruck macht, zart gebaut ist und wenig wiegt.«

»Glauben Sie, dass der Vergewaltiger ein schwächlicher Mann ist?«

»Darum geht es nicht. Ich denke an eine psychologische Motivation. Ein gedemütigter Typ, der sich nur bei kleinen Frauen traut. Die zierliche Erscheinung ist die einzige Gemeinsamkeit der Opfer. Das ist der wunde Punkt.«

»Das wird uns nicht viel weiterhelfen.«

»Hinterher wird erklärt.«

»Hinterher?«

»Wenn wir den Vergewaltiger festgenommen haben.«

»Ich dachte, Sie warten nur darauf, dass uns der Fall entzogen wird.«

Ich antwortete nicht.

Im Flur des Krankenhauses saß Señora Masderius vor dem Zimmer ihrer Tochter. Unter dem Fuchsmantel trug sie einen weißen Jogginganzug und Turnschuhe. Die blonden Haare lagen in schönen Wellen unordentlich um ihren Kopf. Sie machte ein fassungsloses Gesicht. Als sie uns erblickte, bekam es einen ängstlichen Ausdruck.

»Sie können nicht zu ihr«, sagte sie.

»Was glauben Sie, wann sie mit uns sprechen kann?«

»Meine Tochter wird das Nötige aussagen, wenn ein Richter es anordnet. Und wenn es sich vermeiden lässt, wird sie mit niemandem reden. Weder mit der Presse noch mit der Polizei.«

»Señora, das ist Gesetz, wir müssen ihre Aussage aufnehmen.«

Sie fuhr sich fahrig über die Augen und wiederholte ihre auswendig gelernte Lektion.

»Wir wollen, dass Sie sie in Ruhe lassen.«

»Señora Masderius, Sie wissen doch, dass es laufende Ermittlungen gibt. Uns würde schon helfen, wenn wir Ihre Tochter nur einen Augenblick sehen könnten. Dieser Typ hat schon andere Mädchen vergewaltigt. Wir müssen ihn so schnell wie möglich fassen.«

Sie war eingeschüchtert. Es schien, als hätte sich in ihrem Inneren der gesunde Menschenverstand zu Wort gemeldet.

»Lassen Sie uns eine Sekunde hinein. Wir werden sie nicht ansprechen, Sie haben mein Wort. Wenn wir sie gesehen haben, gehen wir wieder.«

»Mein Mann …«, sie brach ab. Ihre Augen füllten sich mit Tränen und die Spannung in ihrem Gesicht löste sich auf. »Sie können reingehen«, sagte sie und setzte sich wieder auf die Bank. Sie ließ sich einfach fallen und starrte mit gefalteten Händen ins Leere.

Im Zimmer herrschte das übliche Halbdunkel von Krankenhäusern. Das Mädchen lag im Bett und schlief, wahrscheinlich unter Einfluss von Beruhigungsmitteln. Ihr Körper war kaum mehr als eine horizontale Linie unter dem Leintuch. Das sogar noch im Schlaf ängstlich verzerrte Gesicht hatte zarte, blasse Züge. Das gleiche blonde Haar wie das ihrer Mutter bildete einen Heiligenschein auf dem Kopfkissen.

»Sie wirkt wie tot«, flüsterte Garzón.

»Haben Sie gesehen? Wie ich erwartet habe, ist sie sehr zierlich.«

Ich hob ihren verbundenen Arm hoch. Ich dachte daran, dass darunter noch immer schmerzend die bedeutungsvolle Blume pochte.

»Sie haben sie mit Beruhigungsmitteln voll gestopft.«

»Ja«, sagte ich. »Aber wenn sie aufwacht, wird sie sich an alles erinnern, und es bleibt ihr nur die Hoffnung, dass alles ein schlechter Traum gewesen ist.«

Garzón drehte sich nervös um.

»Ich kann Ihnen sagen, Petra, dieser Typ geht mir mächtig

auf den Sack. Wenn wir ihn verhaften, werde ich ihm als Erstes eine reinhauen.«

Zum ersten Mal erlebte ich ihn betroffen. Er hatte sich von seinen Gefühlen hinreißen lassen.

»Beruhigen Sie sich, Subinspector, wir dürfen unseren kühlen Kopf nicht verlieren.«

Hinter uns öffnete jemand die Tür, und wir schreckten hoch. Es war ein junger Arzt mit einer riesigen Brille und Bürstenschnitt.

»Mir wurde gesagt, dass Sie hier sind.«

»Wir ermitteln in dem Fall.«

»Ich weiß, aber wir haben dem Mädchen ein Beruhigungsmittel gegeben, und Sie sehen ja, dass sie nichts sagen kann.«

»Wann, schätzen Sie, wird sie reden können?«

»Nun, ich weiß nicht, bald. Wenn sie aufwacht, bringen wir sie gleich in die Chirurgie.«

»In die Chirurgie?«

»Plastische Chirurgie, wir operieren ihr das Mal heraus.«

»So schnell?«

»Die Eltern wollen es so. Es wäre eigentlich besser, wenn sie psychisch etwas stabiler ist, aber sie meinen, je früher, desto besser.«

»Was nicht gefällt, muss ausgelöscht werden, nicht wahr? Als wäre es nie geschehen.«

Er zuckte die Achseln und sah mich mit philosophischem Blick an.

»Es handelt sich um einen Eingriff ohne große Risiken, demzufolge ist es egal, ob jetzt oder später. Vom ärztlichen Gesichtspunkt aus betrachtet, meine ich.«

Wir drei sahen zum Bett. Die Schlafende hatte sich nicht bewegt, sie hörte uns nicht. Andere bestimmten über ihr Leben.

Sie war nur ein zerbrechlicher Körper, den man ruhig gestellt hatte. Der Arzt wandte sich an mich.

»Ich habe etwas für Sie, ich wollte es aufs Kommissariat schicken, aber wo Sie schon einmal hier sind ... Warten Sie doch in meinem Zimmer auf mich. Ich komme, sobald ich die Visite beendet habe. Die Stationsschwester wird Sie begleiten.«

Señora Masderius hob nicht einmal den Kopf, als wir an ihr vorbeigingen. Sie wirkte wie verloren in einem Labyrinth ohne Fenster und Türen, unfähig, den Ausgang zu finden. Im Arztzimmer sagte ich zu Garzón.

»Haben Sie das Gesicht der Mutter gesehen? Ich würde sagen, sie braucht psychiatrische Hilfe.«

»Es ist immer das Gleiche, die unteren Gesellschaftsschichten ertragen Schicksalsschläge besser. Das hat mir einmal ein Gerichtsmediziner in Salamanca erklärt. Wenn in einer gutbürgerlichen Familie ein behindertes Kind zur Welt kommt, ist das ein Drama, eine Tragödie, und ein Grund, es zu verstecken. Wenn es sich aber um eine einfache Arbeiterfamilie handelt, dann wird das Kind akzeptiert, sauber gehalten, versorgt und allen gezeigt, damit sie sehen, dass es lieb und sogar hübsch ist.«

Zum Teufel mit Garzón! Das war die längste Vorlesung, die er mir gehalten hatte, seit wir uns kannten. Das Thema Klassenkampf schien das einzige zu sein, was seine Leidenschaft und Redseligkeit entfesselte.

Schließlich kam der Arzt. Er wirkte ein oder zwei Jahre älter als Pepe. In den wichtigen Positionen waren alle jung.

»Habe ich Sie zu lange warten lassen?«

»Ich fühle mich wohl in ärztlichem Umfeld«, sagte Garzón.

»Das kommt daher, dass Sie gesund sind.«

Beide lachten. Aber hallo, mein Kollege hatte nicht nur seine Stummheit überwunden, er konnte sogar höflich sein.

»Ich habe Sie hergebeten, weil ich Ihnen etwas zeigen muss.« Er wühlte in einer Schublade. »Das haben wir in der Notaufnahme aus Cristinas Arm herausgeholt. Hier ist es.«

Er öffnete eine kleine Plastikschachtel mit Mullbinden. Dann nahm er eine Pinzette und hielt uns ein winziges Objekt unter die Nase.

»Können Sie es erkennen? Es ist so etwas wie ein winziger Zahn aus einem Silberkamm. Es steckte in der Wunde, tief drinnen in einem der Stiche. Offensichtlich ist es beim Herausziehen abgebrochen und stecken geblieben. Drumherum hatte sich eine runde Schwellung gebildet, aber das Gewebe hat es nicht abgestoßen.«

Wir waren begeistert und glotzten mit tellerrunden Augen. Ich wagte nicht mich zu bewegen, und hatte den Eindruck, durch zu heftiges Atmen würde unser einziges Beweisstück davonfliegen.

»Glauben Sie, dass Ihnen das etwas nützt?«

»Fragen Sie das im Ernst? Selbstverständlich nützt uns das. Das ist das erste Beweisstück, das wir haben. Hat es jemand angefasst?«

»Nein, ich habe es mit der Pinzette herausgezogen und es dann in diese Schachtel gelegt. Ich verstehe nicht viel von Gerichtsmedizin, aber ich habe den Eindruck, dass es sehr schwer sein wird, Spuren oder andere Reste an so einem kleinen Gegenstand zu finden, besonders, nachdem er in einem menschlichen Körper gesteckt hat. Ich nehme an, dass das Blut oder organische Körperflüssigkeiten von Cristina daran zu finden sind.«

»Wir werden es analysieren lassen.«

»Hoffentlich ist es von Nutzen. Dieser Typ ist schon viel zu weit gegangen.«

»Das wissen wir.«

Er ließ uns einen Beleg unterschreiben, dass er uns ein medizinisches Beweisstück übergeben hatte, und verabschiedete sich so natürlich, wie er uns behandelt hatte. Ich steckte das Schächtelchen in die Jackentasche und hielt es fest. Es war wie ein Talisman, der uns unheimliche Tore öffnen würde.

»Gehen wir ein Glas trinken, Garzón? Wir begießen unseren Fund.«

»Nein danke, wenn Sie mir diesen Stachel geben, bringe ich ihn sofort in die Gerichtsmedizin.«

»Und hinterher, haben Sie keine Lust, hinterher einen mit mir trinken?«

»Nein danke, danach gehe ich schlafen. Wir sehen uns morgen, Inspectora.«

Ich legte die magische Schachtel in seine fleischige Hand. Er ging ohne ein Lächeln. Verfluchter, komischer Kauz, Vogelscheuche, dachte ich. Aber dann spürte ich, dass auch ich erledigt und ausgelaugt war und nach einer Dusche verlangte. Also machte ich mich auf den Weg in die Einsamkeit.

# 6

Pepe stand um acht Uhr in der Früh vor der Tür. Ich war gerade aufgestanden, hatte noch den Morgenmantel an und dachte, wenn seine Besuche schon nicht zu vermeiden waren, könnte er sich wenigstens anmelden. Er begrüßte mich, als hätten wir uns zufällig im Bus getroffen. Ich hingegen war noch nicht in Stimmung. Er bemerkte weder die Verwirrung, die mir sein Auftauchen verursacht hatte, noch staunte er darüber, mich im Morgenmantel anzutreffen. Er sah lediglich meine nackten Füße auf den Bodenfliesen und rief:

»Du wirst dir eine Grippe einfangen, wenn du keine Hausschuhe anziehst. Soll ich Frühstück machen, während du dich anziehst?«, fügte er hinzu.

»Hast du Hunger?«

»Ein bisschen, aber ich bin nicht nur zum Frühstücken gekommen. Ich muss dir etwas erzählen.«

Ich hoffte, es wäre nicht eine seiner seltsamen detektivischen Schlussfolgerungen oder der Vorschlag, mir in meinem neuen Heim zu helfen.

»Gestern Abend war eine Frau in meiner Kneipe, ungefähr in deinem Alter. Sie wollte etwas über dich erfahren.«

»Was?«

»Ganz allgemein. Ob es stimmte, dass wir verheiratet waren, seit wann du bei der Polizei bist, was du studiert hast, so was eben ...«

»Na fein, die Journalistin hat dich gefunden!«

»Später fragte sie zwischen albernen Randbemerkungen, ob du irgendeine Spur hast, irgendeinen Hinweis.«

»Ich hoffe, du hast ihr nichts erzählt.«

»Aber ich weiß doch gar nichts.«

Missmutig beendete ich mein Frühstück. Die Presse zu meiden war offensichtlich auch keine Garantie dafür, ruhig leben zu können. Pepe kaute auf einem Stück Toast mit Johannisbeermarmelade herum.

»Ihr habt keine Spur, oder?«

»Ach, nichts Wesentliches.«

»Ich glaube, es handelt sich um eine Sekte. Eine von diesen merkwürdigen Sekten, die Opfer darbringen und blutige Liturgien abhalten. Niemand interessiert sich dafür, aber es gibt eine Menge Sekten, es laufen zu viele verrückte Typen herum. Im Ernst, das sage ich auch immer zu Fermín.«

»Wer ist Fermín?«

»Wie, wer ist Fermín? Dein Kollege, Subinspector Garzón.«

Ich starrte ihn fassungslos an.

»Garzón? Wann hast du denn Garzón gesehen?«

»Schon öfter. Er kommt in die Kneipe, trinkt was oder isst zu Abend. Er ist begeistert von Hameds Couscous.«

»Also wirklich, das ist unerhört!«

»Warum?«

»Er hat mir kein Wort davon erzählt.«

»Was hätte er denn erzählen sollen? Er ist Gast in meiner Kneipe, das ist alles.«

Ich schwieg.

»Pepe, danke für die Informationen. Du gehst jetzt besser.«

»Schon? Kann ich nicht noch eine rauchen?«

»Nein. Ich muss sofort los.«

»Ich dachte, du bist in dieses Haus gezogen, um die Ruhe zu genießen.«

»Das geht dich nichts an. Wenn diese Journalistin wieder auftaucht, sag ihr, dass ...«

»Wenn sie einen Kaffee bestellt, ist sie ein Gast, und ich werde sie gut bedienen.«

»Ist ja gut, Pepe, mach was du willst.«

Ich schob ihn zur Tür hinaus und zog sie hinter uns zu. Wir gingen zu unseren Autos und ich sah ihn in seine klapprige Diane einsteigen. Sie war das perfekte Auto für ihn: langsam, anachronistisch, mit viel Platz im Innenraum, um seine Katzen zu transportieren. Ich musste völlig verrückt gewesen sein, einen Mann zu heiraten, der so was fahren konnte. Diese Journalistin und Garzón in kameradschaftlichem Umgang mit Pepe, das war zu viel für einen gerade erst angebrochenen Tag.

Im Kommissariat suchte ich als Erstes den Subinspector. Er war im Konferenzzimmer, förmlich und imposant wie eine chaldäische Statue.

»Verdammt noch mal, Garzón, wann bekommen Sie endlich einen festen Arbeitsplatz?«

Diese Begrüßung machte ihn sprachlos.

»Vermutlich bleibe ich auf Wanderschaft, solange ich noch mit der Guardia Civil zusammenarbeite«, erwiderte er verständnislos.

»Noch immer in der Schmuggelsache?«

»Ja.«

»Immer hinter dem Spitzel her, was?«

Er wurde mit jedem Wort verstimmter.

»Ja schon.«

»Ist schon merkwürdig, kaum sind Sie in Barcelona und kennen gleich jede Menge Spitzel.«

»Ich kenne sie nicht, ich bekomme eine Liste und stelle den Kontakt zu ihnen her. Aber das habe ich Ihnen schon mal erklärt, meine ich mich zu erinnern.«

»Kann sein. Wie dem auch sei, Sie kommen leicht mit Menschen in Kontakt.«

»Möglich.«

Ich konnte mich nicht mehr beherrschen.

»Hören Sie, Garzón, Sie werden glauben, dass ich mich in Ihr Privatleben einmische, aber es gibt etwas, was mich anmacht, und das will ich Sie fragen.«

Sein Blick wanderte unruhig über mein Gesicht.

»Nur zu.«

»Stimmt es, dass Sie häufiger in Pepes Kneipe sind?«

»Im Efemérides? Na ja, ich mag das Essen und die Atmosphäre. Warum?«

»Weil Sie mir nie erzählt haben, dass Sie da hingehen.«

»Das schien mir nicht nötig.«

»Natürlich nicht! Ich bringe das Thema nur aufs Tapet, weil eine Journalistin dort gewesen ist und Pepe über unseren Fall ausgefragt hat. Er glaubt, dass sie durch Sie auf das Efemérides gekommen ist.«

Ein leicht schmerzerfüllter, aber schnell unterdrückter Anflug huschte über sein Gesicht. Er zündete sich eine Zigarette an und gab vor, ganz natürlich zu sein.

»Sie wissen doch, dass uns die Journalisten nicht in Ruhe lassen werden. Vielleicht verfolgen sie uns überallhin … Jedenfalls haben wir keine Einfluss darauf. Vielleicht wäre es klüger, ihnen ein paar Informationskrumen hinzuwerfen. Vielleicht haben wir dann unsere Ruhe.«

»Kommt nicht infrage.«

»Meine Erfahrung sagt mir …«

»Nicht, solange ich die Ermittlungen leite. Diese Reportagen verstoßen gegen die Menschenwürde. Ich verbiete Ihnen, denen auch nur einen einzigen Fakt zuzuspielen. Ich hoffe, wir haben uns verstanden.«

Er schluckte die dicke Nuss. Seine Augen waren zu sanft, um Hass ausdrücken zu können.

Ein Streifenpolizist trat ein.

»Inspectora, Sie werden am Telefon verlangt.«

Ein guter Augenblick, um dieser unangenehmen Situation zu entgehen. Ich entschuldigte mich. Es war das Labor.

»Wir haben den Stachel untersucht, Inspectora Delicado. Ich schicke Ihnen den Bericht gleich rüber.«

»Können Sie mir schon was sagen?«

Er räusperte sich.

»Nun, äußerlich hat dieser Stachel keine interessanten Merkmale. Es gibt keine Spuren, keine Hinweise, keine Fährte. Aber ich kann Ihnen etwas über seine Beschaffenheit sagen. Er ist aus purem Silber ohne Legierungen, und mit einer Rhodiumschicht überzogen.«

»Rhodium?«

»Das ist ein Material, das Silber zum Glänzen bringt. Soweit ich weiß, wird es in der Schmuckherstellung benutzt. Das ist alles. Glauben Sie, dass Ihnen das weiterhelfen wird?«

»Vermutlich. Bisher hatten wir gar nichts, und jetzt haben wir etwas, auch wenn es nur das ist...«

Ich wusste nicht, ob ich meinen eigenen Worten glaubte. Ein Material, das in der Schmuckherstellung benutzt wird, ist kein besonders spektakulärer Hinweis. Aber vielleicht hatte dieses Rhodium spezielle Charakteristika, die eindeutig in eine Richtung wiesen. Endlich ein Ansatzpunkt.

Garzón erwartete mich an der Bürotür. Ich dachte, nun sei der Zeitpunkt gekommen, die Feindseligkeiten offen auszusprechen, und wartete auf die zündende Frage. Nein, er hatte nicht die Absicht, mich zur Hölle zu schicken. Obwohl er noch immer wie ein schlecht eingestellter Motor schnaubte, teilte er mir lediglich mit:

»Der Comisario will uns sprechen.«

Ich hatte mich geirrt. Ich erwartete ein taktisches Wortgeplänkel mit dem Verbündeten. Und der Feind erklärte mir offen den Atomkrieg.

»Wissen Sie, was er will?«

»Nein.«

»Nun, dann können Sie sich es ja vorstellen.«

»Ich stelle mir gar nichts vor, Inspectora. Ich gehe hin, wo man mich hinschickt, erfülle meine Pflicht und stelle keine Fragen, das wissen Sie ja.«

Coronas ausweichender Blick, sein Zögern und sein Lächeln, als er zu reden begann, machten mir gleich klar, warum wir hier waren: »Ich habe Sie rufen lassen, um Ihnen zu sagen, dass Sie zu Ihrer gewohnten Arbeit zurückkehren können.«

Trotz der klaren Worte verstand Garzón ihn nicht richtig:

»Nach Salamanca?«, fragte er.

Mit dieser momentanen Zerstreutheit gab er unserem Chef die Gelegenheit, die Spannung aufzulösen. Er hob die Hände und brach in Gelächter aus:

»Nein, Subinspector, Gott bewahre! Hier bei uns sind Sie gut aufgehoben. Ich will damit sagen, dass Sie beide auf ihrem Arbeitsplatz benötigt werden, Inspectora Delicado im Archiv und Sie ...«

»Entschuldigung, ich habe nicht gleich kapiert.«

Er lachte grundlos.

»Und in dem Vergewaltigungsfall werden wir nicht mehr gebraucht?«, fragte ich.

»Na ja, Sie haben Ihre Pflicht erfüllt, aber jetzt werden Sie auf Ihren Posten nützlicher sein.«

»Und der Fall?«, insistierte ich.

»Den werden andere übernehmen.«

»Die, die bisher mit wichtigeren Dingen beschäftigt waren?«

Er lachte nicht mehr, aber er handhabte die Anordnung in

gewisser Weise tolerant: »Hören Sie, aus einer etwas höheren Perspektive nimmt man besser wahr, wie der Apparat funktioniert. Manchmal werden Leute hier benötigt, andere dort… Es ist nur wichtig, dass der gesamte Mechanismus gut funktioniert. Ich glaube, das ist leicht zu verstehen.«

»Ist es nicht eher so, dass man Sie unter Druck gesetzt hat?«

»Wie soll ich das verstehen?«

»Señor, Sie wissen, dass die Presse einen Aufstand gemacht hat. Sie hat versucht, die öffentliche Meinung gegen uns aufzubringen. Außerdem hat der Vater des letzten Vergewaltigungsopfers gedroht, seinen Einfluss geltend zu machen. Müssen wir annehmen, dass er es getan hat?«

»Die Entscheidung, Sie von dem Fall abzuziehen, hat der Kriminaldirektor getroffen, das gleich vorweg. Außerdem haben Sie beide sich tölpelhaft genug in dieser Untersuchung angestellt, sodass es nicht schwer war, eine Rechtfertigung für Ihre Entbindung zu finden.«

»Was haben wir falsch gemacht?« Ich ließ nicht locker.

Der Comisario rutschte nervös auf seinem Stuhl herum.

»Ich kann Ihnen nichts Konkretes sagen. Oder gibt es etwa Anzeichen für eine Aufklärung?«

»Kommen Sie mir nicht damit, Señor. Sie wissen, dass in Spanien nur ein Bruchteil der angezeigten Vergewaltigungsdelikte aufgeklärt wird. Wie können Sie von uns verlangen, dass wir das gleich zu Beginn schaffen?«

»Inspectora Delicado, bitte! Ich kann mir nicht leisten, mit Ihnen zu diskutieren. Das ist absolut nicht üblich. Wenn Sie eine offizielle Beschwerde einreichen wollen, tun Sie das. Das war alles.«

»Allerdings, Señor, betrachten Sie alles, was ich sage, als eine offizielle Beschwerde. Und ich will festhalten, dass ich nur für mich spreche, und nicht im Namen von Subinspector Garzón. Ich möchte erklären, dass ich mich als Opfer dieses schamlosen Machtapparates fühle. Man kann nicht einem Profi einen Fall übertragen, um einen momentanen Engpass zu überbrücken. Desgleichen kann man einem Profi nicht einen Fall entziehen, nur weil es eine entwürdigende Pressekampagne gibt, oder weil ein direkt in den Fall Verwickelter sich hysterisch aufführt. Mit allem Respekt gegenüber meinen Vorgesetzten möchte ich darauf hinweisen, dass ich davon überzeugt bin, dass mich diese ungerechte Behandlung nur aus dem simplen Grund trifft, weil ich eine Frau bin, ein Mitglied ohne Stellenwert innerhalb der Behörde, das herunterzuspielen oder zu bespötteln einfach ist und ohne Konsequenzen bleibt. Ich protestiere gegen diese Entscheidung. Ich glaube, Sie stellen einen gefährlichen Präzedenzfall auf. Und ich glaube, dass die Polizei angesichts der sozialen Brisanz ernsthaft in ihrer Glaubwürdigkeit geschädigt wird. Ich protestiere mit allem Respekt, Señor.«

»Das ist Ihr gutes Recht. Schreiben Sie alles auf und gehen Sie jetzt.«

Garzón blieb schweigend im Raum zurück. Ich wusste nicht, was er für ein Gesicht gemacht hatte, denn ich hatte nicht einen Moment lang auf ihn geachtet.

Ich ging in die Kneipe. Verdammt noch mal, dachte ich, jetzt habe ich mir wochenlang gewünscht, dass sie mir den widerlichen Fall abnehmen, und jetzt kämpfe ich darum, ihn zu behalten. Ich bestellte ein Glas Weißwein. Die Kellner waren unaufmerksam und sahen fern. Warum hatte ich so gehandelt? Die Antwort war einfach: aus Eitelkeit. Dieser Scheißkerl hatte monatelang vor meiner Nase ein Mädchen nach dem anderen vergewaltigt, und was hatte ich getan? Nichts. Aber jetzt beabsichtigte jemand, mein hochheiligstes Ego anzugreifen, und ich sprang an wie eine Katze. Plötzlich wurde ich Garzón neben mir gewahr. Ich nickte ihm flüchtig zu und trank meinen Wein. Jetzt war er auch noch ein unbequemer Zeuge meiner Dämlichkeit geworden. Ich roch sein Varón Dandy, ein schweres, betäubendes Herrenparfüm.

»Ich habe mich mit Ihnen solidarisiert«, sagte er gutmütig.

Ich schwieg.

»Beim Gehen habe ich dem Comisario gesagt, dass ich mich mit Ihnen solidarisiere.«

»Sagen Sie das noch mal.«

»Sie haben mich sehr gut verstanden. Ich werde es nicht wiederholen.«

»Dann haben Sie eine Dummheit gemacht.«

»Möglich.«

Ich nahm einen großen Schluck aus meinem Glas.

»Schauen Sie, Subinspector, ich bin mir wirklich nicht sicher, ob das klug war.«

»Mir hat es gefallen, besonders das mit dem schamlosen Machtapparat. Es ist richtig, was Sie gesagt haben. Sie waren sehr gut.«

»Es war ein Anfall, der zu nichts nütze war. Außer, dass ich mir vielleicht eine Abmahnung einhandelt habe.«

»Das ist eine andere Geschichte, aber Sie waren trotzdem sehr gut, beherrscht, sehr vernünftig, stilvoll, offen gesagt draufgängerisch, wenn Sie mir diesen Ausdruck erlauben.«

Er musste es ernst meinen, denn er traute sich nicht mal, mich anzusehen.

»Ich denke immer noch, dass Sie es ausnutzen, eine Frau zu sein. Aber wer weiß, vielleicht ist es gar nicht so schlecht, auf die Waffen zurückzugreifen, die einem zur Verfügung stehen.«

Wir schwiegen einen Moment lang, dann fuhr er fort:

»Wenn Sie das Gesicht des Comisarios gesehen hätten, als Sie abgerauscht sind! Es war ihm sehr unangenehm.«

Ich lächelte.

»Was hat er Ihnen über mich erzählt? Dass ich eine aus gutem Hause bin, die sich bei der Polizei eingeschmuggelt hat?«

»So was Ähnliches.«

»Kann ich mir vorstellen.«

»Vielleicht hat er seine Meinung nach Ihrem Auftritt geändert.«

»Einen Scheiß wird er seine Meinung geändert haben! Und auch wenn er es täte, sie haben uns den Fall entzogen, und das lässt sich nicht ändern.«

»Das ärgert Sie, nicht wahr?«

»Ich bringe gerne zu Ende, was ich anfange.«

»Ich auch.«

Es waren nur wenig Leute im Lokal. Garzón trank seinen Grappa aus.

»Petra, ich habe den Eindruck, dass ich nicht sehr freundlich zu Ihnen war.«

»Ach, vergessen Sies!«

»Was halten Sie davon, woanders noch etwas zu trinken?«

»Fühlen Sie sich nicht in meiner Schuld.«

»Es geht nur darum, unsere Zusammenarbeit kultiviert zu beenden.«

»Na gut, gehen wir.«

Wir spazierten über die Ramblas. Es war teuflisch kalt, aber mein eigenwilliger Hercule Poirot schien es nicht zu spüren. Er trug seinen verknitterten Regenmantel unterm Arm und zeigte sein tapferstes Gesicht. Worauf gründete sich seine Verwandlung? Hatte er zum ersten Mal Einwände gegen eine Anordnung gehört? Möglicherweise. In seiner langen Laufbahn war er doch bestimmt öfter Zeuge von unangenehmen Zeitgenossen gewesen, aber offensichtlich waren meine kühnen und rhetorischen Forderungen neu für ihn. Besser, er würde mich nach all unseren Zwistigkeiten in guter Erinnerung behalten.

»Wissen Sie, dass wir schon eine Spur haben?«

Er verstand mich nicht. Ich berichtete ihm von meinem Telefongespräch mit dem Labor und von dem mit einem merkwürdigen Metall überzogenen Silberstachel.

»Immer dasselbe«, rief er empört. »Wenn man glaubt, auf dem richtigen Weg zu sein, überstürzt sich alles.«

»Was wollen Sie damit sagen?«

»Ich philosophiere.«

»Aha.«

»Sie finden es seltsam, dass der dicke Subinspector philosophiert, nicht wahr?«

»Durchaus nicht!«

»Aber so ist es doch. Du sagst dir: Gut, jetzt ist alles so weit ganz gut in seinen Bahnen, ich werde gelassen vorgehen, und plötzlich überstürzen sich die Ereignisse, alles fällt in sich zusammen, und man muss wieder von vorne anfangen.«

»In meinem Fall ist das nicht so.«

»Nein?«

Wir standen vor dem Café de L'Ópera.

»Gehen wir rein?«

Wir setzten uns an einen Tisch zwischen jungen Pseudo-Bohemiens und ein paar Touristen. Garzón betrachtete die schäbige Vertäfelung, die schmierigen Lampen, die erblindeten Spiegel.

»Gefällt es Ihnen? Ist ein Relikt aus der Vergangenheit, aber lassen Sie sich nicht täuschen. Es ist nicht sehr echt, in Wirklichkeit hat es gar nichts Unkonventionelles. Die Gäste sind bunt zusammengewürfelt.«

Garzón kratzte sich am Bart.

»Ich mag diesen Luxus aus dem letzten Jahrhundert. Als ich in Barcelona ankam, stellte ich mich vor das Portal des Liceo, nur um es zu betrachten. Der moderne Luxus ist anders, er klebt nicht so am Detail. Er ist sachlicher, nicht so unnütz.«

Ich betrachtete ihn neugierig. Er war der widersprüchlichste Typ, den ich je kennen gelernt hatte. Bisher schien er mit sozialen Problemen beschäftigt gewesen zu sein und jetzt pries er den bürgerlichen Geist.

»Sie wissen gar nicht, was ich dafür geben würde, hier eine Oper zu sehen! Nehmen wir Madame Butterfly. Diese schöne, verzweifelte und hemmungslose Japanerin, die kleinen Brücken der asiatischen Gärten ...«

Ich lachte auf. Ein wirklich exzentrischer Mann. Hatte meine heroische Auseinandersetzung mit dem Comisario diese Veränderung bewirkt? Ich konnte es nicht glauben. Die Sache wurde langsam amüsant. Wenn sich die eisernen Klappen seines gestreiften Hemdes öffneten, erschien ein sensibler, verträumter Mann. Aber da wir keinen Fall mehr hatten, war es eher wahrscheinlich, dass wir uns nie mehr wieder sehen würden.

»Und bei Ihnen, wie ist es da?«

»Was?«

»Sie wollten mir draußen gerade erzählen, wie Ihr Leben funktioniert, erinnern Sie sich?«

Ich lächelte. Lange hatte sich niemand mehr für meine Art zu denken interessiert. So was gehörte zu einer anderen Zeit, der Jugend, dem Fieber nach dem Gespräch. Garzón wartete auf meine Antwort.

»Nun ja … Sie haben gesagt, dass in Ihrem Leben alles gut funktioniert, und plötzlich gibt es einen unerwarteten Umschwung, der Zerstörung verursacht. Bei mir ist es genau das Gegenteil. Mein Leben ist nie in Ordnung. Wenn ich an einem Punkt angelangt bin, an dem sich alles wiederholt, dann will ich Veränderung. Aber das geschieht nicht bewusst oder überlegt, sondern aus Leidenschaft. Dann steht ein Wechsel des Berufs, des Ehemanns, der Wohnung an … Ich weiß nicht, ständige Unruhe, ich muss mir ordentlich die Hörner abstoßen, eine Umwälzung, eine unerwartete Entscheidung, einen Bruch.«

Eine Gruppe von Studenten neben uns lachte schallend auf. Garzón nahm sie nicht wahr, er war in Gedanken versunken, wie hypnotisiert.

»Dann heißt das also …, dass Sie ihr Leben selbst bestimmen.«

»Nein, leider nicht! Das soll heißen, dass ich immer wieder in große Unzufriedenheit und Niedergeschlagenheit versinke, dass mich das Gute, was ich habe, belastet, dass ich die wesentlichen Merkmale meiner Persönlichkeit nicht im Griff habe.«

»Nicht so schnell, Inspectora, ich habe nicht Ihre Bildung, ich komme nicht mit.«

»Reden Sie keinen Unsinn, was ich sagen will, ist Folgendes: Wenn ich etwas sicher habe, gibt es in meinem Inneren einen unkontrollierbaren Impuls, der mich zur Veränderung treibt, der mich unbekanntes und gefährliches Terrain betreten lässt. Das führte dazu, dass ich eines Tages meine Karriere als Anwältin hingeschmissen habe und Polizistin wurde, mich scheiden ließ und wieder heiratete …«

»Und sich wieder scheiden ließen.«

»Genau. Das würde ich nicht gerade Selbstbestimmung nennen.«

»Aber Sie tun, wozu Sie Lust haben.«

Wir schwiegen eine ganze Weile. Garzón rauchte vom vielen Nachdenken schon der Kopf.

»Was es nicht alles gibt, eh, Inspectora?«

»Können Sie mal sehen.«

Mein leerer Magen war vom vielen Alkohol angegriffen, und ich schlug vor, etwas zu essen. Sein Gegenvorschlag überraschte mich, er wollte ins Efemérides gehen. Mir war das zu viel. Aber ich akzeptierte.

Pepe empfing uns nicht sonderlich überrascht. In seinem Lokal ging es recht lebendig zu, es war voll mit jungen Leuten, die sorglos ihr Bier tranken. Jemand hatte ein Schild an die Wand gehängt, auf dem stand: »Auch ich habe mich vom ersten Stein befreit.« Hamed schenkte uns ein aufmunterndes Lächeln.

»Was gibts heute?«, fragte Garzón wie ein echter Stammgast.

»Bohneneintopf mit Jogurt.«

»Haben Sie darauf Appetit, Inspectora?«

»Warum nicht.«

Pepe entkorkte Flaschen und servierte gelassen die Menüs. Ich musste einräumen, dass hier alles gut organisiert war. Hamed stellte zwei dampfende Teller vor uns auf den Tisch, ich wandte mich an meinen Kollegen.

»Warum kommen Sie so gerne hierher?«

Er schlang sein Essen hinunter, als würden ihm mehrere Hunde den Bissen streitig machen wollen.

»Ich weiß nicht, es ist angenehm hier, niemand beachtet dich, so viele junge Leute. Pepe und ich unterhalten uns oft angeregt. Sein Standpunkt ist sehr eigenwillig.«

»Den kenne ich, Sie brauchen mir nichts weiter zu erzählen.«

»Außerdem habe ich die arabische Küche entdeckt. Ein Grund mehr.«

Er bat um Nachschlag, und in freimütiger Harmonie aßen und tranken wir, als hätten wir unser ganzes Leben lang nichts anderes getan, und als wäre dies das größte Glück. Als alle Gänge serviert waren, kamen Pepe und Hamed zu uns an den Tisch, um ein wenig mit uns zu plaudern.

»Habt ihr den Vergewaltiger schon?«, fragten sie.

»Ich fürchte, nein.«

Pepe ergriff das Wort.

»Ich bin immer mehr davon überzeugt, dass es sich um einen Erstlingstäter handelt. Der hat bestimmt sein Leben lang Gutes getan und ist jetzt stolz darauf, sich am Bösem auszuprobieren. Ich glaube nicht, dass eine persönliche Motivation dahinter steckt. Er agiert mit dem Kopf, er experimentiert.«

»Das ist lächerlich«, erwiderte ich.

Garzón lachte.

Pepes Theorien, immer abgehoben, jenseits der Realität. Wie oft hatte er mich während unserer Ehe mit seinen unmöglichen Einfällen aus dem Häuschen gebracht! Alles das, was mir anfangs an ihm so originell erschien, hatte später einen schwärmerischen Touch bekommen, den ich nicht ertrug.

»Wir sind nichts anderes als Tiere mit Verstand, es wird nie eine Welt ohne das Böse existieren«, sagte Hamed.

»Ihr hört besser auf zu spekulieren«, sagte ich. »Sie haben uns den Fall entzogen.«

»Was, warum denn?«

»Weil Petra eine Frau ist«, sagte Garzón, und ich hörte die Ironie aus seiner Stimme heraus.

»Das scheint mir nicht Grund genug.«

»Aber es scheint dir auch nicht schlecht«, erwiderte ich.

»Im Grunde habe ich von Anfang an gedacht, eine Frau bei Vergewaltigung ermitteln zu lassen, ist, wie einen Farbigen zu beauftragen, über die Apartheid zu urteilen. Zu viel persönliche Betroffenheit.«

Sie erwarteten von mir, dass ich explodierte. Also tat ich es.

»Recht hast du, Pepe, man sollte den Vergewaltiger auf frischer Tat ertappen und ihn vor dem Anlegen der Handschellen fragen: War deine Absicht vielleicht gut?«

Sie lachten, Garzón am lautesten. Er war bestimmt erleichtert, einmal nicht im Zentrum meiner feministischen Schmähreden zu stehen. Pepe gab mir einen leichten Klaps auf den Kopf.

»Ist sie nicht eine leidenschaftliche Frau?«

Wie ein Vater, stolz auf sein Mädchen. Dieses Spielchen hatten wir schon zu anderen Gelegenheiten gespielt. Wir hatten versucht, unseren Altersunterschied mit einem Rollentausch auszugleichen. Garzón schaltete sich ein.

»Abgesehen davon, dass wir es nicht geschafft haben, etwas herauszufinden, eines ist sicher: Alles scheint darauf hinzuweisen, dass sie uns den Fall so oder so entzogen hätten. Besonders seit den Zeitungsberichten. Aber Petra hat schon mündlich Widerspruch eingereicht, den sie nur noch schriftlich abfassen muss, und ich werde ihn unterschreiben.«

»Ich weiß nicht, ob es die Mühe wert ist. Ich habe keine Lust dazu.«

Pepe brachte uns Kaffee und einen Kuchen mit ganz viel Guss.

»Wenn das hier ein amerikanischer Spielfilm wäre, würdet ihr jetzt auf eigene Rechnung weiterermitteln.«

»Ich hasse amerikanische Spielfilme«, sagte Hamed. »Sie sind immer rassistisch. Außerdem sind die mir immer zu hektisch, ich verstehe nicht alles.«

Ich dachte, sie könnten die ganze Nacht so weitermachen, plaudern, lachen, Blödsinn reden. Jetzt verstand ich, warum Garzón herkam, was er hier fand. Im Grunde nichts weiter, als in herzlicher Atmosphäre seine Abende zu verbringen, an widersinnigen Überlegungen teilzuhaben und Scherze zu machen.

Nach einigen Gläsern auf Kosten des Hauses verabschiedete ich mich gegen zwei Uhr morgens. Garzón blieb noch und gab mir zum Abschied die Hand. Ich setzte mein Auto in Gang. Um diese Zeit war fast niemand mehr auf der Straße. Gut, das wars gewesen. Sie hatten uns den Fall entzogen. Wir waren lächerlich, nutzlos, kläglich: Der dicke Subinspector und die auf ihre Rechte pochende Mittvierzigerin. Eine Posse!

In der folgenden Woche gewöhnte ich mich wieder an meine Routinearbeit im Archiv. Ich fühlte mich, als hätte ich Manna gekostet. Wenn ich jetzt beides miteinander verglich, kam mir alles öde vor. In der Ermittlungsarbeit steckte ein enormes Potenzial an Aufregung, das war nicht zu leugnen. Es war aufregend, so direkt mit der Realität in Berührung zu kommen, Zeugin der moralischen Erbärmlichkeit, des Kummers, des Schreckens zu werden. In keinem Augenblick meines früheren Lebens hätte ich mich für fähig gehalten, das zu ertragen. Aber es war auch verdammt einfach, nicht zu urteilen, sich nicht einzumischen; deine Sensibilität stumpft ab und schließlich glaubst du, dass dich die Vorsehung dort hingestellt hat, damit du das Unrecht abschaffst und für die Gerechtigkeit kämpfst. Obwohl dem nicht so ist, und selbst, wenn du den Schuldigen erwischst, bleibt dir nichts anderes übrig, als alle in ihre Scheiße zurückzuschicken: das Opfer in sein Trauma und den Bösewicht ins Gefängnis.

Nach ein paar Tagen hatte ich meinen früheren Frieden wieder gefunden. Ich ging früh nach Hause, machte mir was zu essen, trank mit irgendwelchen Freunden Kaffee und vermied es, zu erfahren, wer die Ermittlungen jetzt leitete. Eines Abends stellte ich sogar meine Bücher ins Regal. Wie jede lange aufgeschobene Aufgabe war sie mir unerträglich, und ich machte eine Teepause. Ich zündete mir eine Zigarette an, atmete durch und sah mich um. Die mit Erde bedeckten Geranien schienen zu schlafen. Plötzlich klingelte das Telefon. Es war Garzón.

»Schalten Sie sofort den Fernseher ein, drittes Programm.«

Schon hatte er aufgelegt. Vielleicht hatten sie den Vergewaltiger geschnappt. Aber auf dem Bildschirm war Patricia zu sehen. Sie sprach und sah dabei ohne die geringsten Hemmungen wie eine abgezockte Schauspielerin in die Kamera.

»Es war schrecklich«, sagte sie gerade.

Dann fuhren sie die Großaufnahme zurück, und ich erkannte neben ihr Sonia und Salomé. Ihnen gegenüber, nur im Profil sichtbar, saß die Journalistin, mit der ich hätte reden sollen.

»Seid ihr wütend auf ihn?«, fragte sie.

»Nein«, antwortete Sonia.

»Was wünscht ihr ihm?«

»Wir wollen nur, dass er gefasst wird, damit alle Mädchen unbesorgt unterwegs sein können.«

Sie hatten also ein perfektes Drehbuch für die Mädchen gebastelt. Kein falsches Wort. Wieder klingelte das Telefon. Es war Pepe.

»Im Fernsehen …«

»Ja, ich weiß, im dritten.«
Ich legte auf.
»War euer Verhältnis zur Polizei gut?«
»Die Chefin war eine Frau«, sagte Patricia mit Engelsgesicht.
»Dann war sie also sehr verständnisvoll mit euch.«
»Nein, überhaupt nicht. Sie hat meine Mutter angeschrieen.«
»Sie hat sie angeschrieen? Aus welchem Grund?«
Diese verdammte Sensationshascherin verstand ihr Geschäft.
»Weil sie weinte.«
»Nicht zu fassen.«
»Ja, und sie hat uns psychisch misshandelt.«
Ich schluckte.
»Wie war das? Kannst du das genauer erklären?«
»Sie ließ uns drei kommen und fragte uns alles noch einmal. Wir schämten uns sehr.«
Dann unterbrach die Journalistin die Unterhaltung einfach und drehte sich zur Kamera. Die Mädchen blieben grau im Hintergrund. Nur Salomé hatte wie immer geschwiegen und schaute mürrisch und stirnrunzelnd drein.
»Sie haben es gehört. Man muss hinzufügen, dass diese Polizisten, von denen die Mädchen berichten, bereits von dem Fall entbunden wurden. Trotzdem hoffen wir, dass ...«
Ich sprang auf und schaltete den Fernseher ab. Dann nahm ich ein Blatt Papier und begann zu schreiben:

*An den verehrten Señor Comisario Jefe, Chef der Polizeidirektion Barcelona.*

*Sehr geehrter Herr: Nachdem ich meine Würde infrage gestellt sehe und an meinem beruflichen Vorgehen unbegründete Zweifel genannt wurden, muss ich Ihnen zur Kenntnis bringen, dass das kleine, aber wichtige weibliche Polizeipersonal unter Ihrer Leitung öffentlich bedroht ist. Im Wissen um Ihren Gerechtigkeitssinn erlaube ich mir, Sie darum zu bitten …*

Garzón rief zum zweiten Mal an.

»Haben Sie das gesehen, Petra?«

»Ja.«

»So eine Scheiße, nicht wahr?

»Vergessen Sies, Subinspector. Vergessen Sies einfach.«

»Ich bin sicher, dass sie bezahlt wurden, um in dieser widerlichen Komödie mitzuspielen. Glauben Sie, dass der Vergewaltiger das gesehen hat?«

»Ist möglich, und ich frage mich, was das für Folgen haben wird.«

»Aber das geht uns ja nichts mehr an.«

»Das werden wir noch sehen.«

»Was wollen Sie damit sagen?«

»Ich will gar nichts sagen. Ich bin sehr müde, entschuldigen Sie, ich muss ins Bett.«

»Sie Glückliche, dass Sie schlafen können.«

»Sie nicht?«

»Ich weiß nicht.«

»Versuchen Sie es.«

*… die Entscheidung unserer Vorgesetzten bezüglich der Entbindung von dem Fall noch einmal zu überdenken. Das würde zeigen, inwieweit sich die Polizei von Presseberichten beeinflussen lässt, womit ein gefährlicher Präzedenzfall geschaffen würde, der …*

Er klingelte erneut das Telefon. Wieder Pepe, ungelegen wie immer.

»Hast du diese schreckliche Sendung gesehen?«

»Ja, habe ich.«

»Ich nehme an, du bist …«

»… todmüde, Pepe, ja, also lass uns das Thema auf einen anderen Tag verschieben, einverstanden?«

Ich ließ ihn nicht einmal antworten. Armer Pepe, letztlich hatte er immer das Pech, mich von meiner unangenehmsten Seite zu erleben.

# 7

Vierundzwanzig Stunden, nachdem ich diesen Brief abgeschickt hatte, hatten wir auf ausdrückliche Anordnung von ganz oben unseren Fall wieder. Die Führung trifft zwar die Entscheidungen, kümmert sich aber nicht um die Einzelheiten. Deshalb musste ich mit dem Comisario verhandeln. Ich wollte, dass alles blieb wie bisher. Ich leitete die Ermittlungen, und Subinspector Garzón war mein Assistent. Garzón war sehr zufrieden, und als ich ihm von dem Brief erzählte, war er platt.

»Warum haben Sie mir nichts davon gesagt?«

»Wenn ich nichts erreicht hätte, hätten Sie es gar nicht erfahren.«

»Sehr schlau!«

Dann ließ er sich lang und breit über die Vorgehensweise von Frauen aus – nie direkt, aber immer wirkungsvoll – wobei er sich in seine Überlegungen verstrickte, sodass ich ihn unterbrach, damit das, was anfangs wie ein Lob geklungen hatte, nicht in einem Affront endete. Nach seinem langatmigen Vortrag trällerte er beschwingt *Begin the Beguine*. Ich fand mich mit seiner Glückseligkeit ab, ich hatte ihn noch nie so euphorisch erlebt.

Zunächst mussten wir sehen, was unsere Vertreter in dem Fall bisher erreicht hatten. Zu meiner Überraschung – im Grunde hatte ich immer geglaubt, die anderen seien besser – waren auch sie keinen Schritt weitergekommen. Sie hatten die ganze Woche damit verbracht, sich mit den Stand der Ermittlungen vertraut zu machen. Gut, dann mussten wir da weitermachen, wo wir aufgehört hatten: Mit dem Silberstachel. Garzón sollte herausfinden, ob es unter den Informanten oder

Vertrauensleuten der Polizei einen Juwelier gab. Währenddessen erkundigte ich mich nach möglichen Vorfällen in unserer Abwesenheit. Nichts Wesentliches. Störende Auftritte des Vaters vom letzten Opfer, und die Information, dass jedes Mädchen hunderttausend Peseten für seinen Fernsehauftritt erhalten hatte. Ich musste den Richter dazu bringen, eine absolute Nachrichtensperre über die Ermittlungen zu verhängen. Sollten die Vergewaltigungen das Werk eines Einzeltäters sein, war ich davon überzeugt, dass die unerwartete Publicity seinem Ego noch schmeichelte und die Situation verschärfte. Trotzdem gab es keinen Tatverdächtigen, gegen den wir ein Ermittlungsverfahren einleiten konnten. Und solange das skandalumwitterte Echo auf den Fall nicht verklungen wäre, würde sich jeder Aasgeier mit Vergnügen auf die kleinsten Häppchen stürzen. Ich musste versuchen, die Mädchen davon abzubringen, weitere Interviews zu geben.

Um sieben Uhr abends an diesem verregneten Tag kam Garzón mit der Nachricht zurück, dass wir eine halbe Stunde später eine Verabredung mit einem Juwelier hatten. Er konnte uns erst nach Ladenschluss empfangen, denn er war in Barcelona bekannt und hatte nicht das geringste Interesse daran, publik zu machen, dass er gelegentlich für die Bullen arbeitete, was ein lukratives Zusatzgeschäft war. Die Vorstellung, an einem »blutigeren« Fall mitzuwirken, schien ihm nicht sehr zu behagen. Unter einem großen Regenschirm trafen wir in seinem eleganten Laden ein. Der Juwelier zeigte sich anfangs widerwillig, dann neugierig und schließlich blitzten seine Augen spöttisch. Wie jeder andere hatte er bestimmt die Fernsehsendung verfolgt und erkannte in uns die beiden unfähigen Polizisten wieder, von denen so viel geredet wurde. Er legte den Stachel unter die Lupe.

»Was soll ich Ihnen sagen, das ist ein Silberstachel, der mit Rhodium überzogen ist.«

»Erzählen Sie uns von diesem Material.«

»Rhodium? Da gibts nicht viel zu erzählen. Vor ein paar Jahren wurde es noch viel für Silberschmuck benutzt, es glänzt stärker, verschönert den matten Schimmer von Silber, der Effekt ist sehr auffällig. Später hat man herausgefunden, dass viele Frauen allergisch darauf reagieren. Seither wird es immer weniger benutzt.«

»Abgesehen vom Glanz, welche Eigenschaften hat es noch?«

»Ich wüsste keine.«

»Stimmt es, dass es Silber härter macht?«

»Jedes Bad tut das, egal aus welchem Material.«

Garzón war zufrieden wie ein Schüler. Er fuhr fort:

»Sie haben gesagt, dass es kaum noch benutzt wird.«

»So ist es.«

»Wissen Sie, welche Juweliere es noch benutzen?«

Er schnaubte:

»Alle können es noch benutzen, oder niemand, ich weiß es nicht.«

»Wenn es ein veraltetes und immer seltener benutztes Material ist, könnte es dann nicht eine kleine oder alte Werkstatt geben, jemand, der nicht so auf dem neuesten Stand ist und es noch verwendet?«

»Gut möglich.«

»Fällt Ihnen jemand ein?«

»Großer Gott! Wissen Sie, wie viele kleine veraltete Werkstätten es in Barcelona gibt?«

»Ich verlange ja nicht, dass Sie mir jetzt gleich antworten. Nehmen Sie sich Zeit. Vielleicht können Sie uns eine Liste erstellen, mit der wir weiterarbeiten können.«

»Das wäre eine lange Liste.«

»Tun Sie es, bitte.«

»Ist gut, ich werde sie machen, aber ich bin mir nicht sicher, ob Sie das weiterbringt. Es gibt jede Menge kleiner Werkstätten oder Goldschmieden, die unangemeldet in Wohnungen arbeiten. Sie machen Pfuscharbeit, Reparaturen für Verwandte und Bekannte. Sie können sich ja vorstellen, dass die unmöglich zu erfassen sind.«

»Wir haben Grund zu der Annahme, dass der Mann, den wir suchen, nicht zu einem Bekannten gegangen ist. Wahrscheinlicher ist, dass er die Anonymität vorzieht.«

»Diese Liste erfordert ziemlich viel Arbeit, und ich glaube trotzdem, dass sie zu nichts nütze ist.«

»Das müssen Sie schon uns überlassen«, erwiderte der Subinspector, der die Formeln und den richtigen Moment, sie anzuwenden, kannte. Wir gingen wieder in die feuchte Nacht hinaus.

»Komischer Typ, was?«

»Alle, die für die Polizei arbeiten, sind irgendwie Fatzkes.«

»Wie können Sie so was sagen, Fermín?«

»Wie haben Sie mich genannt?«

»Fermín ist Ihr Name, oder nicht?«

»Ja, aber es ist das erste Mal, dass Sie mich mit meinem Namen ansprechen.«

»Ich dachte, das sei Ihnen egal.«

»Ist mir auch egal, aber ab und zu tut eine gewisse persönliche Note ganz gut. Es nimmt dieser Arbeit ein bisschen die Härte.«

»Wir können uns auch duzen?«

»Nein, niemals, Sie sind Inspectora und ich Subinspector. Das wäre nicht korrekt.«

Ich lachte. Dieser Garzón war ein verrücktes Huhn oder er

befand sich ironischerweise in einem Prozess der Entmystifizierung all dessen, was ihm bisher wichtig gewesen war. Er glich kaum noch dem anfänglich so verbissenen Polizisten, der die Gesetzestafeln in der Westentasche zu tragen schien.

»Wie wäre es, wenn wir ein Glas zusammen trinken gingen?«

»Heute nicht, ich bin müde.«

»Wollen Sie früh schlafen gehen?«

»Ich werde noch ein bisschen lesen.«

»Na gut, dann schau ich noch mal ins Efemérides.«

»Was gibt Ihnen das?«

Er schlug seinen Mantelkragen hoch und wusste nicht, was antworten. Schließlich rechtfertigte er sich.

»Vielleicht ist es Ihnen noch nicht aufgefallen, aber die meisten Leute reden immer über dasselbe und auf die gleiche Art, bis hin zur gleichen Wortwahl. Ich bin siebenundfünfzig Jahre alt, und das bedeutet viele Gespräche. Ich habe die Schnauze voll, was soll ich Ihnen sagen? Bei diesen Jungs weiß man nie, welches Thema sie anschneiden werden. Wir reden über Landwirtschaft, über abessinische Stämme, über die Bibel. Wussten Sie, dass Hamed die Bibel ziemlich gut kennt? Er ist eine Art Abtrünniger, er findet sie viel spannender als den Koran.«

Plötzlich sah er mich an.

»Verstehen Sie, was ich meine?«

»Ich glaube schon«, antwortete ich.

»Deshalb gehe ich gerne hin.«

Ich nickte lächelnd, und er verabschiedete sich. Er wirkte wie ein Whiskyfässchen. Vielleicht würde er eines Tages von einem seiner Zigarettenschmuggler umgelegt. Aber vielleicht würde ihm dann ein Gast des Efemérides einen ungewöhnlichen Nachruf, einen knappen Satz oder einen Bibelvers widmen. Das dürfte ihm Antrieb geben, weiterzumachen.

Am nächsten Morgen suchte ich alle Ärzte auf, die den Mädchen ihre Wunde von dem Blumenmal versorgt hatten. Bei keiner waren allergische Reaktionen aufgetreten. In der letzten Klinik traf ich Masderius.

»Was machen Sie denn hier?«, herrschte er mich an.

»Wir haben noch immer keine Aussage von Ihrer Tochter.«

»Das eilt nicht, sie ist auf dem Weg der Besserung.«

Er sah mich so hasserfüllt an, als sei ich der Vergewaltiger.

»Hören Sie, Señor Masderius, ich ermittle in dieser Sache, das sollte Ihnen doch nur recht sein.«

»Ermitteln Sie, wo Sie wollen, aber weit weg von meiner Tochter.«

»Das ist unmöglich, und das wissen Sie. Ihre Tochter muss offiziell vor Gericht erscheinen.«

»Das wird sie. Bis dahin will ich nicht, dass Sie ihr zu nahe kommen oder dass sie mit irgendjemandem zusammentrifft, der sie daran erinnert, was geschehen ist.«

»So einfach lassen sich die Dinge nicht auslöschen.«

»Hab ich Sie um Ihre Meinung gebeten? Sie haben Ihren verdammten Fall ja wieder. Jetzt können Sie in der Zeitung Interviews geben, sich Ihrem verfluchten Beruf widmen oder sich aufhängen, das ist mir egal.«

»Ihre Tochter wird nächste Woche zur Aussage bestellt.«

»Sie erholt sich gerade von einem kosmetischen Eingriff.«

»Für diese Operation hätten Sie eine polizeiliche Erlaubnis einholen müssen, Sie haben damit Beweise unterschlagen.«

Sein Gesicht färbte sich krebsrot. Wir standen an der Rezeption und die Empfangsdame sah besorgt zu uns herüber. Masderius hob die Stimme.

»Sie haben nicht den geringsten Anspruch auf den Körper meiner Tochter!«

»Sie auch nicht!«

Die junge Frau kam erschrocken näher.

»Señor Masderius, ich habe die Rechnungen fertig gemacht. Kommen Sie gleich mit?«

Er beruhigte sich wieder, aber ich war inzwischen ebenso aufgebracht und spürte Hitze in meiner Brust aufsteigen.

»Es war mir ein Vergnügen«, sagte Masderius und seine unsichtbaren Klauen schlossen sich um meinen Hals.

Keuchend erreichte ich den Parkplatz. Ich konnte mich nur schwer an diesen Streithahn gewöhnen. Es ist eine Sache, Ärger vorzutäuschen oder großschnäuzig eine Situation zu beherrschen, und eine andere, sich vom Zorn hinreißen zu lassen. Im Kommissariat wartete Garzón mit Sonia und Patricia auf mich. Salomé hatte von ihrer Mutter keine Erlaubnis zum Mitkommen erhalten. Wenn wir mit ihr reden wollten, sollten wir das bei ihr zu Hause tun. Mir hing noch die Szene mit Masderius nach, also versuchte ich, meinen Ärger zu schlucken und die Mädchen anzulächeln.

»Ihr wart sehr gut im Fernsehen«, begann ich rasch.

Beide wechselten einen misstrauischen Blick. Das Fernseherlebnis hatte zwischen ihnen wohl eine Art Freundschaft entstehen lassen. Dann sahen sie mich geringschätzig an. Ich kam direkt zur Sache.

»Ich habe nichts dagegen, dass ihr den Journalisten Erklärungen abgebt. Ich verstehe, dass eure Fälle menschliche Probleme aufwerfen, die es anzuprangern gilt. Trotzdem wäre es mir lieber, wenn ihr euch darüber im Klaren seid, dass dieser ganze Fernsehtrubel den Vergewaltiger anstacheln kann, wieder ein Mädchen zu vergewaltigen.«

Sie sahen mich nicht an. Sonia wippte mit den Beinen.

»Auch in eurem eigenen Interesse wäre es besser, wenn ihr

nicht mehr in dieser Sendung auftreten würdet. Jetzt behandeln euch die Leute wie Heldinnen, aber dann vergessen sie euch, und ihr wart nichts anderes als ein Tagesthema. Und dann ist es noch schlimmer in eurem gewohnten Leben.«

Patricia traute sich, den Mund aufzumachen.

»Sie wollen doch nur nicht, dass bekannt wird, wie schlecht Sie die Ermittlungen führen.«

»Hast du das von der Journalistin?«

»Außerdem …«, das war Sonia, »was hat uns denn die Polizei für unsere Aussage bezahlt?«

»Großer Gott!«

Ich rang die Hände. Wunderbar! Garzón machte mir ein Zeichen mit dem Kopf. Er wollte eingreifen.

»Es könnte auch sein, dass der Vergewaltiger auf die Idee kommt, sich von jeder einzelnen von euch die Rechnung begleichen zu lassen.«

Sie sahen ihn an, als sei er verrückt. Es war sinnlos, jeder Versuch war zum Scheitern verurteilt. Wir ließen sie gehen.

Dann machten wie uns auf den Weg zu Salomé. Dort war die Stimmung noch explosiver. Als ihre Mutter erfuhr, dass wir sie befragen wollten, kam sie sofort von der Arbeit nach Hause. Bei jedem zweiten Satz unterbrach sie uns wütend. Die Teilnahme an dieser Sendung war eine Anklage und von sozialem Nutzen, behauptete sie. Salomé machte kein einziges Mal den Mund auf. In solchem Momenten hasste sie ihre Mutter genauso, wie sie mich oder den Vergewaltiger hasste. Dieser Hass in ihren Augen war so heftig, dass ich erschrak. Ich begriff, dass sie so oft im Fernsehen auftreten würde, wie man sie darum bat. Willenlos wie ein Zombie, nur mit diesem blanken Hass als Lebenszeichen in den Augen.

Wir gingen wieder. Um diese Zeit war lebhafter Betrieb im

Viertel. Die Werkstätten schlossen, aber die Geschäfte hatten noch etwas länger geöffnet. Kleine, schäbige Kneipen mit zwei oder drei Kunden am Tresen, die alle gleichzeitig redeten. Kinder in Jogginganzügen und gehetzte Mütter.

»Haben Sie Lust auf ein Bier?«

Wir gingen in eine galicische Kneipe. Ich setzte mich mutlos auf einen Barhocker, nahe am moralischen Zusammenbruch. Mein Kollege schlürfte einen Ribeiro. Ich fragte ihn: »Glauben Sie wirklich, dass er eines dieser Mädchen noch mal überfallen würde?«

»Eher unwahrscheinlich.«

»Haben Sie gesehen, wie die Eltern die Hauptrolle an sich reißen?«

Er sah mich an. Ich stellte zu viele Fragen.

»Sie sind tief erschüttert über all das, nicht wahr, Petra?«

»Es ist abstoßend, die Familie ist eine ekelhafte Erfindung, Garzón. Der eine will als einziges Heilmittel jeden Hinweis auf das Geschehene auslöschen, die anderen stellen ihre Mädchen wie Monster auf dem Jahrmarkt aus. Ich frage mich, ob sie sich nicht genauso schuldig machen wie der Vergewaltiger.«

»Und trotzdem wird sich außer diesen verdammten Familien sonst niemand um sie kümmern.«

Ich seufzte müde.

»Kann sein.«

»Wie auch immer, es freut mich, Sie so deprimiert zu sehen, dann sind Sie wenigstens in der richtigen Stimmung für das, was ich Ihnen zu sagen habe.«

Ich erschrak. Garzón beruhigte mich mit einer sorglosen Geste seiner Pranken.

»Keine Sorge, es ist nur die Liste der Juweliere und Silberschmiede.«

»Wie viele sind es?«

»Einige Hundert.«

»Hundert? Hat dieser Typ nicht gesagt, dass das Zeug nicht mehr benutzt wird?«

»Der Mistkerl hat an alles gedacht.«

»Mein Gott!«

»Wir werden sie alle durchkämmen.«

»Wir wissen nicht einmal, was wir suchen.«

»Sherlock Holmes hat auch im Nebel gestochert.«

»Sie bekommen wohl nie kalte Füße, wie? Und wenn der Vergewaltiger wieder zuschlägt?«

»Nein, jetzt hat er mit Fernsehen und Zeitung zu tun. Er verfolgt bestimmt die Reaktion auf seine Heldentaten. Ich bin sicher, dass er sich eine Zeit lang ruhig verhalten wird.«

»Hoffentlich.«

»Bestimmt. Haben Sie Hunger? Ich schlage vor, wir essen zusammen zu Abend.«

»Ich weiß nicht, ob ich in der Stimmung bin.«

»Das Essen wird Ihnen die schlechte Laune schon vertreiben.«

Wir gingen ins ›Egipto‹, das voller junger Leute und fröhlicher Paare war. Ich hatte keinen Hunger, aber Garzón war wie immer bereit, sich zu jeder Kostprobe hinreißen zu lassen, Hauptsache, sie war üppig. Schließlich hatte ich den Fall nicht zurückgefordert, um in tiefe Niedergeschlagenheit zu fallen und versuchte, zufrieden zu sein und zu lächeln.

»Sind diese Linsen nicht köstlich?«

Für Garzón war das alles nichts Neues. Er war den Umgang mit Opfern und Henkern gewöhnt, er wusste, dass das Verbrechen eine klebrige Substanz ist, mit der man sich bei bloßer Berührung besudelte.

»Vielleicht wären sie etwas pikanter noch besser.«

Zum Schluss tupfte Garzón seine Linsensuppe mit Brot aus. Aus dem Essen zog er einen großen Teil seiner Ausdauer, man brauchte ihm nur zuzusehen.

»Ich bin durcheinander, ich weiß nicht, wie ich mich verhalten soll.«

»Stellen Sie sich auf die Hinterbeine wie vorher auch.«

»Ich dachte, das hätte Ihnen nicht besonders gefallen.«

»Ist vermutlich bei irgendeinem Verhör verflogen.«

»Als Frau musst du überzeugend auftreten, andernfalls wirst du nie ernst genommen.«

»Kommen Sie mir nicht wieder mit dem Nutzen der weiblichen Taktiken!«

»Wissen Sie, Fermín, ich will nicht wie eine pedantische Intellektuelle wirken. Mal was anderes. Kennen Sie Darwins Theorien?«

»Ja.«

»Und finden Sie die gut?«

»Wie es scheint, lässt sich darüber nicht diskutieren.«

»Sagen wir, die Natur hat den Tieren im Laufe der Zeit die Waffen geschenkt, die sie zum Überleben brauchen. Nun, warum soll ich dann auf meine sensiblen Antennen und meine weibliche Intuition verzichten?«

Das fand er witzig. Er lachte auf und ließ seinen Buddhabauch vibrieren. Dann schwiegen wir eine Weile, denn jetzt war das Schweinekotelett dran. Als er endlich mit dem Essen fertig war, säuberte er sich mit der Serviette den Bart und platzte heraus:

»Warum haben Sie sich scheiden lassen?«

Er hatte mich überrumpelt. Ich drehte aus den Brotkrümeln auf der Tischdecke ein paar Figuren.

»Wann, das erste oder das zweite Mal?«

»Beide Male.«

Mein Auflachen klang falsch und ich hoffte, dass er mir höflicherweise die Antwort ersparte. Aber er sah mich weiterhin erwartungsvoll an, mit einer Unverfrorenheit, zu der nur ein Mann fähig war, der gut gegessen hatte.

»Fragen Sie mich lieber, warum ich geheiratet habe. Das ist nicht so schwierig.«

»Einverstanden, warum haben Sie geheiratet?«

Verfluchter Garzón, er wollte es wissen! Wie eine Studentin im Examen klammerte ich mich an meine Zigarette.

»Hmm, das erste Mal … Sie wissen ja, warum die Leute heiraten.«

»Ich verstehe nicht, was Sie damit sagen wollen.«

»Gut … wir waren sehr jung, brillante Studenten, passten gut zusammen … Wir haben uns an der Uni kennen gelernt und gleichzeitig unser Examen gemacht. Dann beschlossen wir, mit zwei anderen eine Kanzlei aufzubauen, die entgegen aller Prognosen sehr gut lief. Später übernahm Hugo nach und nach die Chefrolle und ich stand lediglich wie eine Praktikantin da. Einen sicheren Arbeitsplatz, aber ohne angemessene Position und den Ehemann als Chef. Sie sehen schon, das spricht doch für sich, oder nicht?«

»Ich nehme an, ja. Und was passierte dann?«

»Danach? Wir waren vierzehn Jahre verheiratet, Fermín! Wie soll ich das jetzt erklären?«

»Was ging noch schief?«

»Vierzehn Jahre sind nicht schlecht, nach so langer Zeit kann man einen Bruch nicht als einen Irrtum abtun.«

»Die Ehe gilt für ein ganzes Leben.«

»Ja, ich weiß.«

»War Ihr Mann untreu?«

»Hugo? Nein. Tatsächlich geschehen die Dinge nicht einfach so. Damit eine Kanone schießt, muss man sie laden. Wir arbeiteten viel. Hugo ist das, was man einen anständigen Mann nennt, gemäßigt und diskret. Er hatte großen Einfluss auf mich, nennen wir es mal so. Ich betrachtete die Welt aus seinem persönlichen und beruflichen Blickwinkel. So sehr, dass ich am Ende glaubte, ausgelöscht zu sein, dass ich es satt hatte, mich immer vernünftig und anständig zu verhalten, die zweite an Bord zu sein. Also beschloss ich eines Tages, die Juristerei aufzugeben und ihn zu verlassen. Aber hören Sie gut zu: Ich bin geflohen, ich war nie fähig, mich meinem Mann zu stellen und ihm zu sagen, was ich dachte. Nicht im Büro und nicht zu Hause. Vielleicht, weil ich wusste, dass er Recht hatte. Bis heute habe ich dieses Trauma nicht überwunden. Wenn ich mich mit ihm unterhalte, widerspreche ich ihm nie.«

»Aha«, sagte mein Zuhörer als einzigen Kommentar.

Trotzdem war er nicht desinteressiert, sondern lauschte mir wirklich hingebungsvoll.

»Und mit Pepe, was ist da passiert?«

»Wollen Sie alles über mich wissen?«

»Entschuldigen Sie, ich bin sonst zurückhaltender, aber weil ich mich nie habe scheiden lassen, bin ich neugierig.«

»Ist schon in Ordnung, dass Sie fragen. Außerdem, das mit Pepe war wesentlich einfacher. Ich lernte ihn zufällig kennen, und er war so bezaubernd! Ich dachte, diesmal hätte ich die Zügel in der Hand. Außerdem verband uns die Arbeit nicht.«

»Und Sie haben sich geirrt.«

»Ich habe mich nicht geirrt. Wir heirateten und tatsächlich hatte ich die Zügel in der Hand, aber erst hatte ich als Ehemann einen Vater, und dann einen Sohn. Ich empfand Zärtlichkeit und Mitleid für ihn, er war so schutzlos und abhängig, ich brachte sein Leben in Ordnung, lachte über seine Witze, lernte seine Freunde kennen. Eigentlich gab es keine Konflikte, aber ich merkte schnell, dass es mich im Grunde nicht reizte, für einen so großen Jungen die Mutter zu spielen.«

»Aber er liebte Sie sehr.«

»Hat er das gesagt? Kann sein, aber ich brauchte kein schönes Kind mit blauem Schleifchen, das mir seine Liebe zeigt, sondern einen echten Ehemann.«

»Verdammt, Petra, Sie haben sich viele Gedanken über Ihre beiden Ehen gemacht!«

»Typisch für meine Generation, immer nach psychologischen Erklärungen zu suchen. Sie glauben nicht an Psychologie, nicht wahr?«

»Ich weiß nicht. Vielleicht weil sie nicht für alles taugt.«

»Sie waren ja auch glücklich mit Ihrer Frau!«

Ich blies den Rauch zur Decke hoch. Garzón trank mit nachdenklichen kleinen Schlucken seinen Kaffee.

»Vermutlich schon.«

»Vermutlich?«

»Ehrlich gesagt, habe ich nie darüber nachgedacht wie Sie. Vielleicht, weil wir ein Kind hatten, und zwischen dem und der Arbeit blieb nicht mehr viel Zeit.«

»Sie haben ein Kind, Garzón? Haben Sie auch Enkel?«

»Nein, keine Enkel.«

»Erzählen Sie mir alles.«

»Da gibts nicht viel zu erzählen. Ich habe einen dreißigjährigen Sohn, der in New York lebt. Er ist stellvertretender Chefarzt einer Onkologischen Station. Wir sehen uns nur selten.«

»Haben Sie ihn schon mal besucht?«

»Ja, einmal. Es war sehr nett, obwohl mich alle für einen Südamerikaner hielten, und ich ständig erklären musste, dass ich Spanier bin.«

»Aber das ist doch wunderbar!«

»Es scheint, dass er in seinem Beruf brillant ist, und dass er es noch weit bringen wird.«

Ich lächelte ihn voller Sympathie an. Jetzt waren wir schon Freunde von Gottes Gnaden. Wir hatten uns erzählt, was wirklich wichtig ist im Leben: Ehe, Kinder, Irrtümer, all das im Dunste eines opulenten Essens und Kaffeedufts. Jetzt wusste ich, dass Garzón entgegen meines ersten Eindrucks ein menschliches Wesen war: ein Vater. Es fiel mir leicht, ihn mir als Chicano auf der Fifth Avenue vorzustellen. Als wir uns verabschiedeten, war ich davon überzeugt, dass er sich jetzt auf den Weg ins Efemérides machen würde.

In dieser Nacht schlief ich schlecht. Ich hatte einen Albtraum. Meine jungen Sportkameradinnen stellten wunderbarerweise den Vergewaltiger, kastrierten ihn vor meinen Augen in der Umkleidekabine, und ich war unfähig zu reagieren. Dann baten sie mich, die blutigen Genitalien verschwinden zu lassen. Ich steckte sie in meinen Turnbeutel und spazierte durch die Straßen, ohne zu wissen, was ich mit ihnen tun sollte. Schließlich hatte in den genialen Einfall, sie im Garten zu vergraben und drückte sie in der Küche durch den Fleischwolf. Dann düngte ich damit die leblosen Geranien, und sie begannen plötzlich zu treiben.

Um zehn Uhr erwartete mich die Vernehmung von Masderius Tochter. Er begleitete sie, und ich war allein mit ihnen. Garzón war mit den Juwelierwerkstätten beschäftigt, von denen er bereits zweiundvierzig ohne Resultat aufgesucht hatte. Die mit Rhodium überzogene Blume war anscheinend ein Werk des Teufels gewesen. Das Aussehen des Mädchens beeindruckte mich, sie sah noch schlechter aus als im Krankenhaus. Unter den Augen zeichneten sich dunkle Ringe ab. Dennoch gab es etwas in ihrem Blick, ein ungezügeltes Fieber, Unruhe, vielleicht Angst. Sie war das ideale Opfer für den Vergewaltiger: Zierlich, feine Züge und zarte Hände mit schmalen Fingern wie eine Renaissancejungfrau.

Cristina sah kaum auf, ihre Scham war viel größer als die der anderen Mädchen. Wenn sie sprach, warf sie einen Hilfe suchenden Seitenblick auf ihren Vater. Ich hätte sie am liebsten geschüttelt, damit sie reagierte. Sie listete die Fakten auf, die ich schon auswendig kannte: Keine blasse Ahnung vom Gesicht oder der Stimme, der Wunde auf dem Arm ... Da unterbrach ich sie:

»Womit?«

»Das weiß ich nicht.«

»Mit etwas, das er am Handgelenk trug?«

»Vielleicht.«

»Du konntest nicht sehen, was es war?«

Sie schwieg einen Moment.

»Nein.«

Zum Verzweifeln. Ein Gespenst, das vergewaltigte. Oder ein absolut kluger und vorsichtiger Typ. Kaum hatte Cristina die letzte Frage beantwortet, machte ihr Vater auch schon Anstalten zum Gehen.

»Einen Augenblick, Señor Masderius, vielleicht fällt Ihrer Tochter noch etwas ein, und sie erinnert sich plötzlich an was, dann müssten wir uns nochmals ...«

Er ließ mich nicht ausreden.

»Nicht im Traum! Cristina wird ein Jahr in die Vereinigten

Staaten gehen und einen Englisch-Intensivkurs machen. Wenn es also keine gerichtliche Vorladung gibt, werden Sie sie nicht noch einmal verhören. Jetzt sind Sie dran, machen Sie Ihre Arbeit, verfolgen Sie dieses Schwein, nicht meine Tochter.«

»Aber…«

Er wandte sich an das Mädchen.

»Hast du noch etwas zu sagen, fällt dir noch was ein? Irgendwas, das du noch nicht erwähnt hast?«

Mit aufgerissenen Augen schüttelte sie den Kopf. Ich hatte noch nie jemand in so erstarrtem Zustand gesehen.

»Guten Tag.«

Sie fegten hinaus wie der Oktoberwind. Ich blieb wie erschlagen auf meinem Stuhl sitzen. Dann reagierte ich, lief zu meinem Wagen und folgte ihnen. So wie ich es mir vorgestellt hatte, setzte er das Mädchen an der Haustür ab, wartete, bis sie drin war, und fuhr weiter. Wenn es irgendeine Möglichkeit gab, mit Cristina zu sprechen, dann jetzt. Ich klingelte. Die Mutter öffnete, erkannte mich aber nicht wieder, und als ich mich vorstellte, verzog sie das Gesicht.

»Mein Mann hat doch schon mit Ihnen gesprochen, und meine Tochter war auch da.«

»Ich weiß, Señora Masderius, aber in Anwesenheit Ihres Mannes konnte ich mich kaum mit Cristina unterhalten.«

»Sie hat alles gesagt, was sie weiß.«

»Natürlich, aber ich habe den Eindruck, dass sie nicht frei reden konnte. Lassen Sie mich mit ihr sprechen, bitte.«

»Das ist ein Albtraum, wir wollen nichts damit zu tun haben.«

»Aber unglücklicherweise haben Sie damit zu tun. Ihre Tochter ist vergewaltigt worden, und das lässt sich nicht ungeschehen machen.«

»Gehen Sie, bitte.«

»Señora Masderius, wir müssen diesen Typen finden. Das ist kein schlechter Traum, das ist die Wirklichkeit. Lassen Sie mich rein.«

Sie trat etwas zurück und ich schloss die Tür hinter mir. Sie blickte zu Boden und blieb so stehen, mit kraftlos herabhängenden Armen. Ich wollte keine Zeit verlieren und fragte sie nach dem Zimmer ihrer Tochter. Wir stiegen schweigend die Treppe der zweistöckigen Wohnung hinauf. Die Mutter öffnete mir ohne anzuklopfen die Tür, und ich sah Cristinas starres Gesicht, ihren erschöpften Blick. Sie saß an ihrem Schreibtisch, auf dem Bett lagen offen die gepackten Koffer. Die Wände hingen voller Bruce-Springsteen-Poster.

»Du reist also wirklich ab.«

»Ja.«

Sie sah mich verständnislos an.

»Ich meine, es wird hart sein.«

»Es ist nur für ein Jahr.«

Sie hatte ihre Lektion gut gelernt. Bei ihrer Rückkehr würde sich niemand mehr daran erinnern.

»Gut, Cristina, ich weiß, dass wir gerade miteinander gesprochen haben; aber im Kommissariat hatte ich den Eindruck, dass du nicht frei reden konntest.«

»Ich war nervös.«

»Wir waren alle nervös, dein Vater auch, aber jetzt sind wir beide, du und ich, ruhiger, und es wird niemand erfahren, was du mir erzählst. Gibt es irgendetwas, was du noch nicht gesagt hast?«

»Nein.«

»Bist du sicher?«

»Ja.«

Ich setzte mich auf die Bettkante.

»Cristina, hör mir gut zu, dein Vater will sicher das Beste für dich, aber du musst mir alles erzählen, was passiert ist. Der Typ, der dich vergewaltigt hat, ist ein Schwein, und wir werden ihn ganz sicher schnappen. Aber er wird nicht einfach so in die Falle gehen. Jemand muss uns einen Tipp geben, einen winzigen Hinweis. Deine Mutter hat das begriffen und hat mich hereingelassen.«

Sie sah mich mit Tränen erfüllten Augen an.

»Ich war so unbeschwert, und jetzt muss ich nach New York. Ich kenne dort niemanden.«

Ich verschwendete meine Zeit. Dieses Mädchen steckte in einem Labyrinth, wo sich Antrieb und Realitätssinn verloren hatten.

»Ist gut, Cristina, ich werde jetzt gehen. Mach dir keine Sorgen wegen New York, du wirst bestimmt viele junge Leute kennen lernen. Ich wünsche dir viel Glück.«

Ich strich ihr freundlich über die Schulter, und als ich schon an der Tür war, hörte ich sie hinter mir sagen:

»Ich habe gesehen, womit er mich verletzt hat.«

Ich hielt inne und wartete darauf, dass sich dieser Satz nicht in Luft auflöste. Dann drehte ich mich um.

»Du hast es gesehen?«

»Ja.«

»Was war es?«

»Eine Uhr.«

»Eine Uhr?«

»Ja, ich habe im Dunkeln das Zifferblatt leuchten sehen, und die grünen Zeiger. Dann hat er sie zugemacht.«

»Zugemacht?«

»Es hörte sich wie das Klicken eines Deckels an, und ich konnte nichts mehr sehen.«

»War es eine von diesen alten Taschenuhren mit Deckel?«

»Ich weiß es nicht, ich weiß nicht, was es war, es war dunkel, vielleicht habe ich etwas anderes gehört, wie soll ich das wissen.«

»Ist schon gut, in Ordnung, das ist schon viel. Jetzt werden wir ihn erwischen.«

»Das würde mir gefallen.«

Sie sagte nichts weiter, aber es war wenigstens ein laut ausgesprochener Wunsch.

Der Subinspector war sehr zufrieden mit meinen Fortschritten. Gut, unsere erste absurde Hypothese war richtig gewesen. Jetzt wussten wir, wonach wir suchen mussten: nach einer Uhr. Garzón war bei Juwelier Nummer fünfzig angekommen, was bereits ein Erfolg war und Gelegenheit zum Feiern bot. Wir gingen in die Kneipe. Als nächstes mussten wir noch einmal zu unserem Informanten und ihn bitten, die Liste stärker einzugrenzen. Welche von diesen Werkstätten arbeiteten mehr mit Uhren als mit Schmuck? Vielleicht konnten wir so Zeit sparen.

»Das läuft ja wie geschmiert«, sagte Garzón.

»Sie sind vielleicht optimistisch.«

Die Kälte ließ nach und die Nacht war klar. Ich parkte das Auto auf der Straße, und als ich mein Haus betreten wollte, trat jemand aus dem Schatten. Dann erkannte ich im Licht der Straßenlaterne eine Frau.

»Inspectora Delicado, haben Sie einen Augenblick Zeit?«

»Wer sind Sie?«

»Ana Lozano, erinnern Sie sich an mich?«

»Nein«, log ich.

»Ich mache die Sendung *Das komplizierte Leben*. Kann ich reinkommen?«

Ich hätte es wissen müssen. Ein Rückfall in meine gute Erziehung ließ mich sie ins Haus bitten. Sie zog entspannt ihren Mantel aus und setzte sich, ohne dazu aufgefordert worden zu sein. Sie bot mir eine Zigarette an und betrachtete die Bücherstapel.

»Sie sind gerade eingezogen?«

»Ja.«

»Ein schönes Haus.«

»Womit kann ich Ihnen helfen?«

Sie lächelte verstimmt und überzeugt von ihrer moralischen Autorität.

»Sie erfüllen Ihre Pflicht, nicht wahr, Petra? Die Polizeiarbeit ist für die Gesellschaft eine heilige Aufgabe. Es wäre schön, wenn Sie begreifen würden, dass die Pressearbeit das auch ist. In unseren Händen wird nicht nur Meinung gemacht, sondern auch Realität.«

»Sie sind so was Ähnliches wie Gott.«

»So was Ähnliches. Ich würde auch was trinken.«

Das wäre der Augenblick gewesen, den Anstand sausen zu lassen und diese Komödie in ein Drama zu verwandeln. Aber meiner zivilisierten Trägheit folgend, servierte ich ihr einen Whiskysoda.

»Schauen Sie, Petra, so schlimm ist es auch wieder nicht. Sie sind nicht aus besserem Holz geschnitzt als alle anderen. Alle Polizisten arbeiten mit uns zusammen: Inspectores, Streifenpolizisten, sogar Ihre Vorgesetzten. Das ist heute so. Wenn Sie es wünschen, kann ich die Informationsquelle geheim halten.«

Ich lächelte wie ein Dummkopf, ohne zu wissen, was sie mit ihren Ausführungen bezweckte.

»Es handelt sich nicht ausschließlich um eine moralische Frage. Mir gefällt nur einfach Ihre Sendung nicht.«

»Weil wir Sie hart angefasst haben?«

»Nein, weil sie Bockmist ist.«

In keinem Fall durfte sie sich angegriffen zeigen.

»Ich verstehe, aus einem ästhetischen Blickwinkel betrachtet, könnte es den Eindruck erwecken. Aber Sie sollten begreifen, dass es sich um einen Dienst an der Gesellschaft handelt, und die Gesellschaft ist in ihrer Mehrheit eben so, wie sie ist. Es liegt nicht an uns, sie zu verändern. Außerdem müssen Sie uns ja keine Staatsgeheimnisse enthüllen, es würde genügen, wenn Sie uns einen Tipp geben, in welche Richtung die Ermittlungen gehen, einen Hinweis bestätigen oder auch nicht… Sie waren doch heute bei dem letzten Opfer im Haus, oder?«

Mich streifte ein Hochspannungskabel.

»Sind Sie mir gefolgt?«

Sie setzte ein gelangweiltes Gesicht auf:

»Nun werden Sie nicht gleich theatralisch! Sie fragen das, als wäre es ein Verbrechen. Auch wir stellen unsere Nachforschungen an, und wenn Sie nicht mitspielen …«

»Sind Sie sicher, dass das legal ist?«

»Natürlich ist es legal! Und wenn wir uns einigen können, würden wir Sie sogar für Ihre Auslagen entschädigen.«

»Ist Bestechung auch legal?«

»Für eine Journalistin ist alles legal.«

»Gehen Sie bitte, und rechnen Sie nicht mit mir.«

Verärgert stand sie auf.

»Na schön, danke für den Whisky. Ich sagte es bereits, wir haben ja gesehen, wer diesen Fall bearbeitet: Dilettanten und Emporkömmlinge …«

Sie steckte eilig ihre Zigaretten ein und ging, ohne sich von mir zu verabschieden. Sie hatte ihre sehr gut bezahlte Zeit mit mir vergeudet. In mir stieg Wut auf, nun musste ich mich auch noch mit Journalisten rumschlagen. War dies das neue Gewissen der Gesellschaft? Mir brannte das Gesicht. Ich ließ die Badewanne bis zum Rand voll laufen und mich anschließend hineinplumpsen.

# 8

Ich erstattete dem Comisario einen allgemeinen Lagebericht und versuchte, seine Haltung uns gegenüber einzuschätzen. Völlige Gelassenheit. Die Dinge liefen, wie sie laufen sollten. Aber stelle nie ein System infrage, dass dich protegiert. Das ist eine Grundregel, um im Leben Erfolg zu haben. Der Comisario behandelte mich respektvoller als zu Beginn der Ermittlungen. Ich rechnete das meiner feministischen Offensive an. Keinesfalls den Fortschritten, die wir gemacht hatten.

Als ich aus dem Zimmer des Chefs kam, fing mich ein Streifenpolizist ab.

»Inspectora Delicado, ich habe eine telefonische Nachricht für Sie.«

»Eine was?«

»Subinspector Garzón hat den dringenden Wunsch geäußert, dass Sie schnellstmöglich in die Calle Avinyó 36 kommen möchten. Weitere Einzelheiten hat er nicht genannt.«

Ich filterte aus dem blumigen Beamtenstil das wesentliche heraus. Bestimmt war es wichtig, Garzón neigte nicht zu Botschaften zwischendurch.

Um schneller ins Zentrum zu gelangen, nahm ich die U-Bahn. Von weitem erkannte ich, dass die Hausnummer zu einer kleinen Werkstatt gehörte. Es war eines der typischen Altstadtgeschäfte, die sich der Modernisierung widersetzt hatten. In dem winzigen Schaufenster hingen an einem Metalldraht ein paar Uhren. Ich trat ein und fing den begeisterten Blick meines Kollegen auf. Ich begriff.

»Petra, dieser Herr hier sagt, dass er vor einiger Zeit so eine Arbeit angefertigt hat wie die, die uns interessiert.«

Neben ihm stand ein altes Männlein wie aus einem Roman von Dickens oder Balzac. Er sah mich überrascht an.

»Eine Frau!«

»Ja«, antwortete ich lächelnd.

Er hatte einen kahlen, durchscheinenden Kopf wie ein Neugeborenes und trug ein gestreiftes graues Jackett.

»Früher gab es keine einzige Frau bei der Polizei. Ich nehme an, dass alle Frauen, auch wenn man es ihnen angeboten hätte, so eine schmutzige Arbeit abgelehnt hätten.«

»Das waren andere Zeiten.«

Garzón sah mich spöttisch an. Ich kam zur Sache.

»Können Sie uns erklären, was das für eine Arbeit war?«

»Ich habe einen Kranz aus rhodierten Silberstacheln an eine Herrenuhr gelötet.«

»Wie sah die Uhr aus?«

»Ich weiß nicht, gewöhnlich. Eine billige Uhr, die man überall kaufen kann, mit Lederarmband.«

»Eine digitale oder mit Zeigern?«

»Mit Zeigern.«

»Haben Sie einen Deckel, einen Verschluss angebracht?«

»Nein, ich habe nur die Stacheln angefertigt und sie in ein Rhodiumbad getaucht, weil er wollte, dass sie glänzen und sehr hart sind.«

Ich zog das Schächtelchen mit dem Beweisstück heraus.

»Könnte das einer der Stacheln sein, die Sie angebracht haben?«

Er tauschte seine Brille gegen ein paar schäbige und fast kaputte Okulare.

»Ja, könnte sein.«

»Erinnern Sie sich daran, wer Sie beauftragt hat?«

»Ja, eine großer junger Mann, so um die Zwanzig.«

»Haben Sie seinen Namen und seine Telefonnummer?«

»Nein, er hat mir nur eine Kontaktnummer dagelassen.«
»Haben Sie ihn unter dieser Telefonnummer angerufen?«
»Ich kam nicht dazu, er war schon vorher da.«
»Er hat Ihnen nicht gesagt, wofür er diese Veränderung an der Uhr braucht?«
»Nein.«
»Und das hat Sie nicht gewundert?«
»Es kommen alle möglichen Verrückten hierher, bitten dich um Gravierungen von Namen oder Sätzen in Schmuckstücke oder in kleine Herzen. Ich habe Goldplaketten für Hundehalsbänder angefertigt, ich kann Ihnen sagen!«
»In Ordnung, können Sie uns die Telefonnummer geben?«
»Ich habe sie nicht hier. Sie ist bei mir zu Hause, wo ich die Bücher mit den nicht abgeholten Aufträgen habe. Was suchen Sie eigentlich?«
»Dann gehen wir doch zu Ihnen nach Hause.«
»Jetzt? Das ist unmöglich, außer mir ist niemand im Laden. Wenn ein Kunde kommt und es ist geschlossen, wer bezahlt mir den Ausfall?«
Es war eher unwahrscheinlich, dass sich überhaupt ein Kunde in so ein heruntergekommenes Geschäft verirren würde.
»In anderthalb Stunden mache ich zu, wenn Sie wollen, können Sie warten. Dort drüben ist eine Kneipe.«
An der Wand der schmutzigen Pinte hing ein Stierkopf mit einer Mütze von Barca. Deprimierend. Ich beklagte mich bitter bei Garzón.
»Finden Sie das normal? Wir sind auf einer superwichtigen Spur und müssen auf diesen abgedrehten Alten warten. Was für ein Knauser!«
»Beruhigen Sie sich, Petra, die Dinge sind, wie sie sind, wir kön nen ihn nicht dazu zwingen. Kommt er Ihnen verdächtig vor?«

»Der Alte? Nein. Obwohl ich nicht glaube, dass es die Telefonnummer von dem Typen ist.«

»Glauben Sie, der Vergewaltiger geht so ausgetüftelt vor?«

»Natürlich, wer wird denn in so einer Situation die eigene Telefonnummer angeben? Ich hätte Lust, den Kerl sofort zu schnappen und ihm die Eier abzureißen.«

»Inspectora! Man könnte meinen, Sie seien ein kühler Profi!«

»Ich rieche Blut, Garzón. Hat der Typ die Nerven, sich vorsätzlich so ein Werkzeug anfertigen zu lassen, um seine Opfer zu markieren? Das ist ein Monstrum, wirklich.«

Gelassen wie ein Franziskanermönch zuckte der Subinspector die Schultern.

»Sie bringen mich zur Weißglut mit Ihrer Ruhe, man könnte meinen, Sie hätten in Salamanca jede Nacht mit Jack the Ripper zu tun gehabt!«

»Ich habe so manches gesehen.«

Ich bestellte noch einen Kaffee. Wenn es mir nicht gelang, gelassener zu werden, konnten mir die Ermittlungen jederzeit entgleiten. Überrascht stellte ich fest, dass ich seit Jahren nicht so nervös gewesen war.

»Blöder Greis!«

Endlich tauchte der verdammte alte Knacker in der Kneipentür auf. Er machte uns ein Zeichen, und wir folgten ihm die Treppe eines heruntergekommenen Hauses ohne Fahrstuhl hinauf. Der Alte blieb stehen, keuchte und ging weiter. Mit größtem Vergnügen hätte ich ihn geschubst. Ich verstand meinen Kollegen nicht. Er wartete auf ihn, er half ihm, hörte sich seine Klagen über das fehlende Licht in einigen Treppenaufgängen und über Altersschwäche an. Endlich waren wir oben, aber das Warten nahm kein Ende. Erst fand er an einem dicken Schlüsselbund nicht den richtigen Schlüssel und dann unter einem Haufen vergilbter Papiere endlich das Notizbuch. Er ging die schmutzigen Heftseiten durch, blätterte, sortierte aus. Die Wohnung roch feucht und nach Küchenschaben.

»Ich glaube, die ist es.« Er las eine Telefonnummer vor.

»Haben Sie irgendein Datum, einen Namen, irgendeinen Hinweis?«

»Nein. Nur ›Krone aus rhodiertem Silber für Uhr‹.«

»Hat er sich geweigert, Ihnen persönliche Angaben zu machen?«

»Ich habe ihn nicht danach gefragt.«

Ich sah ihm in die wässrigen Augen.

»Können Sie uns den Jungen beschreiben. Es ist sehr wichtig, konzentrieren Sie sich.«

Sichtlich gereizt rief er erregt aus:

»Was weiß denn ich, wie der Junge aussah! Ich bin achtzig Jahre alt, arbeite zehn Stunden am Tag ganz allein. Glauben Sie, ich kann mich an alle erinnern, die in mein Geschäft kommen?«

Das machte mich wütend.

»Sie sind verpflichtet, uns zu antworten! Das ist kein Witz, wir suchen einen Vergewaltiger, also, überlegen Sie gut, bevor sie etwas sagen!«

Er wirkte nicht eingeschüchtert.

»Einen Vergewaltiger?«

»Antworten Sie!«

Garzón mischte sich ein und versuchte es auf die sanfte Tour.

»Sehen Sie, die Inspectora will nur, dass Sie sich ein bisschen anstrengen. Wir verstehen Sie schon, aber jede Einzelheit könnte uns weiterhelfen.«

»Ich weiß gar nichts, und ich erinnere mich an gar nichts. Beim ersten Mal habe ich ihn eine Minute lang gesehen, und dann wieder, als er die Uhr abholte. Sie haben kein Recht dazu, einfach so in die Wohnung eines alten Mannes zu kommen und mich auf diese Art und Weise unter Druck zu setzen.«

Ich merkte, dass er langsam hysterisch wurde und schwieg. Garzón nahm die Aussage auf.

»Ist gut, ist ja gut, beruhigen Sie sich. Wir lassen Ihnen unsere Telefonnummer hier, und wenn Sie sich an etwas erinnern, rufen Sie uns an.«

Er schob mich sanft in Richtung Tür. Auf der Treppe tadelte er mich vorsichtig.

»Sie sind zu barsch geworden, das ist kontraproduktiv.«

»Ich habe den Eindruck, dass er etwas weiß. Außerdem ist er ein unangenehmer Zeitgenosse.«

»Werden Sie nicht kindisch.«

»Und kommen Sie mir nicht mit Spötteleien.«

Er sah mich verzweifelt an, machte aber eine beschwichtigende Geste.

»Was tun wir jetzt, Inspectora?«

»Wir bringen die Telefonnummer ins Kommissariat. Dort kriegen wir raus, wer der Teilnehmer ist.«

Die Telefonnummer gehörte einer Kneipe. Das Café del Picador befand sich im Viertel del Clot. Auf der Hinfahrt machte sich keiner von uns beiden allzu viele Hoffnungen. Eher unwahrscheinlich, dass der Besitzer involviert war. In einer Kneipe gehen viele Leute ein und aus. Diese hier war gewöhnlich und schmutzig. Geschwärzte Fensterscheiben, ein Tresen aus Kacheln und höllisch laute Spielautomaten, die immer wieder dieselbe Karussellmelodie dudelten. Garzón ließ mich nicht aussteigen.

»Es ist besser, wenn Sie hier bleiben. Sollten wir nochmals inkognito hierher müssen, ist es besser, wenn einer unerkannt bleibt, damit sie nicht gleich die Polizei wittern.«

»Sie haben Recht, daran habe ich gar nicht gedacht.«

Er fühlte sich sichtlich geschmeichelt. Ich sah ihn mit wehendem Mantel über seinem hässlichen braunen Anzug in das Lokal gehen. Ich zündete mir eine Zigarette an und seufzte, wobei ich mich fragte, ob mein Aussehen nicht genauso klischeehaft war. Nach einer Weile kam er mit federnden Schritten wieder heraus.

»Die Kneipe gehört einem kinderlosen Ehepaar. Es ist eine ganz normale Caféкneipe, in der die Arbeiter aus dem Viertel frühstücken und zu Mittag essen. Abends ist sie geschlossen.«

»Nichts Verdächtiges?«

»Nein. Sie haben niemandem die Telefonnummer gegeben und wurden auch nicht gebeten, Nachrichten entgegenzunehmen.«

»Sie haben keine Neffen, es kommen keine Jugendcliquen hierher?«

»Man müsste sie überwachen. Was halten Sie von einer Woche?«

»Gut.« Ich biss mir auf die Lippen. »Es ist zum Verzweifeln, wir sind nahe an etwas dran, was wir nicht greifen können. Erinnern Sie sich an die Tantalusqualen?«

»Sie wissen doch, dass ich nicht so gebildet bin wie Sie.«

»Kommen Sie schon wieder damit? Verarschen Sie mich nicht, Garzón! Sie haben mir doch schon erklärt, wozu diese Art Bildung bei unserer beschissenen Arbeit gut ist. Hier zählen nur Fakten, greifbare Dinge, Kleinigkeiten: Jemand kommt herein, ein anderer geht raus, ein dritter hat was gesehen. Viel zu viel Geschwätz, um etwas zu erfahren.«

Er sah mich unverwandt und verschlossen an.

»Sie sagen interessante Dinge, Petra, aber Sie verachten Ihre eigenen Werte. Das ist merkwürdig.«

»Die Werte hängen mir zum Halse raus, Fermín.«

Er lachte verhalten und schüttelte den Kopf. In einem nach Zigaretten stinkenden Auto vor dem Café del Picador mit einem Polizisten über Lebensphilosophie diskutieren! Buñuel hätte die Szene nicht besser inszenieren können, obwohl er vielleicht keinen Polizisten, sondern einen Kardinal genommen hätte.

Zwei Tage hintereinander observierten wir diese verdammte Kneipe. Ab und zu blieb Garzón im Auto, und ich ging hinein und trank einen Kaffee. Nach kurzer Zeit war ich die einzig Verdächtige. Die Betreiber und die Gäste beäugten mich misstrauisch. Ich beobachtete große junge Männer und versuchte herauszufinden, ob sie eine Uhr trugen. Wir verschwendeten auf erbärmliche Weise unsere Zeit.

Als ich am zweiten Tag abends nach Hause kam, stellte ich überrascht fest, dass alles ganz weit weg war. Ich legte keine Musik auf und machte mir auch nichts zu essen. Ich war trunken von den Ermittlungen, sie hatten sich in eine Besessenheit verwandelt und mein Haus und meine Privatsphäre waren mir plötzlich schnuppe. Selbst die Geranien konnten die nächsten Jahrhunderte weiterschlafen. Ich legte mich in das eisige Bett und brauchte einige Zeit, bis ich das entfernte Telefonklingeln wahrnahm und zuordnen konnte. Erst nach einigen Minuten verstand ich, was Garzón sagte.

»Sagen Sie das nochmal, Subinspector, ich bin noch ganz verschlafen.«

»Der Alte hat gerade angerufen, er hat sich endlich an was erinnert.«

»Den Namen?«

»Nein, aber er hat sich an ein wichtiges Erkennungsmerkmal erinnert.«

»Was denn?«

»Einen dunklen, fast schwarzen Zahn in der vorderen Zahnreihe. Der obere Schneidezahn.«

»Gut! Danach können wir fragen.«

»Wir versuchen es. Ich hole Sie morgen früh um sechs Uhr ab. Wir müssen noch vor dem Frühstück mit den Kneipeninhabern reden.«

»Ich werde pünktlich sein.«

Punkt sechs Uhr verließ ich das Haus. Garzón stand schon da. Mit Sonnenbrille wirkte ich im frühmorgendlichen Dunst ziemlich lächerlich. Er machte mir ein verständnisvolles Zeichen und schien zufrieden.

»Endlich hat er sich erinnert, eh, Inspectora?«

»Glauben Sie nicht, dass ihn plötzlich eher sein Gewissen plagte?«

»Daran habe ich auch schon gedacht. Am Telefon wirkte er eingeschüchtert. Er wird lange darüber nachgedacht haben, ob er uns das sagen soll.«

»Macht ihn das verdächtig?«

»Ich glaube nicht. Sie wissen doch, wie sich die Leute der Polizei gegenüber verhalten. Je weniger sie sagen, desto besser. Sie haben höllische Angst davor, in etwas verwickelt oder zu einer Zeugenaussage bestellt zu werden. Und erst recht, wenn es sich um einen älteren Menschen handelt. Warum sollte er sich in seinem Alter in Schwierigkeiten bringen? Aber dann bekommt er Gewissensbisse.«

Er parkte vor der noch geschlossenen Kneipe. Wir warteten auf die Eigentümer. Garzón steckte sich eine Zigarette an und trällerte vor sich hin. Und ich kämpfte mit meiner Müdigkeit, bis mir Garzón einen leichten Stoß mit dem Ellbogen versetzte.

»Da kommen sie.«

Das Ehepaar stieg aus einem Lieferwagen. Wir ließen sie noch die Metalljalousie hochschieben und hineingehen. Garzón zog die Rockschöße seines Mantels zusammen.

»Gehen wir.«

Als sie uns beide beiden zusammen sah, zog die Frau ein viel sagendes Gesicht, als würde sie denken: »Hab ichs doch gewusst ...« Unsere bloße Anwesenheit schüchterte sie ein. Noch bevor sie wissen konnten, was wir von ihnen wollten, war in ihren Augen der Wunsch abzulesen, wir mögen verschwinden.

»Ich bin Subinspector Garzón und war kürzlich hier, erinnern Sie sich? Das ist Inspectora Delicado. Wir suchen einen Ihrer Gäste oder jemanden, der öfter ins Lokal kommt.«

»Wir haben Ihnen doch schon gesagt ...«

»Ich weiß. Aber es gibt da noch eine Kleinigkeit, die ich nicht erwähnt habe, die Ihnen aber vielleicht aufgefallen ist. Der Mann, den wir suchen, ist jung, groß und hat einen dunklen, fast schwarzen Schneidezahn.«

Sie schwiegen. Die Frau zögerte.

»Na ja ... ich weiß nicht ... Manchmal kommt ein Junge her, der so einen Zahn hat.« Sie wandte sich an ihren Mann. »Ich meine Juan.«

»Aber Juan ist kein Gast.«

»Der Junge fährt Bier aus. Aber er wirkt nicht wie einer auf mich, der was anstellt.«

»Wir wollen nur mit ihm reden. Ist er groß und kräftig?«

»Ja. Was hat er gemacht?«

»Nichts, wirklich. Wissen Sie, wo genau er arbeitet?«

»Ja, in einem Getränkelager, zwei Straßen von hier.«

»Hat er die Telefonnummer Ihres Lokals?«

»Klar, er ruft jede Woche an, um zu fragen, was wir bestellen wollen.«

»Sagen Sie mir genau, wo dieses Lager ist.«

Der Mann beschrieb Garzón den Weg, und der sagte zu mir:

»Bleiben Sie hier, ich werde einen Blick reinwerfen.«

Ich blieb am Tresen sitzen. Der Mann band sich die Schürze um und verschwand in der Küche. Während die Frau den Tresen sauber wischte, beobachtete sie mich neugierig.

»Wollen Sie einen Kaffee? Ich habe beim Reinkommen gleich die Maschine angestellt, sie ist schon heiß.«

Ich nickte. Beim Servieren des Kaffees schwatzte sie drauflos und war schließlich bei dem Thema, das sie interessierte.

»Dieser Junge, Juan, bringt uns immer die Bierfässer. Manchmal kommt er auch vorbei, um etwas zu trinken. Er arbeitet ja um die Ecke. Das kommt aber nicht oft vor, glauben Sie ja nicht.«

»Kommt er allein?«

»Ja. Ehrlich gesagt wirkt er auf mich wie ein guter Junge, obwohl ich ihn kaum kenne. Aber, was soll ich Ihnen sagen, die Jugend ..., entweder nimmt sie Drogen oder ...«

»Nimmt er Drogen?«

Sie schrak auf.

»Nein, ich rede nur, um zu reden. Ich weiß nichts über ihn, nicht mal seinen Familiennamen.«

Von diesem Moment an schwieg sie und schnitt Brot auf. Ich fragte sie:

»Ist Ihnen vielleicht aufgefallen, ob er eine merkwürdige Armbanduhr trägt, eine Uhr mit Stacheln, mit irgendeinem Deckel, damit man das Zifferblatt nicht sehen kann, oder so was in der Art?«

Sie zuckte die Achseln und schüttelte den Kopf. Dann leuchteten ihre Augen plötzlich auf.

»Sie suchen den Blumenvergewaltiger, der die Mädchen am Arm kennzeichnet, stimmts?«

»Señora, reden Sie keinen Unsinn.«

Das war es, was die verfluchte Presse erreichte, wenn sie angeblich informierte und die Nase überall hineinsteckte. Wie unklug von mir, die Uhr zu erwähnen. Ich ging auf die Glastür zu, um den Fragen dieser Frau auszuweichen, die sich wahrscheinlich keine Folge von *Das komplizierte Leben* entgehen ließ. Auf der Straße wurde es langsam lebendig, aber die Kneipe war noch leer. Plötzlich kam ein Junge näher. Er rieb sich die Hände vor Kälte. Ich trat zurück, damit er eintreten konnte. Da hörte ich einen halbunterdrückten Aufschrei hinter mir:

»Das ist er!«

Ich drehte mich um. Der Junge blieb wie angewurzelt stehen, drehte sich um und starrte mich an.

»Polizei!«, schrie ich.

Er stürzte zur Tür, und ich erwischte ihn am Arm. Einen Moment sah ich in seine grauen ausdruckslosen Augen und dann spürte ich einen heftigen Schmerz und hörte meine Nase knirschen. Ich lag auf dem Boden und versuchte die Geräusche in meinem Kopf mit einer kreischenden Stimme in Einklang zu bringen. Ich schluckte Blut. Neben mir waren ein paar Stühle umgekippt. So gut ich konnte, rappelte ich mich auf. Sofort kamen die Kneipenbesitzer herbeigeeilt. Die Frau weinte:

»Mein Gott! Setzen Sie sich, sind Sie verletzt?«

Sie brachte ein sauberes Handtuch und ihr Mann holte mir einen Cognac. In dem Augenblick tauchte Garzón auf. Er kniete sich vor mir nieder und sah mich mit seinen gutmütigen Eulenaugen an:

»Verdammt, Petra, der hat Ihnen aber ordentlich eine verpasst!«

»Er ist mir entwischt«, murmelte ich.

»Vergessen Sie das jetzt, beruhigen Sie sich.«

In der Ambulanz wurde mir versichert, dass meine Nase nicht gebrochen sei. Aber als ich mich im Spiegel sah, war ich beeindruckt, ein violetter Bogen umrahmte meine Augen. Ich bekam eine Spritze zur Blutstillung und musste drei Stunden auf einer Krankenbahre liegen. Der Arzt sagte: »Ein entzündungshemmendes Mittel, und Sie werden wieder aussehen wie vorher.« Inzwischen kümmerte sich Garzón um alles: Ausfindigmachen und Informieren des Haftrichters, Steckbrief und Haftbefehl, Absuchen der Umgebung mit Streifenpolizisten. Er fand sogar noch Zeit, mich aus dem Krankenhaus abzuholen. Ich dankte es ihm, obwohl es tatsächlich nicht nötig gewesen wäre. Ich konnte selbst gehen. Ich fühlte mich schwach und dumm, weil ich dem Vergewaltiger die Flucht ermöglicht hatte. Garzón versuchte mich zu beruhigen.

»Es war nicht Ihre Schuld. Der Typ hat mich ins Lager kommen sehen und verzog sich für alle Fälle in die Kneipe. Er konnte ja nicht wissen, dass wir ihm so dicht auf den Fersen sind. Dann ist er über Sie gestolpert, da kann man nichts machen. Sie wurden überrumpelt.«

»Was hat Ihnen der Lagerverwalter erzählt?«

»Nichts Besonderes. Er heißt Juan Jardiel und hat wirklich einen angeschwärzten Zahn. Er ist förmlich und fleißig. Es überraschte ihn sehr, dass er gesucht wird.«

»Vielleicht ist er wirklich nicht der Vergewaltiger.«

Diejenigen, die im Umfeld eines Verdächtigen leben, weigern sich immer, irgendwelche Schattenseiten anzuerkennen. Aber irgendetwas hatte dieser Junge zu verbergen. Die Telefonnummer der Kneipe, der dunkle Zahn, der Angriff, seine Flucht …

»Warum hat er wohl dem Juwelier die Telefonnummer der Kneipe gegeben?«

»Ganz typisch, den Leuten fällt nicht mal ein, eine Telefonnummer zu erfinden. Er hat ihm die gegeben, die er gerade im Kopf hatte.«

»Glauben Sie wirklich, dass er der Vergewaltiger ist?«

»Wollen Sie ihm die andere Wange hinhalten?«

»Ich versuche, ihn nicht im Vorhinein zu verurteilen.«

»Urteilen ist Aufgabe des Richters. Wir haben diesen Kerl festzunehmen, sonst nichts.«

Ich dachte über diese Bemerkung nach, aber Garzón wurde plötzlich unruhig.

»Haben Sie sein Gesicht gesehen?«

»Einen Augenblick lang. Seine grauen Augen sind mir aufgefallen, ohne jeden Glanz.«

»Würden Sie ihn wieder erkennen?«

»Wenn ich ihn aufmerksam ansehen könnte, ja, aber in der Metro …«

»Das kann schon reichen.«

Ich versuchte Garzón mit meinem schmerzenden Mund anzulächeln. Er hingegen hatte sich geschickt verhalten und sehr schnell reagiert. Er war schon bei diesem Jardiel zu Hause gewesen, hatte ihn aber nicht angetroffen. Jardiels Mutter war Witwe und hatte keine weiteren Kinder. Eine ganz normale Frau. Seltsam war nur, dass die Verlobte des Jungen auch in der Wohnung lebte, eine schon vor Jahren von der Mutter aufgenommene Pflegetochter. Beide reagierten ungläubig und verweigerten hartnäckig jede Auskunft. Die Hausdurchsuchung führte zu keinem Ergebnis. Wie auch immer, Garzón hatte eine ausführliche Befragung anberaumt, damit ich dabei sein konnte.

»Wenn Sie sich morgen besser fühlen, fahren wir noch mal zu denen. Aber Sie sollten sich besser ausruhen.«

»Ausruhen? Nichts da! Mich ärgert nur, dass ich mich mit diesem Gesicht zeigen muss.«

»Es ist nicht so schlimm. Ich mache Ihnen einen Vorschlag. Bevor Sie schlafen gehen, trinken wir noch was bei Ihrem Ex-Mann. Das wird Sie stärken.«

Pepe und Hamed starrten mich eine ganze Weile neugierig und angewidert an. Zu diesem Zeitpunkt war der Bluterguss noch auffälliger.

»Was für ein gewalttätiger Mensch!«, sagte Hamed. »Bei den Muslimen wird das Schlagen einer Frau, die nicht die eigene ist, als großes Verbrechen angesehen. Die Frau ist etwas Erhabenes und Zerbrechliches, wie eine Blume.«

Ich knurrte: »Na so was, noch ein Gartenliebhaber!«

Pepe reagierte sarkastisch auf meine miese Laune, aber um seinen Mund lag ein gütiger Zug. Plötzlich fragte er mich:

»Gefällt es dir immer noch bei der Polizei?«

»Aber natürlich. Glaubst du, das ist nur ein Spiel für mich?«

Er strich sich die Haare aus der Stirn.

»Nein, das glaube ich nicht, aber du gehst Veränderungen immer mit großem Eifer an, und dann schlägst du plötzlich einen anderen Weg ein.«

Garzón unterbrach uns.

»Haben Sie gehört, Petra? Hamed sagt, dass diese Journalistin wieder hier war.«

»Sie ist ein normaler Gast.«

»Ich will nicht, dass du ihr irgendetwas erzählst, besonders über diesen Kerl, der mir die Nase zerschlagen hat, ist das klar?«

»Aber sie wusste es doch schon! Sie hat Pepe gefragt, wann du aus dem Krankenhaus entlassen wirst.«

»Das ist doch die Höhe! Ich fühle mich langsam verfolgt.«

»Kümmere dich nicht weiter darum, Petra, heutzutage ist das eben so.«

Ich zündete mir eine Zigarette an, und es entstand ein meditatives Schweigen.

»Es gibt etwas, das mich umtreibt, Subinspector…« Garzón zog seinen feuchten Bart aus dem Glas. »Wissen Sie, als der Typ vor mir stand, habe ich ›Polizei!‹ gerufen. Glauben Sie, das war richtig?«

Er sah mich verwirrt an.

»Na ja, ich weiß auch nicht, was man sonst rufen sollte.«

»O, ich bitte Sie. Ich meine, ob das formal richtig war. Hätte ich nicht sagen sollen: ›Im Namen des Gesetzes: Stehen bleiben!‹?«

Garzón konnte nicht folgen. Er sah mich an, als wolle er sich vergewissern, dass ich nicht scherzte. Pepe mischte sich ein:

»Und das klassische ›Hände hoch!‹?«

»Das passt mehr zu einem Räuber.«

»Mir hat immer ›Polizei, ergib dich!‹ gut gefallen«, sagte Hamed.

Garzón sagte kein Wort. Unser Mangel an gesundem Menschenverstand, besonders bei mir, machte ihn fassungslos.

»Was man sagt, ist nicht wichtig!«, stammelte er ungemütlich.

Ich ließ nicht locker.

»Doch, das ist es. Die Formen sind immer wichtig, Subinspector. Sagen Sie uns, was Sie in all den Jahren immer gerufen haben.«

Er trank einen Schluck, dachte nach, war unfähig, den gleichen scherzhaften Ton anzuschlagen.

»Nun… vielleicht… vielleicht das, was meine Kollegen und

ich immer gesagt haben, so was wie: ›Stehen bleiben, Polizei, beweg dich nicht von Stelle, du Scheißkerl!‹«

Wir drei lachten amüsiert auf. Garzón fuhr etwas verstimmt fort:

»Aber jeder andere Warnruf ist genauso gut.«

Wie zu erwarten, spekulierte am Tag darauf die gesamte Presse mit zahlreichen Einzelheiten über die Flucht des mutmaßlichen Vergewaltigers. Ich muss gestehen, dass ich die offiziellen Berichte meines Kollegen nicht gelesen hatte, deshalb erfuhr ich einige Dinge, die hier und da durchgesickert waren, aus diesen unsäglichen Artikeln. Der Verdächtige wirkte wie ein braver Junge und stammte aus einer einfachen Familie. Die Mutter, schon lange Witwe, arbeitete als Putzfrau in einem Büro der Sozialversicherung. Juan Jardiel ging täglich seiner Arbeit nach, verkehrte nicht in zwielichtigen Kreisen, nahm keine Drogen, trank keinen Alkohol und rauchte nicht einmal. Nichts wies auf ein kriminelles Profil hin. Dennoch spekulierten die Berichterstatter über seine Flucht und die Motive. Ich stellte andere Überlegungen an. Sein Charakter, die Tatsache, dass er Sohn einer Witwe war und eine Verlobte hatte, die von klein auf in der Familie lebte, waren meiner Ansicht nach eher signifikant. Zu viel weiblicher Druck, zu viele Verpflichtungen. Sein tadelloses Verhalten bestätigte meinen negativen Eindruck. Ich hatte einen großen Teil meiner anfänglichen Euphorie verloren und fühlte mich ziemlich kleinmütig. Es war keine Angst vor der Aggression, die ich zu spüren bekommen hatte, aber das Gesicht dieses Jungen hatte mich unversehens in die Realität zurückversetzt. Plötzlich hatten die Theorien an Substanz gewonnen. Es gab einen Mann, der war lebendig. Und es gab leere kalte Augen, die mich angestarrt hatten.

Ich versuchte zu schlafen. Meine Knochen schmerzten, und ich fand nicht die richtige Schlafhaltung. Der Gedanke, dass ich am nächsten Morgen die beiden Frauen verhören musste, machte es nicht besser.

# 9

Die Wohnung der Jardiels war ungefähr sechzig Quadratmeter groß. Drei winzige Schlafzimmer, ein kleines Wohnzimmer, eine enge Küche und ein gemeinsames Badezimmer. Man hatte Señora Jardiel und ihrer Pflegetochter mitgeteilt, dass sie an diesem Tag nicht zur Arbeit gehen sollten. Sie war eine große, kräftige Frau. Entschieden keine Witwe, die Mitleid einflößte. Sie trug ein gräuliches Kleid und die möglicherweise gefärbten Haare in einer leichten Dauerwelle. Mit ernster und steinerner Miene ließ sie uns eintreten, betrachtete meine noch immer geschwollene Nase und machte eine kaum wahrnehmbare gekränkte Handbewegung. Und sie zeigte keinerlei Bereitschaft zur Mitarbeit. Garzón bat sie, uns noch einmal die Wohnung durchsuchen zu lassen. Sie erlaubte es widerwillig. Da mein Kollege sich bereits umgeschaut hatte, zeigte er mir die Zimmer. Zuerst das von Juan, das absolut nichts sagend wirkte. Gerade das machte mich aufmerksam. Nichts wies darauf hin, dass hier ein junger Mann lebte. Kein einziges Poster oder Bild eines Fußballclubs an der Wand, kein persönliches Zeichen. Nur dezente kleine Bildchen von Landschaften und Blumen, die, wie ich später feststellte, überall in der Wohnung hingen. Ein schmales Bett, der Nachttisch, ein winziger Einbauschrank. Ich öffnete eine Schublade, aber sie war fast leer: ein Schuhlöffel, ein paar benutzte Bleistifte, Papiertaschentücher, eine Omnibusfahrkarte. Ich machte Garzón darauf aufmerksam, der mir bestätigte, dass es am Tage der ersten Durchsuchung genauso gewesen war.

»Es ist unwahrscheinlich, dass sie etwas herausgenommen haben. Ich nehme an, es war immer so.«

Danach gingen wir ins Schlafzimmer der Mutter. Ein großes Ehebett nahm fast den ganzen Raum ein. Es herrschte sterile Sauberkeit. Nichts lag herum, keinerlei Anzeichen von Nachlässigkeit. Als einzige Dekoration dieselben Bildchen an den Wänden. Als wir wieder in den Korridor kamen, stand dort ein Mädchen mit hängenden Armen und glotzte uns an. Es war Luisa, Juans Verlobte. Groß, kräftig, athletisch, ein resolutes und erwachsenes Gesicht umrahmt von schwarzem Haar, so wie ich sie mir vorgestellt hatte. Sie grüßte knapp. Zuletzt sahen wir uns ihr Zimmer an. Grundsätzlich glich es den anderen, nur ein alter Stoffhund auf der Bettdecke belebte den Raum etwas.

»Wir wollen mit Ihnen beiden reden.«

Wir gingen ins Wohnzimmer und setzten uns auf eine geblümte Couchgarnitur. Alles penibel sauber und ausgesprochen ordentlich. Der Fernseher nahm einen zentralen Platz ein. In einem Bücherregal standen ein paar gerahmte Fotografien, die von unserem Platz aus nicht genau zu erkennen waren.

»Ich nehme an, dass Sie schon gefragt wurden, ob Sie wissen, wo sich Ihr Sohn zurzeit aufhält.«

»Ja, ich habe Ihnen doch gesagt, dass ich es nicht weiß. Es wäre mir recht, wenn die Polizei mein Haus nicht mehr bewachen würde. Juan hat nichts getan.«

»Wissen Sie dann, warum er verschwunden ist?«

»Er wird sich erschrocken haben.«

»Warum?«

»Jeder erschrickt, wenn die Polizei ihn sucht.«

»Das klingt nicht logisch.«

»Für mich schon.«

Ihre Haltung war purer Widerstand. Sie war entschlossen, widerstandsfähig, und sie machte uns für die Flucht ihres Sohnes verantwortlich.

Ich fuhr fort, obwohl ich sicher war, dass es keinen Sinn hatte.

»Wissen Sie, ob er in etwas verwickelt ist? Gab es etwas Verdächtiges?«

»Juan hat nie etwas Illegales getan.«

»Hatte er persönliche Probleme?«

»Nein.«

»Haben Sie in letzter Zeit irgendeine Veränderung an ihm bemerkt?«

»Nein.«

Garzón rutschte ungemütlich auf seinem Sessel hin und her. Dann begann er in diesem rücksichtsvollen Tonfall zu reden, den ich so gut kannte.

»Señora Jardiel, ist Ihnen klar, dass Sie besser mit uns zusammenarbeiten, wenn Ihr Sohn sich wirklich nichts hat zu Schulden kommen lassen?«

»Ich wüsste nicht, woran ich mitarbeiten könnte, weil ich nichts zu sagen habe. Mein Sohn hat sich erschrocken, weil Sie ihn grundlos verfolgt haben. Vorher hatte er keinerlei Probleme, jetzt hat er eine Polizistin geschlagen, und Sie können ihn anzeigen. Deshalb hat er sich versteckt oder ist weggelaufen.«

Ich stand auf und ging ans Fenster.

»Und du, Luisa, hast du in letzter Zeit etwas Seltsames an ihm bemerkt?«

»Nein.«

»Lebst du schon lange hier?«

Zum ersten Mal schaltete sich die Mutter spontan ein.

»Luisa ist die Tochter meiner Cousine, die mit ihrem Mann bei einem Autounfall ums Leben gekommen ist. Ich habe sie bei mir aufgenommen und großgezogen. Sie ist mit Juan verlobt, sie werden nächsten Monat heiraten. Wie jeder einsehen wird, kann ein Junge, der heiratet, nicht ein Vergewaltiger sein.«

»Was machst du beruflich?«

Die Frau antwortete wieder an ihrer Stelle.

»Sie ist Kassiererin in einem Supermarkt.«

Ich drehte mich um und ließ meinen Blick in dem kleinen, beengten Wohnzimmer umherwandern. Solange diese große beschützende Karyatide anwesend war, würde das Mädchen nicht reden.

»Trägt Ihr Sohn eine Uhr?«, herrschte ich sie an.

Sie durchbohrte mich mit einem wütenden Blick.

»Natürlich trägt er eine Uhr.«

»Und was ist das für eine Uhr?«

»Eine ganz normale Uhr, ich habe sie ihm gekauft.«

»Kaufen Sie Ihrem Sohn immer die Sachen?«

»Ja.«

»Auch seine Kleider?«

»Ich sagte doch schon, ja.«

»Wissen Sie, dass sich Ihr Sohn offensichtlich einen Kranz aus Silberstacheln um das Zifferblatt hat anbringen lassen?«

»Das ist Blödsinn, er trägt eine ganz normale Uhr, ich habe sie ihm vor fünf Jahren gekauft.«

»Und Sie haben in Ihrem Haus nie eine andere Uhr gesehen?«

»Nein.«

»Sind Sie sicher, dass es keinen Ort gibt, an dem sie Ihr Sohn aufbewahren kann?«

»Nein, ich putze sein Zimmer und weiß, was er in den Schubladen hat. Da ist keine Uhr.«

»Aber es gibt einen Uhrmacher, der ist sich sicher, diese Arbeit mit den Stacheln für Juan angefertigt zu haben.«

»Die Leute irren sich immer, wenn sie unter Druck jemanden wiedererkennen sollten.«

Ich ging zu dem Bücherregal und bat um Erlaubnis, mir die Fotos anzusehen. Ein ziemlich altes fiel mir auf. Es zeigte einen ernsten Mann in mittleren Jahren mit Anzug und Krawatte.

»War das Ihr Mann?«

»Ja.«

Ich nahm ein anderes Foto zur Hand.

»Und das ist Juan?«

»Das wissen Sie doch, oder haben Sie ihn nicht gesehen? Vielleicht war er es gar nicht, der Sie geschlagen hat.«

Sie war eine Schlange, jeden Moment bereit, zuzuschnappen. Ich lächelte. Tatsächlich wäre es mir schwer gefallen, die Züge des Mannes wieder zu erkennen, der mich angegriffen hatte. Seltsamerweise waren auf allen Fotos ihr verstorbener Mann oder Juan. Kein einziges von ihr oder Luisa. Die Mutter beobachtete mich, als würde ich ihr in einem unbedachten Augenblick etwas stehlen wollen.

»Ich werde die Fotos von Ihrem Sohn mitnehmen müssen.«

Das Mädchen kam ihr zuvor.

»Nein, bitte nicht.«

Die Frau kniff sie in den Arm

»Lass sie.«

Sie kam zu mir und zog die Fotos aus den Rahmen.

»Ich will, dass Sie sie mir zurückgeben.«

»Selbstverständlich, wenn wir sie nicht mehr brauchen.«

Auf dem Treppenabsatz roch es nach Essen. Hinter uns wurde die Tür mit entsprechender Wucht zugeschlagen. Es gab keinen Fahrstuhl. Wieder auf der Straße, atmete ich tief durch.

»Es ist schrecklich, wenn man so verachtet wird.«

Garzón ergriff mich am Ellbogen, und wir gingen zum Auto.

»Daran werden Sie sich gewöhnen müssen, das ist immer so. Soll ich fahren?«

»Ich bitte darum.«

Der alte Juwelier begann leise zu fluchen, als er uns eintreten sah. Garzón warf ihm ohne Umschweife hin:

»Beklagen Sie sich nicht. Wenn wir Sie aufs Kommissariat zitierten, wäre das unangenehmer für Sie.«

Aber der Alte fluchte weiter. Tonlos diesmal, als würde er ein Gebet hersagen. Wir hielten ihm die Fotos unter die Nase.

»Es ist wichtig, dass Sie sich konzentrieren und uns sagen, ob das der Junge ist, für den Sie die Stacheln an der Uhr angebracht haben.«

Er schüttelte ostentativ den Kopf und sah sich mit verdrehten Augen die Fotos an.

»Könnte sein.«

Garzón tat so, als kämpfte er mit plötzlicher Heiserkeit.

»Das reicht nicht. Schauen Sie es sich genau an.«

Der Alte rang die Hände und sah sich die Fotos griesgrämig noch einmal an.

»Ich weiß nicht. Ich habe Ihnen doch schon gesagt, dass hier viele Leute herkommen. Meine Augen sind nicht mehr so gut. Wie soll ich mich da an einen erinnern, der vor Monaten hier war?«

»Was er in Auftrag gegeben hat, war eher außergewöhnlich.«

»Deshalb erinnere ich mich an die Arbeit, aber nicht an ihn.«

Ich schaltete mich mit ruhiger Stimme ein.

»Also noch mal, es scheint mir völlig normal, dass Sie sich nicht im Einzelnen an das Gesicht erinnern, aber gehen wir schrittweise vor, vielleicht ist das einfacher. War er so groß?«

»Mehr oder weniger.«

»Stämmig?«

»Nein, er war dünn.«

»Mit kurzen Haaren und grauen Augen?«

»Das weiß ich nicht. Er war jung und hatte einen schwarzen Zahn, soll ich es noch mal wiederholen? Vielleicht wollen Sie ja, dass ich mir was ausdenke.«

Sein Alter und seine Einsamkeit flößten mir keinerlei Mitleid ein. Er war wie eine Figur von Dostojewski. Vielleicht unschuldig, aber schäbig und erbärmlich.

»Wenn Sie vor Gericht im Zeugenstand erscheinen müssten, würden Sie sagen, dass Sie ihn wieder erkennen?«

Sein runzliges Gesicht verkrampfte sich, und unter der durchsichtigen Haut schimmerten dicke geschwollene Adern hindurch.

»Mann, jetzt ist es aber gut! Da kommt so ein Hurensohn in meinen Laden, ich erledige eine Auftragsarbeit für ihn wie für jeden anderen normalen Kunden, und dann habe ich einen Haufen Polizisten und Richter am Hals. Ich habe weder Angestellte noch Gehilfen in der Werkstatt. Wer wird mir den Ausfall bezahlen? Und die Unannehmlichkeiten, wer wird mir die abnehmen?«

»Das Gericht wird Sie als Zeuge vorladen.«

Bevor wir gingen, setzte Garzón zu einem letzten Versuch an, obwohl ich den Eindruck hatte, dass er nur vorhatte, ihn zu provozieren.

»Sind Sie sicher, dass Sie ihn auf den Fotos nicht wieder erkennen?«

Stur wie ein Esel und am Rande eines Infarkts antwortete der Alte:

»Ich habe Ihnen alles gesagt, was ich weiß.«

Ich war froh, diese verkommene Bude verlassen zu können. Ich seufzte.

»Haben wir alles im Griff?«

Der Subinspector seufzte ebenfalls.

»Eine Observierungseinheit vor das Haus der Jardiels, Telefon abhören, Steckbrief und Haftbefehl an alle Einheiten verteilen … Ich glaube, mehr können wir nicht tun.«

»Bewacht jemand die Kneipe und seinen Arbeitsplatz?«

»Dort fahren Streifenwagen.«

»Okay. Wir müssen noch einmal die Opfer verhören, ihnen die Fotos zeigen, ob ihnen etwas auffällt. Sie haben keine Vorstellung davon, wie schwer es mir fällt, diesen Mädchen noch mal gegenüberzutreten.«

»Das übernehme ich.«

»Ich wäre Ihnen dankbar.«

»Wo ist diese Frau aus Stahl geblieben, die Tatverdächtige auszieht?«

»Ich bin ein bisschen müde. Außerdem muss ich Ihnen ja jetzt nichts mehr beweisen. Oder doch?«

»Das kann man nie wissen, Sie bleiben eine Frau.«

Wir lachten beide gutmütig.

»Glauben Sie, dass wir diesen Kerl schnappen, Fermín?«

»Ich nehme doch an.«

»Weil er bisher ein unbeschriebenes Blatt war, wird er früher oder später Fehler machen. Das mit der Telefonnummer war einer, und bei dem wird es nicht bleiben.«

Garzón zündete sich eine Zigarette an und blies heftig den Rauch aus.

»Ich will Sie nicht beunruhigen, aber das ist ein typischer, leichtfertiger Gedanke. Der Mensch besitzt mehr logische Fähigkeiten, als es scheinen mag. Wenn er ein bisschen die Ruhe bewahrt, ist die Wahrscheinlichkeit, dass ein Krimineller Fehler macht, tatsächlich minimal.«

»Aber dieser Typ weiß nicht, wo er hin soll. Er muss sich in die Enge getrieben fühlen.«

»Das ist das, was bei normalem Verstand passieren würde, aber Sie sind davon überzeugt, dass dieser Junge nicht normal ist.«

»Er verhält sich krank. Haben Sie sich seine Mutter angesehen?«

»Ein zäher Brocken! Und die Verlobte?«

»War schwer angeschlagen. Es muss ein Albtraum sein, wenn dein Freund der Vergewaltigung bezichtigt wird.«

»Und trotzdem wirkte sie gleichgültig, zumindest distanziert.«

Das stimmte. Obwohl so ein Verhalten auch nicht ungewöhnlich war. Der Verstand konnte das Böse verdauen oder verarbeiten, aber das wirklich Schreckliche bleibt draußen. Zu groß, um in die zerbrechliche Höhle hineinzupassen.

»Mir fällt gerade etwas ein, Subinspector. Diese neue Identifizierung, die die Opfer machen müssen, warum versuchen wir nicht, sie Juans Mutter und Verlobter gegenüberzustellen?«

»Verdammt, Petra! Sind Sie verrückt geworden? Wissen Sie, was Sie da sagen?«

»Ich weiß, dass das ziemlich heftig ist. Möglicherweise kommt es zu Szenen und Krach, entfesselt Emotionen. Aber vielleicht reagiert diese verfluchte Verlobte von Juan darauf, vielleicht wird ihr klar, dass ihr zukünftiger Mann tatsächlich diese Mädchen vergewaltigt hat. Vielleicht bewirkt das eine Erschütterung, vielleicht sagt sie uns sogar, wo sich ihr Verlobter versteckt.«

Garzón nahm sich diesen Vorschlag sehr zu Herzen. Er komplizierte ihm das Leben und darüber hinaus passte er nicht zum üblichen Ermittlungsvorgehen. Aber auch nach unserer stillen Aussöhnung und unserem betont freundlichen Umgang miteinander war ich noch immer die Chefin, und ich hatte nicht die Absicht, meine Methoden zu diskutieren. Er beschränkte sich auf die Bemerkung:

»Sie glauben zu sehr an Psychologie, Inspectora. Und ich habe immer gedacht, das sei eine Sache für die Reichen. Für die einfachen Leute gibt es keine andere Psychologie als schlichtes materielles Eigeninteresse.«

»Soll das heißen, dass nur die leiden, die nichts zu essen haben?«

»Nein, denn am Ende wird ihnen klar, dass das Leben ziemlich erbärmlich ist, auch wenn es keine finanziellen Sorgen gibt.«

»Also, Garzón, das stimmt aber nicht mit Ihrer positiven Einstellung zu den Dingen überein. Wollen Sie mir das erklären?«

»Nicht im Traum! Sie sind es doch, die mich zum Philosophieren verleitet. Ich rede nichts als Unsinn. Wenn Sie das mit den Befragungen wirklich wagen wollen, wäre es besser, wir gingen schlafen.«

Schlafen. Ich persönlich versuchte es erst gar nicht. Ich war zu sehr mit den Eindrücken beschäftigt, also schenkte ich mir ein Glas ein, suchte eine Sinfonie heraus und legte die Beine hoch. Dann ließ ich meinen Blick über die halb gefüllten Regale und Wände gleiten. Lithografien von Chagall, Rechtsbücher und Romane, Platten von Beethoven, Chopin, Jazz, Erinnerungen an andere Zeiten, wertloses Kunsthandwerk... Hinweise darauf, dass hier ein Mensch mit seiner Vergangenheit und seinen Vorlieben lebte. Ich dachte an die Wohnung der Jardiels. Sie hatte etwas Beklemmendes. Der falsche Glanz der großen Möbelstücke, die rechtwinkelige und symmetrische Anordnung der Blumenbildchen in allen Zimmern. Eine schrecklich unpersönliche Atmosphäre. Keiner der Bewohner hatte seinen Stempel hinterlassen, alle bewegten sich in diesem reduzierten Raum mit seinem nichts sagenden Ausdruck eines billigen Hotels. Ich versuchte mir das Leben dort vorzustellen. Frühstücke an dem kleinen Küchentisch, die Mutter, wahrscheinlich im Morgenmantel, am Kopfende des Tisches, wie bei den anderen Mahlzeiten auch. Immer unter dem Einfluss ihrer mürrischen Miene. Ordnung und Sauberkeit schien die Parole zu sein. Jeder ging zu seiner Arbeit, und dann kehrten sie zurück, aßen Abendbrot und verbrachten den Abend vor dem Fernseher. Die Flure gefegt, die Wäsche gewaschen. Wie in einem Ameisenstaat: Pflichten in einer perfekten Organisation. Jede persönliche Laune blieb draußen. Ja, das könnte es sein, sie fühlten sich wie unter dem Mikroskop der Mutter. Ein junger Mann, der eiserner entpersönlichender Disziplin unterworfen ist, könnte ausbrechen wollen und sich darüber hinaus rächen, indem er sich schwächliche Mädchen aussucht, weil die monumentale Mutterfigur verängstigt. Klebrige Mysterien der Mutter-Sohn-Beziehung.

Ich war müde und ging mir ein Glas Milch aufwärmen, als ich vor der Eingangstür den Umschlag entdeckte.

*Liebe Petra,*
*ich war in der Nähe, habe dich aber nicht angetroffen. Ich wollte dich bitten, dir morgen von deinen polizeilichen Pflichten ein wenig Zeit zu nehmen und mit uns zu Mittag zu essen. Ich werde das Vergnügen haben, dir meine Frau vorzustellen, und kann dir*

*dann deinen Anteil aus unserem letzten gemeinsamen Besitz aushändigen. Meld dich bei meiner Sekretärin, sie wird dir Ort und Zeitpunkt nennen.*

Jedes Mal erinnerte mich sein Stil mehr an den eines Streifenpolizisten. Er wollte also auf den letzten Akt der Vorstellung nicht verzichten. Seine frisch gebackene Ehefrau. Wie konnte die sich auf so etwas einlassen? Auch noch zum Mittagessen! Eine Qual.

Fermín Garzón konnte nicht ans Telefon kommen, weil er nicht da war. »Er kommt nie vor ein Uhr nach Hause«, sagte mir seine Wirtin. »Aber er hat mir eine Nummer dagelassen, wo man ihn antrifft.« Es war die Nummer des Efemérides. Dort war er natürlich, glücklich in netter Gesellschaft

»Subinspector, ich wäre Ihnen sehr dankbar, wenn Sie morgen die Befragungen und alle weiteren nötigen Schritte am frühen Nachmittag alleine machen würden. Ich bin zum Mittagessen verabredet und werde mich vielleicht verspäten.«

»Sie werden ja gut versorgt, was, Inspectora?«

Er hatte wohl schon ein Glas zu viel intus.

»Ja. Aber ich kann Ihnen verraten, dass das keine vergnügliche Angelegenheit ist. Mit einem Freund und seiner Frau.«

»Nun, warum laden Sie mich dann nicht auch ein?«

Es waren wohl doch eher zwei Gläser zu viel.

»Ich weiß nicht …«

»Es schickt sich für eine Frau nicht, ohne Begleitung zu einem Essen zu gehen.«

Er scherzte, ich hätte es mir denken können. Dennoch war am Horizont ein schwacher Lichtschein aufgetaucht.

»Wissen Sie, Garzón, dass Sie mir damit einen großen Gefallen täten?«

»Stets zu Ihrer Verfügung«, sagte er plötzlich ernst.

»Wirklich, begleiten Sie mich zu diesem Essen?«

»Ist gebongt.«

Ein Wahnsinn, lächerlich. Natürlich wusste Garzón nicht, worauf er sich da einließ.

Und selbstverständlich hatte es sich gelohnt, Garzón zu diesem Essen mitzunehmen! Und wäre es auch nur dafür gut gewesen, Hugos Gesicht bei unserem Erscheinen zu sehen. Aber das war noch das Geringste. Das Restaurant, in das er mich eingeladen hatte, war von kalter Eleganz, luxuriös und zeitlos. Gestärkte weiße Leinentischdecken und Porzellangeschirr, Kellner, die auftauchten und verschwanden wie geliebte Tote. Ich wollte meine Erbin von Hugos Herzen nicht allzu sehr anstarren, aber sofort hatte ich einen ersten und zuverlässigen Eindruck: Diskret geschminkt, diskret im Gespräch, diskret in der Kleidung. Genau der Typ Frau, der ich hätte sein sollen. Hugo war sichtlich stolz auf sie. Aber er war auch verspannt. Sie ebenfalls. Wir drei waren verspannt. Nur mein Kollege nicht. Er wirkte so zufrieden, als wäre es die natürlichste Situation. Er war Spezialist in Sachen Ex-Männern, das musste ein für alle Mal anerkannt werden.

Wir wählten das Menü, und das Essen begann mit belanglosem Geplauder. Hugo zeigte sich freundlich, aber wenn er mich anblickte, sah ich in seinen Augen Sarkasmus aufflackern. Seine neue Frau schien nicht sehr neugierig auf mich zu sein, oder sie war zu kultiviert und tat, als stünde sie über den Dingen. Wir sprachen von den Unannehmlichkeiten des Stadtlebens, der Unübersichtlichkeit von Tiefgaragen, von typischen Regionalspeisen, von Flugreisen. Keinerlei Anspielungen auf das Privatleben oder die Ehe. Garzón war in seinem Element, er plauderte, trank, aß mit gewohntem Appetit und erfreute das

Publikum mit seinem sonderbaren Aussehen: Dunkler Anzug, gestreiftes Hemd und eine fürchterliche Krawatte mit violetten Punkten, die ich noch nie an ihm gesehen hatte. Hugo war augenscheinlich fasziniert von ihm. Er zollte ihm große Aufmerksamkeit, beobachte sein Verhalten, seine Art zu reden, und ich unterstellte, dass er sich ständig fragte, was ein Typ wie Garzón bei einem Familienessen verloren hatte. Ich war glücklich, die Anwesenheit meines Tangosängers hatte wie durch Zauber jede Spannung aufgelöst. Hugo hatte erreicht, was er wollte: Mir zu demonstrieren, dass er mit einer beruflich erfolgreichen, schönen und passenden Frau verheiratet war. Ihm gelang alles perfekt, er bewegte sich in gehobenen Kreisen, sein Leben war gediegen und normal. Ich hingegen präsentierte mich in Begleitung eines Provinzbullen mit schauderhaftem Binder und verbrachte meine Tage mit der Schmutzarbeit meines schrecklichen Berufs.

Beim Nachtisch wurde Hugo dann unvermeidlicherweise ätzend.

»Ich bitte um Entschuldigung, Petra und ich müssen über Geschäftliches reden.« Er wandte sich an mich. »Die Anwesenden wissen doch sicherlich, dass wir verheiratet waren, oder?«

Die neue Ehefrau, die Elvira hieß, lachte verhalten. Garzón sah die Angelegenheit ganz locker und trank seinen Kaffee, als befände er sich im Efemérides.

»Sind Sie verheiratet, Fermín?«

»Ich bin Witwer.«

»Und Sie haben nicht wieder geheiratet?«

»Nein.«

»Das ist schlecht. Eine zweite Ehe ist das Klügste für einen Mann. Beim ersten Mal lernt man, dann vergleicht man und kann besser einschätzen. Das ist fabelhaft, glauben Sie mir.«

Ich saß mit gefrorenem Lächeln auf den Lippen da. Hugo fuhr mit seiner Vorstellung fort, seine Frau sah ihn alarmiert an.

»Man stellt fest, dass man bleibt, wer man ist, und trotzdem nicht untergeht. Alles geht gut. Und mit einer Frau an der Seite, die einen wirklich liebt, erfährt man eine Art Wiedergeburt. Heiraten Sie wieder, im Ernst, eine wunderbare Erfahrung, mein Freund.«

Garzón zeigte sein bestes Provinzschutzmannslächeln der Fünfzigerjahre.

»Aber Petra will mich nicht, Hugo, und ich glaube nicht, dass ich eine bessere Frau finden würde. Ich habe nicht viel Glück.«

Wir alle lächelten, aber Hugos Lächeln war so gepresst, dass ich fürchtete, gleich Blut aus seinen Mundwinkeln laufen zu sehen. Chapeau, mein lieber Subinspector! Jahrelang in dunklen Dienstzimmern Wurstbrötchen essen und sich jetzt à la Oscar Wilde aus der Schlinge ziehen. Mein Herz würde ihm immer dankbar sein für diesen Geistesblitz. Hugo zeigte sich herablassend, aber ich kannte ihn gut genug, um zu wissen, dass er sich ärgerte. Was erlaubte sich diese Witzfigur? Wie konnte er es wagen, seine großartige Schlussszene in den Schatten zu stellen?

»Wussten Sie, dass Petra eine angesehene Anwältin war, bevor sie zur Polizei ging? Sie hatte eine brillante Karriere vor sich, sie war hervorragend, intelligent und fleißig. Ich bin der Letzte, der ihre Verdienste in Abrede stellt. Mich überrascht nur, wie sich eine gebildete Frau beruflich so verändern konnte. Denn Petra war kultiviert, wissen Sie? Petra hat sich zum Abendessen immer hergerichtet, sie konnte nicht zu Bett gehen, ohne vorher Beethoven gehört zu haben, sie kaufte in den besten Geschäften, redete nicht mit Leuten, die ihr vulgär oder intellektuell uninteressant erschienen, betrat keine Küche, um sich nicht die Hände schmutzig zu machen, nahm Ballettstunden, sprach zwei Halbtöne tiefer als die übrigen Gäste, gehörte dem einen und anderen Club an …«

Garzón schwenkte den gerade bestellten Anisschnaps hin und her.

»Als Polizistin ist sie auch nicht schlecht. Sie sollten Sie bei der Arbeit sehen. Sie bewegt sich zwischen Nutten und Schlägern, als hätte sie nie was anderes gemacht. Und die Verhöre von suspekten Typen, ich kann Ihnen sagen. Meiner Meinung nach geht sie manchmal etwas zu weit. Kürzlich hat sie einen kleinen Gauner ziemlich in die Zange genommen. Splitternackt stand er da. Eine Stunde lang hat sie immer wieder seine Billardkugeln fixiert, es hätte nicht viel gefehlt, und der Typ wäre tot umgefallen. Und er fiel um, verdammt, und wie der umfiel.«

Hugo sah mich angewidert an.

»Stimmt das?«, fragte er.

Und ich, die ich in ein einziges helles Lachen voller wilder Freude ausgebrochen war, beschränkte mich auf ein schlichtes Ja.

Elvira starrte verlegen auf die Brotkrümel auf der Tischdecke. Hugo war rot angelaufen. Er zog ein paar Papiere aus seiner Aktentasche.

»Könntest du mir bitte diese Papiere quittieren. Sie bestätigen, dass ich dir das Geld ausgehändigt habe.«

Ich unterschrieb und nahm den Scheck entgegen. Er verlangte die Rechnung. Es herrschte absolute Stille. Als Elvira ihren Mann aufstehen sah, war sie sichtlich erleichtert.

»So wie die Dinge stehen, Petra, ist es besser, wenn wir uns nicht mehr treffen.«

»Das finde ich auch«, hörte ich mich antworten.

Es folgte das übliche Händeschütteln, aber Hugo verweigerte mir seine Hand. Der Subinspector und ich warteten mit dem

Aufstehen, bis sie gegangen waren. Wir schlenderten wortlos über die Straße. Es wurde frisch. Die Wärme der letzten spärlichen Sonnenstrahlen war gleich null.

»Vielleicht hätte ich das nicht...«, Garzón brach ab.

Ich ging schweigend weiter.

»Vielleicht hätte ich...«

Ich blieb stehen und sah ihm ernst in die Augen. Er war besorgt und verängstigt wie ein Kind. Da platzte ein krampfartiges Lachen aus mir heraus. Ich konnte mich nicht beherrschen, ich lachte und lachte. Mir versagten fast die Beine.

»Ach, Fermín!«

Er lächelte verhalten, aber erleichtert.

»Ist gut jetzt, Petra, hören Sie auf, die Leute schauen schon.«

Aber ich wollte gar nicht aufhören. Es gelang mir, ganz langsam weiterzugehen. Garzóns Grinsen reichte von einem Ohr zum anderen.

»Wirklich, ich dachte, warum müssen wir bloß immer so tun, als wären wir wunderbar? Was solls. Warum muss man immer zurückhaltend sein, liebenswürdig, gute Manieren und all diese Dinge haben? Vielleicht bleibt mir nicht mehr viel, warum dann nicht auch mal ein bisschen unangenehm werden? Das habe ich gedacht.«

Er freute sich darüber, dass er es gewagt hatte, sich daneben zu benehmen. Langsam beruhigte ich mich.

»Es tut mir Leid, Sie da reingezogen zu haben. Ich habe geglaubt, Hugo hätte dieses Essen organisiert, um zu zeigen, wie perfekt seine neue Frau ist. Aber Sie haben es ja erlebt, er wollte auch ein paar Steine auf mein Dach werfen.«

»Und das macht Ihnen was aus?«

»Ich nehme an, er hatte es wirklich geschafft, mich glauben zu machen, seine Art, die Dinge zu sehen, sei die einzig akzeptable.«

»Wir zerbrechen uns immer den Kopf, damit die anderen gut von uns denken, das ist absurd.«

»Ja, das ist es. Aber Sie sehen ja, nach dem Bild, das Sie Hugo von mir gezeichnet haben, brauche ich mich darum vermutlich nicht mehr zu kümmern.«

»Ich wiederhole, es tut mir Leid, ich bin zu weit gegangen.«

»Nein, es war gut. Vielleicht haben Sie den Bann damit gebrochen. Aber kommen wir zum Wesentlichen. Haben Sie dieses Papierchen gesehen?«

»Drei Millionen Peseten ist ein nettes Sümmchen.«

»Brauchen Sie für irgendwas Geld? Wenn Sie wollen, leihe ich Ihnen was.«

»Ich brauche nicht viel. Ich lebe ganz gut von meinem Gehalt.«

»Gut, dann gehen wir das an einem der nächsten Abende feiern. Was würde Ihnen gefallen?«

»Ein gutes Abendessen.«

»Davon mal abgesehen, werden wir noch was unternehmen. Wissen Sie was, ich habe eine Idee. Wir gehen ins Liceo und sehen uns eine Oper oder ein Ballett an. Was halten Sie davon?«

»Die Karten sind ziemlich teuer.«

»Denken Sie an die drei Millionen.«

»Das würden Sie wirklich für mich tun?«

»Ich bin keine Freundin von Opern, aber ich würde es tun.«

Er sah mich dankbar an. Wir gingen schweigend weiter. Plötzlich blinkte ein boshaftes Leuchten in seinen Augen auf.

»Haben Sie wirklich getanzt?«

»Also wirklich, Garzón!«

»Ich würde was dafür geben, Sie im Ballettröckchen zu sehen.«

»Scheren Sie sich zum Teufel!«

Im Kommissariat fiel der Fall wieder über mich her. Garzón hatte mich überzeugt, die Opfer nicht den beiden Jardiel-Frauen gegenüberzustellen. Das war zu grässlich. Dennoch wurde ich den Verdacht nicht los, dass Luisa wusste, wo sich ihr Verlobter aufhielt. Ich entschloss mich zu einer gewagten Lösung. Während sich Garzón mit den drei Mädchen beschäftigte und ihnen Fotos von Juan zeigte, wollte ich Luisa die Fotos zeigen, die der Gerichtsmediziner von Sonia, Patricia, Salomé und Cristina nach der Vergewaltigung gemacht hatte. Es waren Aufnahmen von den markierten Armen der Mädchen dabei, auf denen alle Stiche der Blume und Blutspuren zu sehen waren.

Das Mädchen wirkte erschrocken und voller böser Vorahnungen. Ohne auch nur ein Wort zu wechseln, legte ich ihr ein Foto nach dem anderen hin, die wirkungsvollsten zuerst. Dabei beobachtete ich aufmerksam jede Regung ihres Gesichts. Ihre Hände zitterten, und manchmal hielt sie inne. In ihrem Gesicht stand das blanke Entsetzen, die Angst vor der Wahrheit. Sie begann, langsam den Kopf zu schütteln. Sie schluckte, hypnotisiert von den Bildern, und stieß hervor:

»Das hat er nicht getan.«

»Alles scheint darauf hinzuweisen, dass er es war.«

»Das war er nicht.«

»Wie willst du das wissen?«

»Weil ich es weiß.«

»Hat er dir das selbst gesagt?«

Sie schwieg. Ich setzte mich ihr gegenüber.

»Vielleicht willst du nur glauben, dass er unschuldig ist.«

»Juan ist zu so etwas nicht fähig. Wenn er Lust gehabt hätte, hätte er mit mir schlafen können. Wir wohnen zusammen, es hätte genug Gelegenheit gegeben, aber er hat mich nie angerührt. Er wollte, dass wir erst heiraten. Er ist anständig erzogen worden und hat einen Sinn für Moral.«

Ich seufzte.

»Das beweist gar nichts. Es kann sogar auf das Gegenteil hinweisen. Im Zwang, immer ein untadeliges Verhalten zu zeigen, kann er sich auf diese schreckliche Weise ausgetobt haben.«

»Nein.«

»Ist seine Mutter streng mit euch?«

»Sie hat uns gut erzogen. Sie mag Leute nicht, die tun, was ihnen gefällt, oder Jugendliche, die sich wie Tiere aufführen, Alkohol trinken und Drogen nehmen.«

»Und diese Erziehung ist nicht streng?«

»Nein. Sie ist eine gute und fleißige Frau. Sie hat uns beigebracht, Moral und Würde zu haben, damit niemand etwas gegen uns sagen kann.«

»Und was denkt Juan von all dem?«

»Er findet es gut. Juan und ich mögen Menschen auch nicht, die ihren Verpflichtungen nicht nachkommen. Sie ekeln uns an.«

»Das wurde euch auch beigebracht?«

Sie schwieg, ihr Blick schweifte ab, sie rang die Hände, öffnete den Mund, um etwas zu sagen, und schloss ihn wieder. Dann runzelte sie finster die Stirn.

»Sie sind völlig auf dem Holzweg…«, sagte sie plötzlich. »Hat Ihnen unsere Mutter nichts von unserer Familie erzählt?«

»Ich weiß, dass deine Eltern bei einem Unfall ums Leben kamen und sie sich um dich gekümmert hat.«

»Das stimmt nicht.«

Mein Puls ging schneller.

»Das stimmt nicht?«

»Nein. Juans Vater ist nicht tot und meine Mutter auch nicht. Eines Tages sind sie zusammen abgehauen… Aus den Augen, aus dem Sinn. Juans Mutter nahm mich auf und brachte uns beide durch.«

»Und dein Vater?«

»Der wollte nichts von mir wissen. Er sagte, was soll ein allein stehender Mann mit einer Tochter. Er hat mich Juans Mutter überlassen. Sie sagte zu ihm: ›Du wirst sie nie wieder sehen, lass dir später bloß nicht einfallen zu behaupten, du seist ihr Vater.‹ Aber er ist nie wieder aufgetaucht. Er hat sich nicht einmal um meine Gesundheit gekümmert. Jetzt können Sie ja beurteilen, ob diese Frau gut ist oder nicht, und ob sie uns gut behandelt hat. Und Ihnen muss auch klar sein, was Juan und ich über Menschen ohne Moral denken.«

Große Geschichte, eine seltsame Mischung aus Eugène Sue und Sigmund Freud. Dieses unglückliche Wesen war sich nicht bewusst, wie viele Argumente sie mir lieferte. Sie zog einen Kreis von Verdächtigungen um ihren Bruder-Verlobten.

»Warum verheimlicht Juans Mutter das alles und behauptet, sie sei Witwe? Warum hat sie sich dieses Märchen mit deinen Eltern und dem Unfall ausgedacht?«

»Wollen Sie, dass alle erfahren, wessen Kinder wir sind? Wen geht das was an! Ich habe sie tausend Mal sagen hören, dass wir ebenso das Recht auf unsere Würde haben wie andere, auch wenn wir einfache Leute sind.«

»Und ihr habt nie wieder von deiner Mutter oder Juans Vater gehört?«

»Das habe ich Ihnen doch schon gesagt, nein. Und wenn sie sich in unser Leben hätten einmischen wollen, hätte meine Mutter sie beide rausgeworfen.«

»Ich verstehe.«

»Jetzt wissen Sie ja, warum Juan keine schrecklichen Dinge mit den Mädchen gemacht haben kann.«

»Und warum ist er dann abgehauen?«

»Weiß ich nicht.«

Ich schwieg. Ihr Gesicht hatte einen verletzten Zug angenommen.

»Ich muss dir noch eine letzte Frage stellen, aber ich möchte, dass du genau nachdenkst, bevor du antwortest. Ich möchte, dass du an Juan denkst, besonders, wenn er unschuldig ist. Luisa: Weißt du, wo er jetzt ist?«

Sie machte nicht einmal eine Pause.

»Nein«, antwortete sie.

»Bist du sicher?«

»Das ist die Wahrheit.«

»In Ordnung, du kannst gehen. Aber wenn du Kontakt zu ihm aufnehmen kannst, sag ihm, dass es zu seinem Besten ist, wenn er sich stellt.«

Sie antwortete nicht.

Bevor ich nach Hause ging, wollte ich mich noch mit Garzón besprechen. Ich brannte darauf, ihm von meiner Unterhaltung zu erzählen. Nach der neuerlichen Befragung der Opfer kam er müde herüber, warf seinen Mantel über den Kleiderständer und ließ sich auf einen Stuhl fallen.

»Haben sie was an Jardiel wieder erkannt?«

»Nichts.«

»Nicht einmal die Statur, das Aussehen?«

»Sie sagten immer nur nein. Den ganzen Nachmittag ohne Resultat malochen. Zu allem Überfluss hat eine von ihnen angefangen zu weinen.«

»Salomé?«

»Ja. Sie wich vor mir zurück, als wäre ich ein Monster.«

»Diesem Mädchen wird es schwer fallen, das Trauma zu überwinden.«

»Und natürlich fehlt die Aussage von der, die sie in die Vereinigten Staaten geschickt haben.«

»Ich frage mich, ob der Vater das Recht hatte, sie herauszuziehen.«

»Kommen Sie mir nicht mit Rechten, ich bin völlig erledigt.«

Er ließ kraftlos die Schultern hängen. Um ihn aufzuheitern erzählte ich ihm, was mir Luisa gebeichtet hatte. Ich dachte, dass ihn dieses fürchterliche Melodram bewegen würde, aber er verharrte regungslos wie ein vergessenes Paket an einer Bushaltestelle.

»Finden Sie das nicht wichtig?«

»Vermutlich schon.«

»Wissen Sie, was es bedeutet, einen Teil seiner Kindheit und die ganze Jugend über kontinuierlich dem Klima von moralischem Dogmatismus ausgesetzt zu sein?«

»Ich denke, dass ich dem auch zum Opfer gefallen bin.«

»Das ist nicht vergleichbar! Diese Jugendlichen haben in einem hermetisch abgeschlossenen, verfälschten und Hass erfüllten Umfeld voller Scham- und Schuldgefühle und Rachegelüste gelebt. Man hat sie gelehrt, die Wahrheit zu verbergen und diejenigen zu verachten, die sie auf die Welt gebracht haben. Es ist furchtbar, es ist… der perfekte Nährboden für jede Entgleisung. Daraus kann ganz leicht ein Vergewaltiger hervorgehen.«

»Womit bewiesen wäre, was ich immer gedacht habe: Dass eine beschissene Geschichte immer von einer anderen beschissenen Geschichte herrührt.«

Ich fuhr auf.

»Aber was sagen Sie da, Garzón?«

Er sah mich überrascht an.

»Sie haben doch gesagt, dass es Ihnen nichts ausmacht, Kraftausdrücke zu hören.«

»Aber das ist dumm und vulgär, das passt nicht zu Ihnen.«

Er wurde ernst und wirkte eingeschnappt wie ein Kind. Dann schimpfte er halblaut:

»Es ist nie einfach, zu wissen, was angemessen ist und was nicht.«

Ich stand auf und nahm meine Tasche.

»Offensichtlich haben Sie einen schlechten Tag gehabt. Wir sehen uns morgen.«

Ziemlich verstimmt kam ich nach Hause und suchte im Kühlschrank nach etwas Essbarem. Die Vorräte gingen aus, dagegen musste ich was tun, aber nicht heute Abend. Heute Abend brauchte ich nur Schlaf. Trotzdem weckte mich um Mitternacht das Telefon. Ich erkannte die kaputte Stimme sofort.

»Hier ist Fermín Garzón.«

»Was ist los, haben Sie ihn erwischt?«

»Das ist es nicht, ich wollte Ihnen nur sagen, dass es mir aufrichtig Leid tut.«

»Wie?«

»Sie wissen schon, was ich vorhin gesagt habe, das mit der besch… Geschichte, es war blöd und ich hätte wissen müssen, dass das schlecht bei Ihnen ankommt. Aber, wissen Sie, was mir gerade auffällt? Ich bemerke kaum noch, dass ich mit einer Frau zu tun habe.«

»Danke, sehr schmeichelhaft, wie soll ich das verstehen?.«

»Verstehen Sie es richtig. Haben Sie geschlafen?«

»Ja.«

»Nun, dann habe ich jetzt noch einen Grund, mich zu entschuldigen.«

»Vergessen Sies, ich werde sofort wieder einschlafen.«

»Gute Nacht, Inspectora. Wir sehen uns morgen.«

Ich kuschelte mich in die Kissen und löschte das Licht. Plötzlich überkam mich eine unbändige Lust zu lachen. Und ich lachte aus vollem Halse und brachte die Matratze zum Beben. Ich lachte zum ersten Mal so. Allein im Bett und im Dunkeln.

In Laufe der folgenden Woche ging die Suche nach Juan Jardiel weiter. Die Journalisten blieben auf der Lauer und vergaßen den Fall nicht. Ich machte Umwege auf dem Weg zum Kommissariat, ebenso auf dem Weg nach Hause, ohne jedoch den Eindruck loszuwerden, dass ich verfolgt wurde. Pepe hielt mich über die Besuche der Fernsehjournalistin im Efemérides auf dem Laufenden. Ich trat auf der Stelle und grübelte, als würde uns das Grübeln an sich weiterbringen. Garzón folgte meinem Beispiel nicht, er war in Bewegung, begleitete Streifenwagen auf ihrer Suche und unterhielt sich mit dem Richter. Er war wie immer mit den Kontakten zu Spitzeln in seinem geheimnisvollen Schmuggelfall beschäftigt, von dem er nicht einmal mir etwas erzählte. Ich bewunderte seinen Tatendrang.

Eines morgens ging ich zur Bank, um den Dreimillionenscheck einzureichen. Danach ging ich zum Liceo und kaufte zwei Karten für *Aida*. Als ich das meinem Kollegen am Telefon mitteilte, war er deutlich gerührt.

Es war ein eisiger Februarabend. Wir hatten uns auf den Ramblas verabredet, und als Garzón näher kam, musste ich zweimal hinsehen, um mich zu vergewissern, dass er es auch war. Er trug einen dicken dunkelgrauen Anzug mit weißen Streifen, ein gelbes Hemd, an der blauen Krawatte steckte eine Krawattennadel mit Perle und im Knopfloch ein winziges Polizeiabzeichen. Er sah beeindruckend aus, wie ein Mafiaboss an seinem Hochzeitstag. Seine Haare waren pomadisiert und sorgfältig nach hinten gekämmt, und mit dem ordentlich gestutzten Bart wirkte er wie eine Greenpeace-Robbe. Ich hatte mir mein kurzes Schwarzes für seltene Gelegenheiten angezogen und ein Goldkettchen umgehängt, sodass ich an seiner Seite etwas unscheinbar wirkte.

Er war aufgeregt wie ein Kind, das ein Heiligtum betritt. Ich musste die Eintrittskarten herausholen und sie ihm zeigen. Er bat mich, sie ihm nach der Veranstaltung zu geben, weil er sie als Erinnerung aufbewahren wollte.

»Die müssen Sie eine Menge Knete gekostet haben«, sagte er.

Ich erläuterte ihm, dass er jederzeit ins Liceo hätte gehen können, denn es war nicht so teuer, um es sich nicht gelegentlich zu leisten.

»Ich wäre niemals alleine hingegangen. Dieser Ort flößt mir so viel Ehrfurcht ein, das ist nicht meine Welt, ich hätte ständig Angst, mich lächerlich oder einen Fehler zu machen. Auch hätte ich mich nicht zu der Entscheidung durchringen können, Geld für so etwas Sinnloses auszugeben.«

»Sie müssen sich vor niemandem rechtfertigen.«

»Das stimmt, aber nach so vielen Jahren der Pflichterfüllung ist es einem nicht mehr so leicht möglich, das zu tun, wozu man Lust hat.«

Ich lachte. Der Subinspector war zuverlässig und pedantisch wie ein Mönch. Er hatte gewissermaßen etwas Magisches an sich, eine Art positive Kraft, die jeden Zweifel verscheuchte. Aber an diesem Abend war er besonders leuchtend und kontemplativ.

Als wir das Opernhaus betraten, nahmen wir ein Programm und schlenderten durch die majestätische Halle. Garzón befand sich in einem unergründlichen siebten Himmel, von dem Strahlen und Lichtfunken herabfielen. Er strahlte im wörtlichsten Sinne, und hätte man ihn an die Decke gehängt, er hätte wie eine zusätzliche Lampe gewirkt. Er war in sich gekehrt, seine Trance war privat, eine einzige Verzückung. Er flüsterte unzusammenhängende Sätze: »... jahrelanger Luxus, Harmonie und Separées, Mariona Rebull...« Es fiel mir schwer zu glauben, dass der uralte Glanz der katalanischen Bourgeoisie der Grund für seine Begeisterung war, aber ich stellte ihm keine Fragen und ließ ihn genießen. Während der Vorstellung war er ebenso glückstrunken. Zwischen den Akten sprach er kein Wort mit mir, er traute sich nicht einmal, eine Zigarette zu rauchen. Ich gebe zu, dass die Oper nie meine Leidenschaft gewesen ist, aber ich konnte sie mir mit solcher Geistesabwesenheit ansehen, dass ich in totale Konzentration verfiel.

Am Ausgang schwebte Garzón in der feuchten Meeresluft und hatte leicht verschleierte Augen. Er sagte noch immer kein Wort.

»Hat es Ihnen gefallen, Fermín?«

»Es war unvergesslich.«

Das elegant gekleidete Publikum mischte sich langsam unter die Passanten auf den Ramblas. Wir spazierten ohne konkretes Ziel dahin.

»Haben Sie die Absicht, den ganzen Abend nicht zu reden?«

Er erwachte aus seinem Traum.

»Entschuldigen Sie. Ich bin ein schlechter Gesellschafter, ein Langweiler, aber ich war so gefangen von dem Schauspiel. Ich bin Ihnen so dankbar, Petra, vielen Dank...«

»Nun werden Sie nicht feierlich und sagen Sie mir, wo Sie gerne essen würden.«

»Wo Sie wollen. Vielleicht kann ich vor Rührung gar nichts essen.«

»Ich bin mir sicher, dass Sie die überwinden werden.«

Das tat er und aß mit großem Appetit die mit Scampi gefüllten Avocados und die Lammkoteletts. Ich bestellte eine Flasche Champagner, die noch vor dem Nachtisch leer war. Ich bestellte eine zweite. Garzón protestierte nicht. Der Champagner bekam uns gut, er ließ unsere Gedanken auf einem sprudelnden Kissen tanzen.

»Merken Sie was, Petra? Das muss so was wie Glück sein.«

»Die Oper oder der Champagner?«

»Das nicht. Ich meine, es muss großartig sein, von seinen Vorfahren so viel Geld geerbt zu haben, dass man sich nicht fragen muss, ob es erlaubt ist, die Freuden zu genießen.«

»Es ist niemandem verwehrt, zu genießen.«

»Bestimmt stamme ich in der achten oder neunten Generation von Sklaven ab. Ich wurde immer auf den Wert der Dinge hingewiesen. Immer die Pflicht, immer arbeiten, um das bisschen zu bezahlen, was ich habe. Wenn man was geerbt hat, ist das besser.«

»Sie hätten Ihr Schicksal ändern können.«

»Kann sein, aber wozu mir den Kopf darüber zu zerbrechen, dass meine Mutter nicht Französisch konnte? Das lässt sich nicht ändern. Ich habe einmal einen Film gesehen, in dem der Gipfel der Vornehmheit war, dass die Mutter Französisch konnte.«

»Sie sind vielleicht ein Spinner, Garzón!«

»Aus der Distanz betrachtet bin ich das vielleicht.«

Wir lachten gut gelaunt. Er füllte fröhlich unsere Gläser und leerte seines in einem Zug.

»Gehen wir, wir sind die letzten Gäste, ich fühle mich schon ganz schuldig. Sehen Sie, schon fühle ich mich für alles schuldig, wenn ich meine Grenzen überschreite und etwas genieße. Was halten Sie davon, wenn wir noch woanders ein Glas trinken? Diesmal lade ich Sie ein.«

Unter den sonderbaren Blicken der Kellner verließen wir das Lokal. Wieder auf der Straße, machte sich der Subinspector in einer Reihe von amüsanten Fantasien Luft. Wir waren beide beschwipst.

»Stellen Sie sich vor, Petra, wenn wir jetzt den Vergewaltiger treffen würden? Ich würde mich auf ihn werfen, ihn mit einer Judoklammer festhalten und ihn zwingen, in den Staub zu beißen. ›Ganz ruhig, du Scheißkerl ...!‹ würde ich zu ihm sagen. ›Wag es ja nicht, diese Dame noch mal anzufassen.‹ Dann würden Sie über mich herfallen und beleidigt antworten: ›Garzón, haben Sie noch immer nicht begriffen, dass es für eine Frau erniedrigend ist, wenn ein Mann sie zu retten versucht?‹«

Er war witzig, der gute Garzón, und auch ein bisschen betrunken.

»Später würde uns der Comisario beglückwünschen: ›Sehr gut, Kinder, ein Polizist sollte immer wachsam sein, auch wenn er vorher im Liceo *Aida* gesehen hat.‹«

Er lachte wie ein Besessener.

Wir gingen in ein Lokal, in dem leise Jazzmusik lief. Garzón bestellte einen doppelten Cognac und beruhigte sich.

»Ich habe den Jazz nie verstanden, das ist Musik für Intellektuelle.«

Wir lauschten dem lässigen Strom eines klassischen Quartetts, dem Klavier, dem Bass...

»Erzählen Sie mir von der Schuld, Garzón.«

»Von der Schuld?«

»Ja, von der Schuld, die Sie empfinden, wenn Sie Ihre Grenzen überschreiten.«

Sein Lächeln erlosch, er trank einen Schluck Cognac.

»Das ist eine alte Geschichte, Petra.«

Er rieb sich die geröteten Augen und seufzte.

»Meine Mutter war sehr gläubig. Sie brachte mir bei, dass ich nie zu viel Lust empfinden durfte. ›Wenn du ein gutes Stück Fleisch isst, denk daran, dass es Menschen gibt, die nichts zu essen haben‹, sagte sie immer. ›Wenn du in deinem warmen Bett liegst, denk daran, dass es Leute gibt, die kein Bett haben.‹ Lauter solche Sachen, und wenn ich antwortete: ›Mutter, ich kenne keinen einzigen Bedürftigen‹, sprang sie wie angestochen auf und antwortete: ›Aber es gibt sie! Auch wenn sie weit weg leben, in Peru. Im selben Augenblick, in dem du ein Stückchen Schokolade isst, stirbt ein armes Kind an Hunger. In diesem Augenblick macht es den letzten Atemzug und übergibt Gott seine Seele.‹«

Er wandte seine erschöpften Augen von der Erinnerung ab und richtete sie auf mich.

»Unglaublich!«, sagte ich, um etwas zu sagen.

»Das Schlimme war, dass ich nichts für diese Scharen Hungernder konnte, die bis Peru reichten. Aber das war egal, das Essen schmeckte mir nicht mehr. Manchmal warf ich die Schokolade in die Gosse in der Absicht, nur Brot zu essen, wenn das das Kind, das an der Reihe war, rettete. Ich glaube, deshalb bin ich Polizist geworden, um den Schwächsten zu helfen. Und später, so sind die Dinge eben, habe ich mein ganzes Leben damit verbracht, sie kaputtzumachen und sie ins Kittchen zu stecken. Denn fast immer sind es die Schwächsten oder die Ärmsten, die Verbrechen begehen, oder?«

»Ich nehme an, dass es so ist.«

»Und es war nicht nur das Naschen oder die Bettwärme, die sie mir vorwarf. Später war es dann alles andere: die Vergnügungen, die Freunde. Bis ich die Frau heiratete, die mir am besten entsprach, und nicht die, die mir wirklich gefiel.«

»Aber Sie waren doch glücklich mit Ihrer Frau.«

Er schwieg einen Moment, trank seinen Cognac aus und bestellte einen neuen. Als er ihm gebracht wurde, nahm er einen kräftigen Schluck.

»Das habe ich immer glauben wollen, um nicht verrückt zu werden. Aber meine Frau war genau wie meine Mutter. Oder schlimmer, denn mit meiner Mutter musste ich nicht das Bett teilen. Ihr Sauberkeitsfimmel, ihre Frömmelei, ihre Dummheit und ihre Zimperlichkeit. Was weiß ich, warum ich ihr immer treu war. Freitags, zur Fastenzeit oder zu Weihnachten durfte man sich nicht lieben, weil es unanständig war, ›solche Dinge‹ zu tun, wenn Unser Erlöser geboren wurde. Und als sie an den Eierstöcken operiert worden war und keine Kinder mehr bekommen konnte, argumentierte sie: ›Wofür, Fermín, warum sollen wir zusammen sein, wenn uns Gott nicht mehr als Mann und Frau liebt?‹ Sie können sich nicht vorstellen, wie es für einen noch jungen und kräftigen Mann ist, frisch rasiert, im sauberen Pyjama und mit kölnisch Wasser parfümiert ins Bett zu kommen und immer dieselbe Antwort zu erhalten.«

Er sah durch mich hindurch. Ich wusste, dass ich jetzt nichts sagen durfte.

»Dann kam ich aufs Kommissariat und sah mich mitten in diesem miesen Klima. Die Kollegen witzelten über die Nutten, die wir gelegentlich festnahmen. Die Abschiedsessen, wenn jemand in Pension ging, alle hingen betrunken am Tisch und lachten sich halb tot über die Phimose-Operation an einem Würstchen. Das war mein Leben, Petra, nichts besonderes. Und heute, wo ich in einem Alter bin, in dem man sich mit seinen Erinnerungen aussöhnt, könnte ich aus der Haut fahren, wenn ich nur daran denke.«

»Sie haben Ihren Sohn.«

»Meinen Sohn? Als ich ihn in New York besuchte, wusste er

nicht, was er mit mir anfangen sollte. Er stellte mich Leuten vor, die nur englisch sprachen. Nach vierzehn Tagen flippte er aus, weil ich abreisen wollte. Er hat merkwürdige Freunde, Leute, mit denen ich es nicht fünf Minuten ausgehalten hätte. Jetzt schreibt er mir kaum noch. Vielleicht ist er auch von der Erziehung seiner Mutter traumatisiert, so wie ich, so wie Sie sagen, dass es dem Vergewaltiger geht, den wir suchen.«

Er war aufgeschwollen und blass, seine Gesicht war verzerrt und unter den Augen zeichneten sich violette Ränder ab. Er hatte zu viel getrunken und zu viel geredet. Es trat die Müdigkeit der Nacht, der Woche, vielleicht des ganzen Lebens hervor.

»Glauben Sie nicht, dass Sie der Einzige sind, der einsam ist, Fermín. Ich bin es auch, so viele Fehler… spontane Veränderungen, verrückte Projekte, gescheiterte Ehen… Alle Welt ist einsam, aber die Dinge sind so, wenn du leben willst, musst du dich durchmogeln. Außerdem ist es egal, ob du in einen Orden eintrittst oder auf eine einsame Insel gehst. Es gibt keine Erlösung, am Ende überwirfst du dich mit dem Prior oder dich stört das Singen der Vögel in den Kokospalmen, unter denen du schlafen willst. Wichtig ist der innere Frieden, und niemand weiß, wie man den findet.«

Er war schwer angeschlagen, wie ein alter Boxer.

»Sie drücken sich gut aus«, sagte er. »Man merkt, dass Sie studiert haben.«

Wir waren leer und erschöpft, und schwiegen.

»Sollen wir gehen, Fermín?«

»Glauben Sie, das Efemérides hat noch offen?«

»Um diese Zeit… ich weiß nicht. Wollen Sie noch mehr trinken? Ich bin mir nicht sicher, ob Ihnen das bekommt.«

»Es ist schon spät, Sie haben Recht, wir sollten ins Bett gehen.«

Beim Aufstehen schwankte er. Ich war in keinem viel besseren Zustand, aber ich versuchte, oben auf der Alkoholwelle zu schwimmen, die über mir zusammenzuschlagen drohte. Wir gingen in die eisige Nacht hinaus. Die Jazzmusik verstummte. Es wäre klug gewesen, ein Taxi zu nehmen, aber es war keines in Sicht. Ich setzte mich ans Steuer, und Garzón hievte sich schwerfällig neben mich. Ich brachte ihn in seine Pension. Er starrte konzentriert durch die Windschutzscheibe. Als wir ankamen, erkannte er den Ort nicht wieder. Ich schüttelte ihn sanft am Arm.

»Geht es Ihnen gut, Subinspector? Sollen wir noch einen Spaziergang machen, bevor Sie reingehen?«

Er tauchte aus seinem Wachtraum auf.

»Nein, ist schon gut. Vielen Dank für diesen wunderbaren Abend.«

»Gute Nacht, Fermín.«

Ich sah ihn schwerfällig auf die Pensionstür zugehen und fuhr nach Hause, nicht sehr überzeugt davon, ob ich heil ankommen würde. Beim Eintreten kam mir die Stille der Räume wie ein friedliches Refugium vor. Ich ließ mich noch im Mantel auf das Bett fallen und dachte, am praktischsten wäre es, so einzuschlafen. Kurz darauf klingelte das Telefon.

»Endlich sind Sie da, Inspectora.«

Ich begriff nichts und nickte nur mit dem Kopf.

Nach dem Auflegen sorgte ich mich komischerweise nur darum, wie ich Garzón informieren konnte, ohne dass seine Wirtin zu Kreischen anfing. Aber es ließ sich nicht verhindern. Sie war verärgert.

»Es ist eine dringende Dienstangelegenheit«, entschuldigte ich mich.

»Warten Sie.«

Zwei Minuten später war mein Kollege dran.

»Subinspector? Ich bins. Tut mir Leid, Sie unter diesen Umständen stören zu müssen, aber es ging nicht anders. Man hat Juan Jardiel tot in einer Gasse gefunden. Offensichtlich wurde er umgebracht.«

Ich erwarte ein überraschtes Murmeln, eine grollende Antwort, einen Fluch, aber ich vernahm nur ein lakonisches und leidenschaftsloses: »Nicht zu fassen!«

# 10

Er war gegen elf Uhr nachts in einer Gasse nahe bei seinem Wohnort gefunden worden, mit mehreren Messerstichen in der linken Halsseite und in der Brust. Es war der erste gewaltsam zu Tode gekommene Mensch, den ich sah, die erste Leiche überhaupt. Ich versuchte sie kalt und mit professionellem Blick zu betrachten, aber ich wäre am liebsten schnell verschwunden.

Überall standen Streifenwagen. Der Comisario war auch da.

»Schlimme Sache, nicht wahr, Petra?«

»Wie ist es passiert?«

»Er wurde von vorne angegriffen, keine Anzeichen eines Kampfes.«

»Er wurde überrascht.«

»Scheint so.«

»Von vorne überrascht. Merkwürdig, nicht wahr? Es muss jemand gewesen sein, den er kannte. Was meinen Sie?«

»Vielleicht war er hier mit jemandem verabredet. Das ist ein guter Ort, wo ihn niemand schreien gehört hat, wenn er denn geschrieen hat.«

»Wie steht das Ihrer Meinung nach mit dem Fall in Zusammenhang?«

»Ich weiß es nicht. Es ist zu früh, um Vermutungen anzustellen. Wir werden sehen, welche Hinweise wir an der Leiche finden.... Wer hat ihn identifiziert?«

»Einer der Streifenpolizisten, anhand der Fotos, die Sie verteilt hatten.«

»Gute Arbeit.«

»Die Polizei funktioniert im Allgemeinen gut. Ist das derselbe Mann, der Sie angegriffen hat?«

»Ja, das ist er.«

Niemand hatte ihm die Augen zugedrückt. Ich schaute wieder in die Leere. Sie waren im Tod genauso ausdruckslos wie zu Lebzeiten.

»Wo ist Ihr Kollege Garzón?«

»Beim Richter.«

Da entdeckte der Comisario meine festliche Kleidung unter dem Mantel und lächelte spöttisch.

»Sie haben sich ja elegant angezogen, doch nicht etwa für die Presse? Hinter der Absperrung steht eine ganze Traube. Ich nehme an, die warten auf Sie.«

»Señor, bitte, sprechen Sie persönlich mit dem Richter und bitten Sie ihn, eine Nachrichtensperre zu verhängen.«

Er lachte.

»Seien Sie nicht kindisch, Petra! Wir werden mit denen leben müssen, wir kommen nicht drum herum.«

Er ging mit ziemlich einstudiert wirkendem athletischen Schritt.

»Halten Sie mich auf dem Laufenden, und wenn Sie Hilfe brauchen, geben Sie Bescheid. Ich denke, ich kann noch zusätzliches Personal frei machen.«

Ich kniete mich neben die Leiche. Jetzt konnte ich sie mir wirklich in Ruhe ansehen. Seine großen, in den dunklen Himmel starrenden Augen wirkten rührend. Das geronnene Blut auf den Wunden wirkte wie eine Reihe von Botschaften im Kaffeesatz. Die Beine waren gespreizt und die Arme ebenfalls zum Kreuz ausgestreckt. Ich streckte meine zitternde Hand nach seinem Gesicht aus und zog vorsichtig die Oberlippe hoch. Der schwarze Zahn kam zum Vorschein. Angewidert ließ ich die Lippe los, die leicht aufgeworfen wie zu einem grauenhaften Lächeln hängen blieb. Ich widerstand meinem Impuls, zu gehen, und beugte mich dann wieder über den toten Körper. Ohne ihn zu berühren betrachtete ich sein Handgelenk. Er trug eine ganz gewöhnliche Uhr. Das Machwerk, mit dem er die Mädchen markiert hatte, war es jedenfalls nicht. Das sprach gegen die Möglichkeit, dass ihn jemand bei einen Überfall in Notwehr getötet hatte.

Zwei Tage später erhielten wir den gerichtsmedizinischen Befund. Tatsächlich hatte es vor Eintritt des Todes keine Gewalteinwirkung gegeben. Das Opfer hatte sich nicht verteidigt. Wer auch immer sich vor Juan gestellt, mit ihm gesprochen und dann ohne Warnung zugestochen hatte, es hatte keine Gegenwehr gegeben. Irgendwie musste er überrascht worden sein. Fünf mitteltiefe Messerstiche demonstrierten, dass es sich um eine gezielte Tat handelte.

»Es muss ein Racheakt gewesen sein«, bekräftigte ich.

»Oder jemand kannte schon lange sein Geheimnis und brachte ihn aus einem Grund um, den wir nicht kennen.«

Wir untersuchten sehr genau die Uhr, die der Tote getragen hatte. Sie war gewöhnlich und neu. Eine dieser Armbanduhren, die man überall für zwei oder dreitausend Peseten kaufen konnte. Garzón folgerte daraus sofort, dass sie in der Absicht erworben worden war, die mit den Stacheln verschwinden zu lassen.

»Auf diese Weise würde er sie nicht als Beweismittel bei sich tragen.«

Ich dachte nach.

»Irgendwas stimmt da nicht. Mal angenommen, er hätte die Uhr mit den Stacheln in den Gully geworfen, warum trug er dann eine neue?«

»Er hat sie als Ersatz gekauft.«

»Das würde bedeuten, dass er die Uhr mit den Stacheln ständig trug, was ich wirklich nicht glaube. Also, wo ist dann die, die er ständig getragen hat? Seine Mutter hat gesagt, dass sie ihm vor Jahren eine geschenkt hatte. Das kann unmöglich die hier sein. Wo ist diese Uhr? Warum trug er sie nicht zum Zeitpunkt seines Todes?«

»Er wollte nicht, dass wir ihn anhand einer seiner Uhren identifizieren.«

»Das ist absurd, Garzón.«

»In der Panik ist der Verstand nicht immer voll funktionstüchtig. Er wird geglaubt haben, dass eine neue Uhr weniger gefährlich ist.«

Ich schüttelte geistesabwesend den Kopf und seufzte:

»War die Familie da, um ihn zu identifizieren?«

»Ja.«

»Und?«

»Ein Drama, können Sie sich ja vorstellen.«

»Ja, kann ich.«

»Aber auch nicht so eine Tragödie, wie ich erwartet hatte. Eigentlich waren sowohl die Mutter als auch die Verlobte eher aggressiv.«

»Aggressiv?«

»Obwohl sie weinten, haben beide ständig wiederholt, dass Sie an Juans Tod schuld sind.«

»Das kann ich mir vorstellen. Ist einfach, so zu denken. Ich habe ihn ohne konkrete Beweise zum Täter abgestempelt, und jetzt hat ihn sich jemand vorgeknöpft, in der Gewissheit, dass man eine Verbindung zum Vergewaltiger herstellen würde. Das passt am besten zu ihnen. Und der Uhrmacher, war er schon hier, um die Leiche zu identifizieren?«

»Noch nicht. Er kommt nach Ladenschluss.«

»Schöne Sauerei!«

»Er sagte auch, er sei berufstätig, und die Polizei könne nicht einfach so über ihn verfügen.«

»Alter Scheißkerl!«

Wir mussten fast zwei Stunden im Leichenschauhaus warten, bis der Juwelier zu erscheinen beliebte. Ich war wütend. Er kam wie immer unwillig und zornig. Auf dem Kopf trug er eine große Hahnentrittmütze, die er nicht einmal aus Respekt vor dem Toten abnahm. Wir ließen das Kühlfach öffnen. Der Juwelier sah mit angeekeltem Gesicht hinein.

»Ist das der Junge?«

Er betrachtete ihn, als wäre er einer der Müllhaufen, die überall auf der Welt herumliegen.

»Kann sein.«

»Sehen Sie ihn sich genau an.«

Er drehte sich um und kräuselte die runzligen Lippen beim Sprechen:

»Hören Sie, ich habe es Ihnen schon bei den Fotos gesagt, und ich sage es Ihnen noch zwanzig Mal. Ich bin alt, ich sehe viele Leute, und ich kann mich nicht an alle erinnern. Ich denke, das ist jetzt klar.«

Ich ging angespannt und nervös auf ihn zu.

»Jetzt hören Sie mir mal zu. Sie haben von Anfang an nichts als Schwierigkeiten gemacht. Jetzt untersuchen wir einen Mord, begreifen Sie das. Wenn Sie sich weigern, mitzuarbeiten, werde ich mich persönlich darum kümmern, dass Ihnen ordentlich die Fresse poliert wird. Ich meine das ernst, egal wie alt Sie auch sein mögen.«

Er erschrak und zog sich zurück wie eine Schnecke in ihr Haus, dann sah er Hilfe suchend zu Garzón.

»Schauen Sie mich an«, schrie ich. »Und dann schauen Sie sich den Toten an und sagen uns, verdammt noch mal, ob er Ihnen den Auftrag gegeben hat.«

Er zögerte noch immer. Ich nahm ihn beim Arm und zerrte ihn direkt vor Jardiels Leiche. Er zitterte.

»Ja, er hat Ähnlichkeit, ja. Der, der bei mir war, hatte auch diese Haarfarbe, und das Gesicht, ja, ich glaube, das ist er.«

Ich zog die Oberlippe des Toten hoch und entblößte den schwarzen Zahn.

»Ja, er ist es, er ist es ganz sicher.«

»Na also, Sie können gehen.«

Er verschwand, so schnell er konnte. Garzón sah mich ironisch an.

»Das Raubtier ist wieder zum Vorschein gekommen, nicht wahr, Inspectora?«

»Und das Schlimme ist, dass es diesmal echt war, und nicht, um Sie zu beeindrucken. Ich muss mir langsam Sorgen machen.«

»Warum regt Sie dieser ehrbare Handwerker so auf?«

»Zum Teufel mit den ehrbaren Handwerkern!«

»Irre ich mich, oder sind Sie ernstlich sauer?«

»Und was meinen Sie, was ich sein soll? Was soll denn noch passieren? Wir haben praktisch den Vergewaltiger eingekreist, und er entwischt uns vor unserer Nase. Eine Woche später wird er umgebracht, und es gibt keinen einzigen verdammten Hinweis darauf, wer es gewesen ist. Oder warum. Finden Sie das witzig?«

»Lassen Sie uns einen Kaffee trinken gehen.«

Wir verließen das deprimierende Leichenschauhaus. Ich war dankbar für den kräftigen Kaffeeduft und das Lachen der Menschen.

»Soll ich Ihnen was sagen, Fermín? Wenn sie uns jetzt den Fall entziehen würden, dann hätten wir es wirklich verdient.«

»Angst, sich lächerlich zu machen?«

Ich trank erbittert einen Schluck aus meiner Tasse.

»Sie haben Recht, gerade wurde ein Mann ermordet und ich fühle mich in meiner Berufsehre gekränkt.«

»Was sonst?«

»Ich weiß nicht. Bekümmert sein, Mitleid empfinden oder mich freuen, weil es jetzt keine Vergewaltigungen mehr gibt. Alles, nur nicht, mich um meinen Chef zu sorgen. Polizeiarbeit ist grausam.«

»Das ist jede Arbeit, die Grausamkeit steckt in unserer Seele.«

»Gut, Subinspector, werden Sie ein bisschen poetisch! Und dann machen wir, dass wir rauskommen. Wir haben nicht die Zeit, um sie in Kneipen zu verplempern.«

»Wo wollen Sie hin?«

»Zu den Jardiels. Ich will, dass sie die Uhr identifizieren, die Juan bei seiner Ermordung getragen hat.«

»Wenn Sie wollen, gehe ich alleine hin.«

»Nein, ich gehe mit. Fürchten Sie, dass die über mich herfallen?«

»Glaub ich nicht, aber auch ohne Ausfälligkeiten könnte es unangenehm werden.«

»Und Sie haben vor, mich vor der harten Realität zu bewahren. Ich weiß nicht, ob ich Ihnen dankbar sein oder mich aufregen soll.«

Er ging hinter mir hinaus, wobei er sein charakteristisches Gackern ausstieß. Lachte er oder schimpfte er? Ich versuchte nicht, es herauszufinden.

Mich überfielen schon Beklemmungen, bevor wir das dunkelgrün gestrichene Treppenhaus betraten, wo Stimmen und Geräusche aus den Wohnungen drangen. Sie verstärkten sich noch, als Juans Mutter die Tür öffnete und uns eintreten ließ. Erneut hatte ich diese kalte und saubere Ordnung vor mir, die unpersönliche Banalität der Bilder und Möbel. Das musste der

Stolz der bescheidenen Leute sein. Davon musste ihr Sinn für Würde herrühren.

Die Frau sah mich völlig ausdruckslos an.

»Wann werden Sie meinen Sohn freigeben, damit ich ihn begraben kann?«

»Wenn die Autopsie und die Untersuchungen abgeschlossen sind, werden wir Sie benachrichtigen.«

»Und Sie, was wollen Sie?«

Ich holte die Uhr heraus.

»Ist das die Uhr, die Sie ihrem Sohn geschenkt haben, Señora?«

Sie nahm sie mir mit spitzen Fingern ab, als hätte sie Angst, sie anzufassen. »Nein, das ist sie nicht. Diese Uhr habe ich noch nie gesehen. Die ich ihm geschenkt habe, war schon älter.«

»Sind Sie ganz sicher?«

»Ja.«

»Ist Ihre Tochter zu Hause?«

Sie machte ein säuerliches Gesicht.

»Ich will nicht, dass Sie sie belästigen. Sie weint die ganze Zeit.«

Garzón mischte sich ein.

»Nur einen Moment.«

Die Frau machte einen Schritt auf mich zu.

»Haben Sie denn nie genug? Ich habe mein Leben lang gearbeitet, von morgens bis abends war ich allein mit einem Sohn und einer Pflegetochter. Ich konnte mich nie über sie beklagen. Sie sind zur Schule gegangen, haben saubere Kleider getragen, haben warme Mahlzeiten bekommen, und es hat ihnen an nichts gefehlt. Wir haben nie Anlass zum Klatsch gegeben. Und jetzt gaffen uns die Leute im Viertel und auf der Arbeit an. Es ist Ihre Schuld, dass mein Sohn umgebracht wurde. Alle Welt glaubt, er sei ein Krimineller gewesen, ein Vergewaltiger. Lassen Sie das Mädchen in Ruhe und verschwinden Sie.«

Der Subinspector stellte sich zwischen uns.

»Wir verstehen Sie, Señora. Aber die Dinge lassen sich nicht auf diese Art klären. Sie sind nicht so. Rufen Sie Ihre Tochter, damit wir mit ihr reden können, ich bitte Sie.«

Sie presste die Lippen zusammen und verließ den Raum. Einen Augenblick später kam sie mit dem Mädchen zurück. Sie hatte vom Weinen gerötete Augen, das Gesicht war geschwollen und die Nase zuckte. Wortlos hielt ich ihr die Uhr hin.

»Ist das Juans Uhr?«

»Ich habe sie ihm vor etwa einem Monat geschenkt.«

Die Frau blickte das Mädchen fassungslos an.

»Warum?«

»Nur so, ist mir einfach eingefallen. Die Sie ihm geschenkt haben, Mutter, war schon sehr alt. Danach hat er mir das hier gekauft.«

Sie griff sich an den Hals und zog unter ihrem Pullover ein winziges Goldherzchen an einer Kette heraus. Jetzt sah die Frau sie verständnislos an.

»Und warum hast du mir nichts davon erzählt?«

»Wir hatten Angst, dass Sie es falsch verstehen könnten, Mutter, weil Sie ihm doch die andere geschenkt haben … Aber Sie wissen doch, dass Verlobte sich etwas schenken. Das tun alle. Da es nicht mehr lange bis Weihnachten hin war, wollten wir es Ihnen dann sagen. Es war eine Laune.«

Die Mutter presste die Lippen zusammen und sah sie tadelnd an. Wir folgten der Szene schweigend. Ich beobachtete aufmerksam die Mienen der beiden Gesichter. Plötzlich wandte sich die Frau an uns und sagte schneidend:

»Sonst noch was?«

Ich schüttelte den Kopf. Wir gingen durch den schmalen Flur zur Wohnungstür. Als wir gerade die Tür öffnen wollten, erklang wieder diese harte, trockene Stimme.

»Ich werde im Fernsehen auftreten. Ich bin eingeladen worden. Und ich werde aller Welt erklären, dass Sie den Mord an meinem Sohn verschuldet haben, dass er unschuldig war. Ich werde darum bitten, dass andere Polizisten die Ermittlungen weiterführen. Ich werde darum ersuchen, dass Sie rausgeworfen werden. Jetzt wissen Sie's.«

Ich drehte mich um.

»Werden Sie für Ihren Auftritt bezahlt, Señora Jardiel?«

»Was geht Sie das an.«

»Gar nichts, ich wollte nur wissen, ob Sie von dem Tod Ihres Sohnes profitieren wollen.«

»Verschwinden Sie!«

Garzón war erschrocken, er muss gedacht haben, dass ich mich auf einen Streit einlassen würde, und schob mich schnell zur Tür hinaus. Als wir auf der Straße waren, sah ich ihn an.

»Ein ganz zäher Brocken, haben Sie gesehen? Sie hatte beide völlig unter Kontrolle, Sklaverei nennt man das. Wäre meine Mutter so gewesen, wäre sogar ich zum Vergewaltiger geworden.«

Er schnaubte und zog den Autoschlüssel aus der Tasche.

»Seinen Sie still, mein Gott, hören Sie auf, Unsinn zu reden!«

Während er fuhr, fing ich an zu lachen. Glücklicher Garzón, hart und unsensibel wie ein Stein, aber zögerlich im Kampf und bei verbalen Konfrontationen, Verfechter der friedlichen Koexistenz und der Gleichgültigkeit.

»Worüber lachen Sie, ist Ihre schlechte Laune vorbei?«

»Nein, aber wenn ich mich von meinen Launen hinreißen

lasse, könnte ich etwas Gefährliches tun. Zum Beispiel, Sie angreifen.«

Es sah mich an, als wäre ich ein verwöhntes Kind.

»Wissen Sie, was wir tun werden, Fermín? Einmal werden wir die Ermittlungen wie in amerikanischen Krimis aufziehen …«

Er sah mich geduldig und verständnislos an.

»Wir fahren zu mir nach Hause, machen uns was zu essen und stellen eine Tafel an die Wand.«

»Und?«, fragte er.

»Und dann denken wir nach. Wir werden so lange nachdenken, bis uns der Kopf raucht.«

Es war mein Ernst. Wir fuhren zu mir nach Hause. Ich stellte die Heizung an und Garzón sah als erstes nach den Geranien. Er verlor kein Wort über meine mangelhaften gärtnerischen Fähigkeiten. Mein eigenes Haus war mir so fremd wie ein Atombunker. Ich zog zwei Pizzaböden aus dem Gefrierfach und stellte den Backofen an. Garzón lehnte schüchtern am Küchentisch.

»Kommen Sie, Fermín, schauen Sie nicht nur zu. Wenn Sie was essen wollen, müssen Sie mir schon ein bisschen helfen. Fühlen Sie sich wie zu Hause in Ihrer Küche.«

»Sie wissen doch, dass ich keine Küche habe. Ich esse in der Kneipe und abends in der Pension. Seit meine Frau gestorben ist… Außerdem war ich noch nie ein begnadeter Koch. Einige Kollegen können Paella kochen oder Barbecues machen, aber ich …«

»Machen Sie diesen Schrank da auf und holen Sie raus, was Sie finden. Sehen Sie auch im Kühlschrank nach. Sie legen auf ihre Pizza, worauf Sie Appetit haben, und ich mache dasselbe mit meiner.«

»Alles durcheinander?«

»Das schmeckt am besten. Wollen Sie sich eine Schürze umbinden, um sich nicht den Anzug zu ruinieren, oder ist Ihnen das zu entwürdigend?«

Er lächelte mich an. Ich zeigte auf eine Schublade, wo er eine finden konnte, und ging ins Wohnzimmer, weil das Telefon klingelte. Einen Augenblick später war ich zurück.

»Das war Pepe. Er wollte vorbeikommen. Ich habe ihm gesagt, dass ihm bloß nicht einfallen soll, jetzt aufzutauchen.«

»Sie sind ganz schön hart.«

»Warum?«

»Vielleicht möchte er nicht alle Bindungen abbrechen.«

»Ach nein! Dann kommt er, wenn er deprimiert ist, wenn er Zahnschmerzen hat, wenn er was essen will. Er hat eine gewisse Tendenz, sich von älteren Frauen versorgen zu lassen. Kommt nicht infrage! Man muss den Blick in die Zukunft richten, nicht zurück in die Vergangenheit. Reichen Sie mir die Salami rüber.«

»Obwohl sich die Frauen emanzipiert haben, sind sie immer noch so hart wie vorher.«

»Glauben Sie? Komische Interpretation!«

Wir belegten weiter unsere Pizzen. Auf der des Subinspector türmte sich bereits alles. Er hatte unmögliche Zutaten vermischt: Anchovis und Gorgonzola, Schinkenscheibchen, Kapern und Tunfisch. Dann betrachtete er sein Werk.

»Glauben Sie, dass noch ein Stückchen Chorizo dazu passt?«

»Nur zu, legen Sie sie drauf!«

Wir aßen in der Küche und spülten mit einem guten Bier nach. Garzón war begeistert.

»Ich hätte nicht gedacht, dass Kochen so leicht ist.«

»Sie sollten sich eine eigene Wohnung suchen. In Ihren eigenen vier Wänden wären Sie viel freier.«

»Das ist alles so kompliziert! Die Küche, die Wäsche, das Einkaufen …«

»Es gibt Waschsalons, Supermärkte, Gefrierschränke, Fertiggerichte …«

Er schluckte artig einen Parmesanfaden. Als ob ich ihm die sieben ägyptischen Plagen auf einmal aufzählte.

Nachdem ich einen Liter Kaffee gekocht hatte, machten wir uns an die Arbeit. Ich stellte die Tafel auf das Regal und schrieb oben drüber »Fall Jardiel« und darunter »Erste Hypothese«. Wir stimmten darin überein, dass der Mord in Notwehr geschehen sein konnte, auch wenn wir diese Hypothese wieder verwerfen würden. Der Subinspector kritzelte die Widersprüche hin:

- Keine Anzeichen eines Kampfes.
- Die Uhr mit den Stacheln fehlt.
- Unwahrscheinlich, dass ein Mädchen bewaffnet war.
- Ohne Kampfspuren war es fast auszuschließen, dass sie dem Vergewaltiger das Messer entwunden hat.
- Seltsam, dass das vermeintliche Mädchen danach nicht zur Polizei gegangen ist.
- Ein Mädchen mit der typischen Körperstatur der Opfer hätte nicht die Kraft gehabt, ihm so tiefe Stichwunden beizubringen.

Ich zeigte mit der Kreide auf Garzón.

»Kommen wir zur Rachehypothese. Obwohl ich hinzufügen muss, dass die ihre Schwachstellen hat. Zum Beispiel, welcher Rächer oder welche Rächerin konnte den Unterschlupf eines polizeilich gesuchten Flüchtigen kennen? Wie hat er oder sie Kontakt mit ihm aufgenommen?«

»Es könnte sich um jemand aus seinem Umfeld handeln. Die Begleichung einer offenen Rechnung.«

Begleichung einer offenen Rechnung? Ich sah kein Motiv. Jardiel gehörte weder zur Halbwelt noch zu einem Drogenzirkel.

»Nein, Subinspector, der Grund für Jardiels Tod muss in den Vergewaltigungen liegen. Es gibt kein anderes Motiv.«

»In diesem Fall ist eine Liste von Tatverdächtigen unvermeidlich.«

Aber die Liste war kurz. Wer könnte Jardiels Tod wünschen? Wir hielten zwei Favoriten fest: Salomé und Masderius. Salomé war das sprödeste Opfer gewesen, das rätselhafteste und möglicherweise diejenige, die es am schlimmsten getroffen hatte. Masderius mit seiner streitbaren und erbitterten Haltung hatte einen besonderen Stellenwert. Dennoch stellte sich bei beiden dieselbe Frage: Wie war es ihnen gelungen, den Vergewaltiger zu finden?

»Salomé hätte durch junge Leute, Freunde von Freunden, Kontakt zu ihm aufnehmen können. Jugendliche, denen sie nicht misstraute, hätten ihr Anhaltspunkte geben können.«

»Obwohl sie nicht aus demselben Viertel stammte? Das würde mich wundern, Fermín. Aber einverstanden, fügen wir das als Hypothese hinzu. Trotzdem, glauben Sie wirklich, dass Salomé sich diesen Typ vorknöpfen würde?«

»Wir waren beide der Meinung, dass sie eine Tatverdächtige sein könnte. Sie ist ein merkwürdig reserviertes Mädchen, das sich bei den Befragungen komisch verhalten hat. Wer weiß, ob sich hinter ihrem zurückhaltenden Wesen nicht Gewalttätigkeit verbirgt? Stellen Sie sich das mal so vor: Sie denkt, dass die Polizei mit ihren Ermittlungen auf dem Holzweg ist. Sie kennt jemanden aus dem Viertel von Juan, oder sie lässt einen Freund oder sogar die Verlobte fragen. Die Polizei ist eine langsam arbeitende Organisation, bürokratisch und schwerfällig, die

Jugendlichen haben andere Methoden und kennen Seitenwege. Gut, dieser Verlobte, ein Freund oder sie selbst macht Juan ausfindig, täuscht ihn und bestellt ihn in das Gässchen, wo …«

»Hat Salomé einen Freund?«

»Das weiß ich nicht. Das müsste man herausfinden. Wir sollten das unter den noch ausstehenden Schritten notieren.«

Ein großes Bild entstand auf der Tafel. Währenddessen tranken wir Unmengen an Kaffee. Und Masderius, wie, verdammt noch mal, hätte Masderius Juan ausfindig machen können? Wir starrten ins Leere, oder besser gesagt, in den Rauch.

»Er hätte einen Privatdetektiv engagieren können«, sagte ich.

Garzón sah mich verblüfft an.

»Verdammt, daran habe ich nicht gedacht! Obwohl das voraussetzt, dass ein Privatdetektiv finden kann, was uns entgeht.«

Ich hatte seinen professionellen Nerv getroffen.

»Sie selbst haben gerade gesagt, dass der Polizeiapparat schwerfällig ist.«

Er schenkte sich Kaffee nach, ohne völlig überzeugt zu sein.

»Das mit dem Detektiv werde ich nachprüfen.«

Er notierte es auf der fast vollen Tafel. Dieses Brainstorming-System zeigte erhellende Wirkung, aber es hatte nicht dazu gedient, eine überzeugende Hypothese zu formulieren. Selbst das mit Masderius war schwach. Ein Mann des Establishments, ein erfolgreicher Geschäftsmann, entsprechend begütert, mit gutem Ruf. Vielleicht hatte er beschlossen, noch weiter zu gehen. Er konnte nicht nur einen Privatdetektiv beauftragt haben, sondern obendrein einen professionellen Killer, der Jardiel hatte verschwinden lassen. Jemanden zu ermorden, ohne sich die Hände schmutzig zu machen, ließ sich mit Schwindel erregender Leichtigkeit realisieren.

Ich spürte die ersten Anzeichen von Kaffeerausch. Mein

Herz schlug in leichtem Galopp, meine Hände kribbelten, und ich hatte einen bitteren Geschmack im Mund. Es war zwei Uhr früh. Ich ließ mich auf dem Sofa zurücksinken. Wir schwiegen. Ich betrachtete meine leicht geschwollenen Füße.

»Es sei denn …«, sinnierte Garzón laut.

Ich war zu müde, um nachzufragen. Er verstummte. Dann setzte er mit frischem Impetus noch mal an.

»… es sei denn, Petra, dass wir uns völlig geirrt haben. Hören Sie mir mal zu.«

Er stand auf und ging mit raschen Schritten im Zimmer auf und ab. Dann blieb er direkt vor mir stehen. Aus seinen Augen sprang ein intensives, leicht wahnwitziges Funkeln. Und er begann unter Innehalten, Reflektieren, Zögern und lebhaften Ansätzen eine neue und komplexe Theorie zu entwickeln. Angenommen, Juan Jardiel war nicht der Vergewaltiger gewesen. Ernst zu nehmende Hinweise könnten darauf schließen lassen, dass er in Wirklichkeit jemanden deckte und demjenigen sogar half, seine Pläne auszuführen. Er dachte an einen Freund, ein *Alter Ego*, einen so kaputten Typen wie er. Nur mutiger, forscher und kühner. Das wäre der wirkliche Vergewaltiger. Er benutzte Jardiel, er beauftragte ihn, zu dem Juwelier zu gehen und die Stacheln auf der Uhr anbringen zu lassen, sodass er nie identifiziert werden könnte. Jedes Mal, wenn der Mann vergewaltigt hatte, traf er sich danach mit Juan und erzählte ihm davon. Der schüchterne und charakterlose Juan, zudem von seiner Mutter kastriert, konnte auf diese Weise ein krankhaftes Vergnügen ausleben und wurde zum Komplizen, sodass sich der wirkliche Vergewaltiger seines Schweigens sicher sein konnte. Bis der Kreis um Juan immer enger wurde und ihn nervös werden ließ. Laut dem Subinspector traf das alles an dem Tag aufeinander, als wir ihn suchten, und er von seiner Arbeitsstelle entwischte und sich zur Kneipe aufmachte, um zu telefonieren, um den Phantom-Freund darüber zu informieren, dass die Polizei ihm auf den Fersen sei, und um ihn um Instruktionen zu bitten. Aber ich vereitelte seine Absichten. Wie auch immer, nach seiner Flucht aus der Kneipe ging er in die Wohnung des Phantoms, wo er sich die ganze Zeit über versteckt hielt. Bis dem klar wurde, dass er Juan nicht mehr loswerden konnte und der sich zur Gefahr entwickelte. Da führte er den zweiten Teil seines Planes aus. Er stellte Juan eine Falle, verabredete sich mit ihm unter irgendeinem Vorwand in diesem Gässchen, vielleicht mit dem Versprechen, ihm bei der Flucht aus dem Land zu helfen, und Zack!, stach er ihn nieder. Deshalb versuchte Jardiel nicht, sich zu wehren. So hatte das Phantom der Polizei den gesuchten Vergewaltiger zugespielt und konnte sein normales Leben weiterführen.

Er sah mich an.

»Verdammt, Garzón! Warum sind Sie noch nicht Comisario?«

»Weil ich nicht studiert habe.«

»Wäre auch nicht nötig.«

»Sagen Sie mir, wie gefällt Ihnen meine Theorie?«

»Nun … das ist in der Tat eine Theorie. Aber sie hat einen Schwachpunkt. Wenn das, was Sie sagen, richtig ist, und das Phantom sich seiner Verantwortung entledigen wollte, warum ist Juans Leiche dann ohne die Uhr mit den Stacheln aufgetaucht? Warum hat sie ihm der wirkliche Vergewaltiger nicht umgebunden, damit sie bei ihm gefunden wird? Das würde doch zweifelsfrei sagen: Das ist der Täter und das ist seine Waffe. Dann hätte der Phantom-Mann in aller Ruhe nach Hause gehen können. Ein perfektes Verbrechen.«

»Sie sind besessen von Uhren.«

»Antworten Sie, Garzón, wie passt das in Ihre Theorie?«

»Nicht jeder Plan ist vollkommen, Petra. Vielleicht hat das Phantom vergessen, sie an besagtem Tag mitzunehmen, vielleicht hat er nicht daran gedacht …«

»Ein so scharfsichtiger Typ?«

»Vielleicht braucht er dieses Werkzeug noch einmal.«

»Für weitere Vergewaltigungen?«

»Könnte sein.«

»Also nein, Garzón, das ist absurd! Zuerst ist er dazu fähig, sich einen Komplizen zu suchen, damit aller Verdacht auf den fällt. Er riskiert sogar, dass der ihn verrät. Er tötet ihn, um jede Möglichkeit auszuräumen, dass seine Identität rauskommt. Und dann begeht er eine weitere Vergewaltigung? Da ist Sand im Getriebe, das geht so nicht.«

»Sie waren es, die von Anfang an daran geglaubt hat, dass es sich um eine gestörte Persönlichkeit handelt. Dass er sehr intelligent ist, muss ja nicht heißen, dass er deswegen kein Spinner ist. Stellen Sie sich vor, der ist nicht nur degeneriert, sondern er spielt auch gerne. Er will zeigen, dass sein Verstand dem der Polizei überlegen ist.«

»Ich weiß nicht, Garzón, die Herausforderung des gerissenen Psychopathen? Das klingt nach Hollywood.«

»Aber wir wissen doch definitiv nichts von ihm. Wenn er weiter vergewaltigt, wo würden wir anfangen, zu suchen? Die ganzen Vorbereitungen sind von einem anderen ausgeführt worden, und dieser andere ist tot. Das ist ein Schachspiel. Kann sein, dass er sich herausgefordert fühlt.«

»Sie machen mich wahnsinnig, Garzón. Nichts davon ist zu beweisen.«

»Wie soll man Beweise gegen jemanden haben, den man bisher gar nicht gesucht hat?«

»Sie klingen wie ein Drehbuchautor aus Hollywood.«

»Wären Sie fähig, diese Hypothese auf einen Streich zu verwerfen?«

Er war euphorisch. Die Theorie laut darzulegen, hatte ihr nicht die Glaubwürdigkeit genommen. Im Gegenteil. Er glaubte noch leidenschaftlicher daran. Es war wohl der Kaffee.

»Ich würde sie nicht auf einen Streich verwerfen. Natürlich nicht, es ist tatsächlich eine Möglichkeit. Ich sage nur, wir sollten von realen Fakten ausgehen.«

Wir wischten alle Überlegungen von der Tafel, denn es war an der Zeit, zusammenzufassen. Ich konnte mich des Eindrucks nicht erwehren, dass wir uns im Kreis bewegten. Vielleicht hatte Garzón Recht, vielleicht hatte das Epizentrum immer außerhalb gelegen.

»Fermín, ich glaube, dass Sie besser dazu in der Lage sind, Masderius vermeintlichen Detektiv ausfindig zu machen. Wollen Sie das übernehmen?«

»Und meine Theorie? Wollen wir nicht nach dem Phantom fahnden?«

»Wenn Sie wollen, werde ich Nachforschungen über Juans Freunde anstellen.«

»Ist in Ordnung. Obwohl wir schon wissen, dass er nicht viele Freunde hatte.«

»Es wird schon einen geben, von dem aus wir die Spur des geheimnisvollen Mannes aufnehmen können. Wenn er denn existiert.«

»Ich bin immer mehr davon überzeugt, dass er existiert.«

Ich betrachtete mitfühlend seine fleischige Nase. Er wirkte eifrig und aufgeregt, bereit, wie ein Jäger die Pirsch aufzunehmen.

»Ist noch Kaffee da?«, fragte er so frisch, als wäre er gerade erst gekommen.

Am Morgen, als ich gerade aus dem Haus gehen wollte, rief

Pepe an. Er wollte wissen, ob ich ferngesehen hätte. Was er erzählte, überraschte mich überhaupt nicht. Juans Mutter war in der TV-Show aufgetreten und hatte sich unverhohlen geäußert. Sie hatte mich und den Subinspector an den Pranger gestellt. Luisa war eher zweitrangig geblieben.

»Sie machte den Mund nur auf, um zu sagen, dass ihr Verlobter nicht der Vergewaltiger war. Sie war besessen davon: Er war nicht der Vergewaltiger. Die Mutter wurde deutlicher. Sie beschuldigte euch, Juans Tod provoziert zu haben. Sie hat ihre Sache gut gemacht. So wie die Dinge liegen, dürfte alle Welt dich und Garzón hassen.«

»Hast du das aufgezeichnet?«

»Ja.«

»Wir kommen irgendwann vorbei und sehen es uns an.«

In diesem Moment hätte ich mich in die Enge getrieben fühlen müssen, von den Medien schachmatt gesetzt, aber durch irgendeinen inneren Selbstschutzmechanismus fühlte ich mich nicht wie die Hauptdarstellerin dieses Fortsetzungsromans. Nie wäre mir in den Sinn gekommen, dass man sich nur auf die Seite des Gesetzes stellen musste, um in allen Ehren ausgegrenzt zu werden.

In diesem feindseligen Umfeld lehnte uns Masderius am stärksten ab. Seine bohrende Verachtung drang durch die Haut. Ich bemühte mich, ihm nie direkt in die Augen zu sehen, denn sofort überfiel mich der schreckliche Eindruck, dass er mich von der Welt ausradiert wissen wollte. Als er erfuhr, dass ich ihn zu befragen wünschte, ließ er mir ausrichten, ich solle mich mit seinem Anwalt unterhalten – »mein derzeitiges Sprachrohr« –, und als ich ihm antwortete, dass die Polizei nicht mit Mittelsmännern verhandle, wurde er wütend. Aber es blieb ihm nichts anderes übrig, als mich in seinem Büro zu empfangen. Ich nehme an, er erhoffte sich davon einen einschüchternden Effekt. Ich war gelassen, aber als ich mit ihm zu reden begann, änderte sich mein Gemütszustand. Er ließ mich fast zehn Minuten vor ihm sitzend warten, bis er den Kopf hob. Schließlich sah er mich überheblich und bitter an.

»Nun?«

Ich fragte ihn, ob er von Juans Tod gehört hatte. Er bejahte. Ich fragte ihn, wo er am Tag des Verbrechens gewesen war. Er sah in seinem dicken Kalender nach.

»Ich hatte eine Sitzung mit dem Personal.«

»Dem ganzen Personal?«

»Die vierteljährliche Generalversammlung.«

»Verstehe.«

»Verdächtigen Sie mich?«

»Wir müssen alle Möglichkeiten in Betracht ziehen.«

Er lächelte, wobei er alle Gesichtsmuskeln monströs verzog.

»Sie glauben wirklich, ich hätte ihn umgebracht?«

»Jeder, der ein Motiv hat, kann der Mörder sein.«

Er knallte eine Schublade zu.

»Wie können Sie es wagen, hierher zu kommen und mich einschüchtern zu wollen? Ist Ihnen nicht klar, wo Sie sich befinden? Das hier ist kein Armenviertel, wo Sie eine Razzia bei den Huren machen. Ich bin ein angesehener Mann, ich gehöre nicht zu den Kreisen, in denen Sie sich bewegen. Ich laufe nicht herum und steche Leute nieder, ich habe was zu verlieren! Man muss blind sein, um das nicht zu sehen.«

Ich spürte Glas in meinem Kopf zerspringen.

»Señor Masderius, bei einem Mord zählt kein gesellschaftlicher Rang, auch wenn Sie mit hundert Menschen zusammengesessen haben, beweist das nicht Ihre Unschuld. Ich habe schon bessere Alibis zusammenbrechen sehen.«

»Raus hier!«

Er hatte die Beherrschung verloren, sein wütender Zeigefinger wies mir die Tür. Er wirft mich raus, dachte ich. Und stellte fest, dass ich bisher noch nie in meinem Leben von irgendwem hinausgeworfen worden war.

»Ich versichere Ihnen, Señor Masderius, sollten Sie Juan Jardiel umgebracht haben, werde ich höchstpersönlich dafür sorgen, dass Sie dafür bezahlen.«

»Verschwinden Sie!«

Er war weiß vor Wut, er sprühte vor Empörung und Ungläubigkeit. Ich erhob mich und verließ so arrogant und aufrecht wie möglich den Raum. Meine Würde hatte einen Schlag erlitten. Beim Verlassen dieses beeindruckenden Bürogebäudes überkamen mich wilde Rachegelüste, Mordgelüste. Ja, jeder könnte es tun, und nicht auf Grund eines Wutanfalls im Affekt. Sondern auf Grund der Erkenntnis, dass sich auf dieser Welt nichts ändert, wenn ein weiterer elender Wicht von ihr verschwindet. Masderius, der Vergewaltiger… war gar nicht so schlecht der Gedanke.

Ich kam mit noch immer beschleunigtem Puls im Efemérides an. Garzón war schon da. Sie sahen sich das Video an. Ich bat Hamed um ein Bier und trank es in großen Schlucken aus. Im Fernseher sprach Juans Mutter in einem neuen Mantel.

»Ist das nicht entsetzlich? Sie werden vergewaltigt oder ihre Söhne umgebracht, aber alle rennen zum Friseur, um im Fernsehen aufzutreten.«

»Kann das bitte jemand abstellen?«

Sie sahen mich sprachlos an. Pepe stellte den Ton ab.

»Ist dir eine Laus über die Leber gelaufen?«, fragte er.

»Das ist alles eine große Scheiße.«

Pepe stieß einen Pfiff aus.

»Ich ahne Schlimmes.«

Garzón setzte sich zu mir, ohne das Glas Bier von seinem feuchten Bart abzusetzen.

»Sie sollten sich anhören, was sie sagt. Sie legt sich grundsätzlich mit Ihnen an. Sie meint, dass eine Frau nicht mit den Ermittlungen in einem Vergewaltigungsfall betraut werden dürfte.«

»Ach nein, und warum?«

»Weil zu viele Emotionen mitspielen. Eine Frau lässt sich von ihrem Mitgefühl für die Opfer beeinflussen, und muss doch den Täter finden, auch wenn es der falsche ist. Ist gar nicht dumm, diese Señora.«

»Vielleicht sind Sie ja ihrer Meinung.«

»Das habe ich nicht gesagt. Ich sage nur, es hat was, darüber nachzudenken. Was haben Sie, warum sind Sie so aggressiv?«

»Ich hatte gerade eine Auseinandersetzung mit Masderius.«

»Glauben Sie, das ist es wert? Er ist ein einflussreicher Mann. Vielleicht entziehen sie uns den Fall jetzt wirklich.«

»Ist egal, oder haben Sie etwa Geschmack daran gefunden, sich im Schmutz zu wälzen? Sollen sie ihn uns doch entziehen, umso besser!«

»Aber ich habe geglaubt, Sie…«

»Warum sich auf meine Professionalität versteifen, meinen Sinn fürs Lächerliche, mein weibliches Bewusstsein? Nein, Garzón, ich habe diesen ganzen Schlamassel, in dem die Opfer sich wie Arschlöcher verhalten, satt bis oben hin. Von mir aus kann er elftausend Jungfrauen vögeln, ist mir wurscht.«

Hamed zog die Augenbrauen hoch. Er mochte es nicht, wenn ich mich so vulgär ausdrückte. Pepe sah mich an und spielte mit der Fernbedienung.

»Petra, Ana Lozano war hier. Sie will dir Gelegenheit geben, dich zu verteidigen und deine Argumente im Fernsehen vorzutragen. Ich glaube, du solltest das annehmen. Du könntest dem ganzen Geschwätz und den Diskreditierungen ein Ende machen.«

»Tust du mir einen Gefallen, mein lieber Pepe? Wenn diese Nutte hier wieder auftaucht, richte ihr aus, wenn sie sich mir noch einmal in den Weg stellt, wird sie es bereuen.«

»Petra, sei vernünftig.«

»Das bin ich.«

Garzón riss die Augen auf.

»Werden Sie zurücktreten?«

Ich trank den letzten Schluck Bier in einem Zug.

»Einen Scheiß werde ich zurücktreten!«

Ich ging zur Tür und ließ das verdutzte Trio zurück.

»O, lieber Gott!«, hörte ich Hamed sagen.

»Sei still, reg sie nicht noch mehr auf«, zischte Garzón. Offensichtlich waren sich die drei einig, dass ich unerträglich war. Das fand ich witzig. Es war schmeichelhaft und animierte zum Weitermachen.

Ich zog es vor, Salomé allein zu befragen. Garzón versuchte weiter irgendwie in Erfahrung zu bringen, wo sich Juan Jardiel aufgehalten hatte. Als ich Salomé traf, erwartete ich irgendeinen Gesichtsausdruck, aber sie war noch immer verschlossen.

»Du weißt, dass dieser Juan ermordet wurde?«

»Ja.«

»Wir fragen uns, ob du etwas darüber weißt.«

»Nein.«

In diesem Augenblick fiel die Hypothese, dass sie die Mörderin sein könnte, in sich zusammen. Ein Mädchen, das vergewaltigt wurde, dessen Haltung zwischen Rache und fataler Akzeptanz schwankte, hatte nicht das Profil einer Täterin.

»Wo warst du, als Jardiel ermordet wurde, so um acht oder neun Uhr?«

»Ich weiß nicht, spazieren.«

»Allein?«

»Ja.«

»Du gehst um diese Zeit allein spazieren?«

»Manchmal, nach der Arbeit. Wenn ich gleich nach Hause gehe, muss ich meiner Mutter helfen. So kann ich ein bisschen ausspannen.«

»Und du hast keine Freunde, die dich begleiten?«

»Zu der Zeit nicht. Alle sind mit sich selbst beschäftigt.«

Schlicht, verständnisvoll, als würde sich ein Mosaiksteinchen nach dem anderen zusammenfügen.

»Hat dich jemand beim spazieren gehen gesehen?«

»Weiß ich nicht.«

»Und du, hast du irgendeinen Bekannten gesehen, der das bestätigen könnte?«

»Ich glaube nicht.«

»Bist du nicht an einem bekannten Geschäft, einer Kneipe, an Leuten beim Tischfußballspielen vorbeigekommen, hast du nicht einen Freund gegrüßt?«

»Nein.«

Das war ein wenig überzeugendes Alibi. Ihre Haarfransen waren durcheinander, ihre Augen müde, und sie trug eine bis zum Hals zugeknöpfte Bluse. Sie verachtete mich.

»Wird man behaupten, dass ich ihn umgebracht habe?«

»Irgendwer hat es getan.«

»War die Leiche markiert?«

»Nein, warum fragst du das?«

»Wenn die Leiche nicht markiert war, dann kann ich es nicht gewesen sein. Ich hätte ihn markiert, so wie er es mit mir getan hat. Aber im Gesicht.«

Sie schob ihren Ärmel hoch und zeigte mir den Arm. Da war

es noch immer, das Blumenmal. Wie aus Pergament und an den Rändern runzlig. Ich flehte zu Gott, dass es Masderius gewesen war, der sich den Täter vorgenommen hatte, und nicht dieses Mädchen. Meine Gedanken erschreckten mich.

»Hat dir jemand erzählt, wo sich Juan versteckt?«

»Nein.«

»Hat ihn einer deiner Freunde für dich ermordet?«

»Nein.«

»Wenn du gewusst hättest, wo er ist, wärst du zu ihm gegangen?«

Sie dachte angestrengt nach und hatte einen angeekelten Ausdruck um den Mund.

»Ich weiß nicht.«

Wenn sie sich nicht leidenschaftlich verteidigen musste, war das ein gutes Zeichen. Außerdem hatte sie Recht. Der Angriff eines Opfers wäre erbarmungsloser ausgefallen. An Juans Leiche waren keine Anzeichen von Grausamkeit zu finden gewesen.

Ich fragte sie, worin ihre Arbeit bestand. Sie arbeitete in einer Konfektionsfabrik, Miederwaren und Wäsche. Sie nähte auf der Maschine die Körbchen für Büstenhalter. Acht Stunden täglich. Sie tat nichts anderes als die Teile so zusammenzufügen, dass sie in ihren Händen die Form einer Halbkugel annahmen. Nach der harten Arbeit ließ ihre Mutter sie für das Abendessen Kartoffeln schälen. Natürlich war es nicht viel amüsanter, Haare zu waschen oder einer despotischen Mutter beim Waschen der Geschwister zu helfen, wenn sie müde von der Arbeit kam. Keines, keines der drei Opfer hätte den Vergewaltiger töten können. Ihnen war schon vor Jahren der nötige Stolz abhanden gekommen, um so was zu tun. Und das vierte Opfer konnte auch ausgeschlossen werden, weil es in New York war.

Dennoch, Salomés empfindungslose Antworten enthielten auch ein Fünkchen innerer Rebellion, die sie vielleicht zerstörte. Ihre passive Revolte bestand in dem hartnäckigen »Das ist mir egal«.

»Wenn du nicht beweisen kannst, dass du zur Stunde des Mordes spazieren warst, kann ich dir nicht versprechen, dass dir keine weiteren Befragungen bevorstehen. Möglicherweise müssen wir dich dem Richter vorführen.«

»Das ist mir egal«, antwortete sie.

Garzón war nach den Verhören von Sonia und Patricia zum gleichen Schluss gekommen wie ich: Keine der beiden konnte es gewesen sein. In seinem Fall war die Aufklärung leichter, beide hatten gesicherte Alibis. Hatte ein Freund die Arbeit für sie erledigt? Das war wohl etwas zu dicke, um ein freundschaftlicher Gefallen zu sein. Der Subinspector lauschte meinen Ausführungen über Salomé, und trotz der Schwachstellen ihrer Aussage stimmte er mit mir überein, dass sie nicht die Mörderin sein konnte.

»Ich habe herausfinden können, dass Jardiel in letzter Zeit mit einem unbekannten Kerl gesehen wurde. Einem jungen Mann mehr oder weniger in seinem Alter, vielleicht etwas jünger.«

»Das kann jeder sein.«

»Er hatte nicht viele Freunde, eher gar keine.«

»Aber mit jemandem zu reden ist nichts Besonderes.«

»Ich werde alle befragen, mit denen er den geringsten Kontakt hatte.«

»Aber, was ist mit Masderius?«

»Keine Sorge, den habe ich nicht vergessen. Nur sind die Nachforschungen viel komplizierter, wenn es sich um Privatdetektive handelt. Sie entschlüpfen einem wie Aale. Aber wenn er einen beauftragt hat, finden wir das heraus. Vertrauen Sie mir. Erinnern Sie sich daran, dass ich meine Erfahrungen habe mit dieser Art Nachforschungen.«

»Sind Sie immer noch an dieser Sache von der Guardia Civil dran?«

»Das habe ich fast gelöst. Der Schmuggel wird in Kürze auffliegen.«

»Woher nehmen Sie die Zeit für all das?«

»Es ist nicht sehr gemütlich in der Pension. Und Sie wollen mir eine Wohnung aufschwatzen! Wenn ich mich erst richtig einniste, wird die Arbeit darunter leiden.«

Wer verstand schon Garzón, der plötzlich so zufrieden war. Ich wollte ihm nicht die Illusion nehmen, aber ich hatte mit Coronas gesprochen. Der hatte mir bei all unseren Schritten Vorsicht nahe gelegt. Wir konnten weiterhin mit seiner Unterstützung rechnen, aber wenn von höherer Ebene irgendein Ansuchen um Ablösung kommen würde, bliebe ihm nichts anderes übrig, als dem Folge zu leisten. Ob ich das verstünde? Ich sagte Ja.

# 11

So wie die Dinge standen, blieb mir nichts anderes übrig, als Salomé vorläufig festzunehmen. Ihr Alibi war zu schwach. Die Gutachten des Psychologen und der Sozialarbeiterin bescheinigten ihr wenig Bereitschaft zur Mitarbeit, Menschenscheu und eine für ihr Alter untypische Gleichgültigkeit. Ihre selbst gewählte Isolierung wurde als Zynismus ausgelegt und als generelles Misstrauen gegenüber der Gesellschaft eingestuft. Ich fand dieses abstrakte Geschwafel zynisch. Logisch, dass sie der Gesellschaft misstraute! Sie hatte nie die Chance zur Selbstverwirklichung gehabt. Sie schrubbte Böden, nähte Büstenhalter und lebte in einer Familie, die in ihr lediglich eine zusätzliche Arbeitskraft sah. In der Blüte ihrer Jugend wurde sie vergewaltigt und dann im Fernsehen ausgestellt.

Die Kaution für Salomé belief sich auf eine halbe Million Peseten, die die Familie nicht bezahlen wollte. Schließlich bezahlte ich sie. Garzón flippte aus. Er fand, dass mein Mitgefühl zu weit ging. Und er prophezeite mir, dass ich das noch bedauern würde.

»Haben Sie etwa vor, sich in alle Fälle so einzulassen?«

»Wenn wir den gelöst haben, war das mein letzter.«

»Das haben Sie doch nur getan, weil es ein Mädchen ist, stimmts? Weibliche Solidarität und all das.«

»Ich habe es getan, weil ich nicht glaube, dass sie es war.«

»Das ist in Ordnung, aber ihr die Kaution zu zahlen …«

»Es ist nicht gerecht, dass sie weiter beschissen wird, nach all dem, was sie erleiden musste. Außerdem, war die Frau für Sie nicht eine Blume?«

»Jede Blume hat ihren Gärtner.«

»Es gibt Blumen, lieber Garzón, die gedeihen ohne Pflege im Straßengraben. Niemand gießt sie, niemand beachtet sie. Nur der Regen und die Sonne erbarmen sich ihrer …«

Er schwieg und holte seine Zigaretten heraus.

»Das war poetisch. Ich meine es ernst, wirklich, ich habe Ihnen ja schon mal gesagt, dass Sie sich gut ausdrücken können.«

»Ich bin Anwältin, erinnern Sie sich?«

»Aber die Kaution zu bezahlen …«

An diesem Abend gingen Garzón und ich zusammen essen. Er war melancholisch und rückte schließlich damit heraus, dass er Geburtstag hatte. Ich gratulierte ihm überschwänglich, aber das holte ihn auch nicht aus seiner Niedergeschlagenheit. Er war nicht zum Reden aufgelegt und verschlang schweigend einen Teller Tortellini. Ich hielt mich taktvoll zurück und widmete mich ebenfalls meinen Nudeln.

»Subinspector, wir müssen die Karten neu mischen. Wir müssen noch ein Brainstorming machen, denn ich bin davon überzeugt, dass wir etwas übersehen haben.«

Zu meiner größten Verblüffung antwortete Garzón:

»Wissen Sie, was mir meine Frau zu jedem Geburtstag geschenkt hat?«

Er sah mich an.

»Unterwäsche«, sagte er, als wäre das die größte Tragödie für einen Mann. »Socken, Unterhosen, Unterhemden … Genau so viele, um ein Jahr lang damit auszukommen. Fällt Ihnen was auf? Kein Rasierwasser, keine Überraschung … nichts, immer nur schwarzbraune Strümpfe. All die Jahre.«

Mir blieb fast der Bissen im Hals stecken.

»Einem sensiblen Mann wie mir … Als Sie das mit den Blumen im Straßengraben gesagt haben, dachte ich an mich.«

Ich konnte mir einen so dicken Mann nicht als Blume im

Straßengraben vorstellen, aber sein Einsamkeitsgefühl war nicht witzig.

»Mir ist mein Leben einfach so durch die Finger geronnen. Das wird mir erst jetzt klar, seit ich Sie kenne.«

Ich fürchtete, dass mir die Pasta nicht bekommen würde.

»Aber, Fermín, ich …«

»Sie waren in Bewegung, Petra, Sie sind der wahren Liebe hinterhergelaufen, Sie haben zweimal geheiratet, haben sich scheiden lassen, haben den Beruf gewechselt, haben studiert, haben über Ihre Konflikte und Probleme nachgedacht… vielleicht sind Sie sogar zum Psychiater gegangen.«

Das überraschte mich.

»Zum Psychiater? Nein, bringt der Ihrer Meinung nach etwas?«

»Natürlich! Wenn ich einen Psychiater gehabt hätte, würde mein Leben heute irgendwo vorkommen: In seinem Archiv, auf einer Patientenkarte, im seinem Kopf, es wäre jedenfalls nicht wie eine Pfütze verdampft.«

»Der Psychiater als Zeuge? Das ist wirklich das Hirngespinst eines Polizisten.«

»Machen Sie sich nicht lustig, ich meine es ernst.«

»Entschuldigen Sie, Garzón, aber ich kann mich an Ihre Schrulligkeiten nicht gewöhnen. Sie sehen die Dinge aus einem recht merkwürdigen Blickwinkel.«

»Das ist auch kein Trost.«

Wir bestellten Kaffee. Der Subinspector wusste nicht, dass mir an ihm sein monolithischer Charakter, sein Pflichtgefühl, seine Klarheit gefiel! Aber ich konnte ihm nicht verzeihen, dass er mir seine Lebensängste offenbarte. Weil ich keine Lust hatte, die Nacht mit Heulen und Wehklagen zu verbringen, putzte ich ihn herunter.

»Lassen Sie den Scheiß, Fermín! Das Leben, das wirklich zählt, ist nicht das vergangene, sondern das, was wir noch vor uns haben.«

Verwundert über den Klang meiner eigenen Vulgarität und im Versuch, an seine Rechtsgläubigkeit zu appellieren, fuhr ich fort.

»Denken Sie an unseren komplizierten Fall. Ohne Ihre Erfahrung werden wir ihn nie lösen. Was wiederum zeigt, dass Ihre Vergangenheit wertvoll ist. Sie hat einen Bodensatz hinterlassen. Sie wird sich nie verflüchtigen.«

Er warf mir einen matten Blick zu.

»Trinken wir einen Grappa, und Sie erzählen mir, was Sie morgen vorhaben.«

»Heute Nacht, aber Sie müssen mich nicht begleiten. Ich gehe allein.«

Er hatte sich in einer Spielhalle mit ein paar Jungs verabredet, die Juan gekannt hatten. Wir folgten noch immer der Spur des Phantoms.

Das Gläschen Grappa war das Einzige, was mich ein bisschen wärmte, als wir in die regenschwere Nacht hinausgingen. Mein Kollege war noch immer so welk wie der Salat von vorgestern. Schweigend gingen wir in den entsetzlichen Spielsalon mit Neonschildern. Dort erwarteten uns vier junge Männer. Sie hatten grobe, pickelige Gesichter, lachten ständig und stießen sich gegenseitig mit dem Ellbogen an. Garzón fragte sie ohne Umschweife:

»Wann kam Jardiel hierher?«

»Wenn seine Mama ihn ließ.«

»Und wann war das?«

»In seiner Freizeit. Manchmal schlich er sich heimlich nach der Arbeit her, aber normalerweise musste er nach Hause unter die Fuchtel.«

»Seine Mutter ist ziemlich ätzend. Als wir einmal Tischfußball gespielt haben, ist sie hier plötzlich aufgetaucht.«

»Hat sie Krach gemacht?«

»Nein, sie hat ihm nur einen Blick zugeworfen. Das hat gereicht.«

»Und, hat ihm das denn geschmeckt? Hat er sich bei euch über seine Mutter beklagt?«, mischte ich mich zum ersten Mal ein.

Sie sahen mich an wie eine lästige Fliege.

»Und die da, wer ist die?«, fragte der Jüngste Garzón.

»Meine Chefin, Inspectora Delicado.«

Jetzt sahen sie mich spöttisch an. Ich wiederholte meine Frage.

»Nein, das war seine Sache. Wir waren nicht seine Freunde, verstehen Sie? Wir haben ihm beim Pinkeln auch nicht den Schwanz gehalten.«

Die drei lachten. Glücklicherweise war der Subinspector so melancholisch, dass ich energisch fortfahren konnte.

»Hat ihn jemand in der letzten Zeit mit einem bestimmten Mann gesehen?«

»Wollen Sie sagen, dass er schwul war? Hat es nicht geheißen, er ist der Vergewaltiger?«

Erneut brachen sie in Gelächter aus. Ich sah an ihren langen Beinen zu den großen unförmigen Turnschuhen hinunter. Dann blaffte ich sie an:

»Ich habe keine Zeit für Blödsinn. Wenn ihr mit uns reden wollt, dann redet gefälligst.«

»Wir sind keine Verbrecher«, sagte einer von ihnen und sah Garzón herausfordernd an.

»Ich hätte nicht übel Lust, euch mit ins Kommissariat zu nehmen, aus dem ihr möglicherweise schnell wieder raus seid. Aber mit ein paar Schrammen, das versichere ich euch.«

Sie wurden ernst, sahen wieder Garzón an, der zuckte die Schultern und lächelte. Dann meinte der Jüngere.

»Kürzlich ist Juan ein paar Mal mit einem Neuen hier gewesen. Ich glaube, der verkauft Pornoheftchen.«

»Wo wohnt der?«

»Weiß ich nicht, ich hab doch gesagt, dass er neu ist.«

»Der ist manchmal im Diamond Pub.«

»Es war uns ein Vergnügen.«

Ich ging, ohne sie noch eines Blickes zu würdigen, und Garzón flüsterte mir zu:

»Sie sind viel besser geworden, was das Druckmachen anbelangt.«

»Einmal muss man ja anfangen.«

Nächste Station unserer nächtlichen Runde war der Diamond Pub. Mein Kollege bewegte sich unglaublich gewandt in diesen widerlichen Lokalen. Er sprach mit dem Besitzer, einem älteren Mann, der sich höflich zeigte und uns zwei Whiskys auf Kosten des Hauses auf den Tresen stellte. Er kannte keinen, der Pornoheftchen verkauft. Wir sagten ihm, dass wir auf der Spur eines Vergewaltigers seien. Er blieb ungerührt. Die Welt war eben so, die Jugendlichen auch. Er wundere sich über nichts mehr. Wir tranken unseren Whisky aus und verabschiedeten uns.

Vor der Tür holte uns ein Junge ein. Er wollte uns was sagen, aber nicht vor dem Pub. Wir verabredeten uns zwei Straßen weiter. Er folgte uns in einiger Entfernung.

»Lassen Sie ihn reden, fragen Sie ihn nichts«, flüsterte Garzón.

»Ich weiß, wer der Typ ist, den Sie suchen. Ich habe Sie in der Kneipe belauscht. Ich weiß auch, wo der wohnt. Aber ich denke nicht daran, Ihnen zu sagen, wie ich heiße.«

»Ist gut, schieß los.«

Er nannte die Adresse und mein Kollege notierte.

»Ich mag keine Vergewaltiger.«

Ich nickte. Er verschwand.

»Jetzt haben wir ihn, gehen wir.«

Wir nahmen das Auto. Ich begriff, dass Garzón jetzt aktiv werden musste.

»Es ist drei Uhr nachts«, erinnerte ich ihn.

»Umso besser, dann ist er vielleicht zu Hause.«

Er hatte sich von seinem Anfall mit der Unterwäsche erholt. Ich war leicht überdreht, das war neu für mich. Tatverdächtige auf dem Kommissariat verhören war was anderes als einen Pornographen nachts in seiner Höhle aufzuspüren. Garzón murmelte wie zu sich selbst.

»Früher, wir hätten früher herkommen sollen.«

Ich spürte seine Nervosität, denn er war überzeugt davon, dass wir ganz nah an der Lösung des Falls waren. Mir passte das alles viel zu gut zusammen. Wir hielten in einem Außenbezirk, in den ich noch nie einen Fuß gesetzt hatte, und klingelten an einer schäbigen Tür im fünften Stock. Keine Reaktion. Ich klingelte noch mal, dann hörten wir Schritte, und ein großer, kräftig gebauter junger Mann öffnete die Tür. Garzón wies sich aus, und der Junge platzte heraus:

»Ich tue nichts Illegales.«

»Du hast Pornoheftchen hier«, sagte mein Kollege.

»Das ist nicht verboten.«

»Vielleicht sollten wir nachprüfen, was für welche das sind. Hast du Videos mit Kindern, Mord, Folter?«

»Nein, ich schwöre es. Das ist alles künstlerisches Material, ich kann es Ihnen zeigen, wenn Sie wollen.«

»Lass uns rein.«

Er trat zur Seite. Wir befanden uns in einem kleinen Zimmer voller Regale mit Papierrollen.

»Das sind Poster«, sagte der Junge.

An den freien Stellen an der Wand hingen kitschige Poster: Eine spiralförmig um den nackten Körper einer Frau gewundene Schlange, glühende Rubinen in beider Augen. Ein behaarter Zwerg in Rückenansicht, der an der klassischen Statue eines Jünglings Fellatio praktizierte. Garzón starrte ziemlich überrascht auf die Poster.

»Was ist das denn?«

»Ich habe es Ihnen ja schon gesagt, das ist Pop-Art.«

Garzón setzte sich auf ein schmieriges Sofa.

»Woher kennst du Juan Jardiel?«

»Wen?«

»Du weißt genau, von wem ich rede.«

»Nein, weiß ich nicht.«

Ich holte die Zigaretten aus der Tasche und bot Garzón eine an. Er machte mir ein Zeichen, dass ich eingreifen sollte, aber ich schüttelte den Kopf. Sollte doch er weitermachen.

»Du bist in letzter Zeit öfter mit ihm gesehen worden, also ist es sinnlos, wenn du es leugnest.«

»Hier kommen jede Menge Typen her, um sich Material zu kaufen, und manchmal treffe ich einen von ihnen in einer Kneipe wieder. Aber das heißt nicht, dass wir uns kennen.«

»Der, von dem ich rede, ist ein bisschen anders. Er wurde der Vergewaltigung verdächtigt, und jetzt hat man ihn erledigt.«

»Ich weiß nicht, wovon Sie reden.«

»Ist gut. Wo warst du am fünfundzwanzigsten zwischen ein und drei Uhr morgens?«

»Na … hier, nehme ich an, um diese Zeit bin ich meistens hier.«

»Kann das jemand bestätigen?«

»Jetzt gleich, wenn sie wollen, meine Freundin wohnt bei mir.«

Er verschwand im dunklen Korridor und kam einen Augenblick später mit einem verschlafenen Mädchen zurück, das kaum älter als fünfzehn sein konnte. Sie trug einen Slip und ein T-Shirt. Ihre Haut war weiß wie Wachs und sie hatte eine wunderbare Renaissancemähne.

»Sag ihnen, wo du immer bist«, befahl ihr der Junge.

»Hier« antwortete sie und sah uns ängstlich an.

»Immer, ständig?«, Garzón wurde ungeduldig.

»Ja, bei ihm.«

Sie klammerte sich an ihren Freund, der ihr schützend den Arm um die Schultern legte.

»Sie hören ja.«

»Ja, wir hören es.«

Garzón wandte sich an mich. »Inspectora, ich schlage vor, dass wir einen Streifenwagen rufen und einen Haftbefehl beantragen. Was meinen Sie? Bis beides hier ist, bleibe ich bei diesen Kindern.«

Ich war unendlich erleichtert, die Wohnung verlassen zu können, erledigte, was mein Untergebener mir aufgetragen hatte, und fuhr nach Hause. Im Bedürfnis, meine Haut von schmutzigen Ausdünstungen und meinen Geist von hässlichen Bildern zu reinigen, ließ ich die Badewanne voll laufen. Ich versank darin und wurde ganz ruhig. Garzón glaubte, den Vergewaltiger zu haben, sein Phantom.

Am nächsten Morgen kam ich früh ins Kommissariat, aber Garzón war natürlich schon da.

»Befragt er den Tatverdächtigen?«, fragte ich einen Beamten.

»Nein, ich glaube, er telefoniert«, antwortete er.

Ich setzte mich ins Konferenzzimmer, zündete mir eine Zigarette an und seufzte, aber noch bevor ich meinen Denkapparat auf Arbeit einstellen konnte, platzte ein wütender Garzón Türen knallend herein.

»Petra, vielleicht haben Sie Recht«, stieß er hervor.

»Was meinen Sie?«

Er begann zu schnaufen.

»Beruhigen Sie sich, Subinspector.«

Er setzte sich und zündete sich eine Zigarette an.

»Verdammt, Garzón, beruhigen Sie sich, und sagen Sie mir endlich, was los ist!«

»Ich habe den Privatdetektiv gefunden, den Masderius beauftragt hat.«

»Nein!«

Er nickte ernst. Der Detektiv war ein unterbelichteter komischer Kauz mit einem kleinen Büro in Barceloneta. Nichts Besonderes, eine dieser schlecht laufenden Klitschen, die sich der Suche von untreuen Ehegatten und Gläubigern widmet. Masderius war vorsichtig gewesen. Mit einem solchen Laden würde ihn schwerlich jemand in Verbindung bringen. Aber Garzón war ein Spürhund mit unbezahlbarem Instinkt, der das Wild schon gestellt hat, bevor der Jäger bei ihm angekommen war.

»Sehr gute Arbeit, Glückwunsch, Subinspector, Sie haben den Nagel auf den Kopf getroffen.«

Offenbar war der Detektiv ziemlich widerspenstig gewesen, bis mein Kollege ihm mit einer Anklage wegen Deckung eines Mörders drohte. Da nahm er Vernunft an und erklärte, dass Masderius ihn beauftragt hätte, Juan Jardiel zu finden. Nur leider, versicherte er, hatte er ihn nicht gefunden. »Und was wäre geschehen, wenn Sie ihn gefunden hätten?«, hatte Fermín gefragt. »Dann hätte ich ihn bei der Polizei angezeigt«, antwortete der Trottel.

Garzón war pfeifend auf dem Kommissariat erschienen und hatte Masderius sofortig zur Vernehmung bestellt. Aber seine Eile war vergeblich, vermutlich hatte der Detektiv Masderius noch gewarnt, denn der tauchte gleich mit seinem Anwalt bei uns auf.

Ich entdeckte im Gesicht des Architekten einen Anflug von Angst, den es bis jetzt nicht gehabt hatte. Als der Anwalt den Mund aufmachte, war mir klar, dass er seinen Mandanten kein einziges Wort würde sagen lassen.

»Zur Stunde des Mordes war mein Mandant im Club und spielte mit seinem Kollegen Pedro Pifarré Tennis. Das können Sie sofort bestätigt bekommen.«

»Ich nehme an, das ist nicht nötig«, antwortete ich.

»Dann …?«

»So wie Sie, Señor Masderius, jemanden beauftragt haben, Jardiel zu finden, ist es möglich, dass Sie auch einen professionellen Killer beauftragt haben.«

Wieder ergriff der Anwalt das Wort.

»Das müssen Sie beweisen. Außerdem wird sich noch herausstellen, ob Sie die Aussage des Detektivs durch Einschüchterung bekommen haben.«

»Werden Sie versuchen, den Zeugen zu kaufen, damit er widerruft?«

Der Anwalt breitete seine geschmeidigen Pfauenfedern aus.

»Sie wissen, wer Señor Masderius ist?«

»Ich weiß, dass er jemand ist, der parallel zu den polizeilichen Ermittlungen einen Privatdetektiv beauftragt hat.«

Angesichts des alarmierten Blicks seines Anwalts mischte sich Masderius selbst ein.

»Polizeiliche Ermittlungen? Dass ich nicht lache! Sie waren unfähig, irgendwas aufzuklären, absolut unfähig! So funktioniert alles in diesem Land: das Gesundheitswesen, der Handel, die Post …«

»Soll ich das so verstehen, dass Sie im Ausgleich zu unserer polizeilichen Unfähigkeit auf eine private Initiative zurückgreifen mussten?«

Der Anwalt griff ein.

»Das hat mein Mandant nicht gesagt.«

Er legte Masderius beschwichtigend die Hand auf den Arm. Ich fuhr fort.

»Wenn Sie so denken, Señor Masderius, wird es Sie wohl auch sehr schmerzen, so viele Steuern zu zahlen.«

Der Anwalt sah mich überheblich an.

»Ich bedaure, das verstehe ich nicht.«

»So wurde Al Capone erwischt. Er zahlte keine Steuern und wurde deshalb eingesperrt.«

Masderius sträubte sich wie eine eingekreiste Katze.

»Solche Beleidigungen dulde ich nicht!«

»Señor Masderius, das sollte Sie nicht beleidigen, wenn einer erstmal straffällig geworden ist …«

Der Anwalt beschwichtigte Masderius auch mit der anderen Hand. Er hätte ihn mundtot gemacht, wenn er gekonnt hätte.

»Inspectora Delicado, Sie wissen sehr wohl, dass mein Mandant viele Verpflichtungen hat. Wir können unsere Zeit nicht mit Scherzen verschwenden.«

»Das weiß ich sehr gut, ich bin auch Anwältin. Ich erkenne sofort, wie bedeutend eine Person ist. Trotzdem muss ich Sie darauf aufmerksam machen, dass sich Ihr Mandant in Schwierigkeiten gebracht hat. Ich werde dem Richter das Ermittlungsergebnis zukommen lassen, er wird das letzte Wort haben.«

Sie gingen ohne einen Gruß. Als Masderius an mir vorbeikam, war er nervös und sichtlich aus der Fassung.

Garzón sah mich an.

»Sehr gut, Inspectora, sehr gut. Ich tauge für Verhöre des Pöbels, aber wenn es um die höheren Kreise geht…«

»Untertreiben Sie nicht, Garzón, wer hat denn den Detektiv ausfindig gemacht und erreicht, dass er singt? Überhaupt, wie haben Sie das eigentlich erreicht?«

»Mit Druck. Ich habe ihn eingeschüchtert.«

Ich lächelte.

»Sagen wir, wir sind ein ausgewogenes Team.«

»Das mit Al Capone war genial. Wie sind Sie darauf gekommen? Masderius wäre fast gestorben.«

»Aus purer Lust, ihn zur Sau zu machen. Außerdem habe ich gerade entdeckt, dass es bei Befragungen vorteilhaft ist, ihnen einen kleinen surrealen Anstrich zu geben.«

»Ein tolles Team, Sie haben Recht!«

»Jubilieren Sie nicht zu früh, Garzón, dieser Fall ist ein verdammtes Kuddelmuddel, das immer undurchsichtiger wird.«

»Verzweifeln Sie nicht, am Ende werden wir Licht sehen.«

»Eine Stichflamme in den Augen erscheint Ihnen erhellend?«

Er lachte gutmütig.

»Al Capone, unglaublich!«

Seine Wampe bebte wie ein Pudding. In mir stieg eine Welle der Sympathie für ihn auf.

»Gehen wir was trinken?«, fragte ich.

Wir gingen ins Efemérides, wo Hamed uns mit zwei Cocktails namens »Sprudelnde Oase« beglückte. Es war Ruhetag, aber wir erfreuten uns unseres Sonderstatus'. Allerdings hielt das nicht lange vor, weil Pepe sich darauf versteifte, den Fernseher anzustellen.

»Es kommt die Show von Ana Lozano.«

»Ich bitte dich, schalt das ab!«

»Aber ihr seid das Hauptthema! Seit Wochen dreht sich alles nur noch um euch.«

Salomé war das erste Bild, das vor unseren Augen auftauchte. Es war ein Einzelinterview mit allem Pomp und Trara. Eigentlich normal, warum nicht noch ein bisschen Knete herausholen wie die anderen? Sie saß mit einem giftigen Gesichtsausdruck da, aber sie antwortete. Sie beantwortete eine Frage nach der anderen, wobei sie Ana Lozano häppchenweise ihre Würde auslieferte.

»Das ist alles sehr hart für dich gewesen?«

Sie war in den Anblick ihrer ruhenden Hände versunken.

»Ich habe es schon oft bereut, ihn angezeigt zu haben.«

Das war das Schlimmste, was sie hatte sagen können. Das war zu viel für mich, ich konnte das nicht bis zu Ende sehen.

»Schalt das ab, Pepe.«

Garzón sah mich grollend an.

»Ist Ihnen was aufgefallen, Petra? Sie hat nicht einmal erwähnt, dass Sie ihre Kaution bezahlt haben.«

»Sie bereut es, die Vergewaltigung angezeigt zu haben. Warum sollte sie mir dann dankbar sein?«

Ich verließ die Kneipe und ging in die schimmernde, stille Abenddämmerung hinaus. Plötzlich glaubte ich, mich verlaufen zu haben. Ich stand in der Calle de Muntaner. Meine Schritte hatten mich unbewusst hierher geführt. Ich sah nach oben. In Masderius' Arbeitszimmer brannte noch Licht. Als ich im Fahrstuhl den Knopf zum fünften Stock drückte, hoffte ich inständig, dass seine Sekretärin schon gegangen war. Vielleicht war Gott einmal auf meiner Seite. Tatsächlich, Masderius öffnete persönlich. Er war verblüfft und erschrocken, aber er warf mir auch nicht die Tür vor der Nase zu.

»Sie wissen ganz genau, dass ich nur in Anwesenheit meines Anwalts rede.«

»Ein Fehler.«

Wir standen uns gegenüber. Ich schwieg. Er war müde.

»Señor Masderius, ich bin davon überzeugt, dass Sie den Jungen nicht umgebracht haben. Lassen Sie mich kurz rein, ich gehe gleich wieder.«

Entgegen aller Erwartungen ließ er mich eintreten. Ich folgte ihm an seinen Schreibtisch. Er setzte sich und machte mir ein Zeichen, es ihm gleichzutun.

»Denken Sie gut darüber nach. Wenn Sie weiterhin leugnen, den Privatdetektiv beauftragt zu haben, werden Sie mit Beweisen überhäuft, die Sie in einen Tatverdächtigen verwandeln. Danach wird es schwierig sein, das zu berichtigen, ohne sich in Widersprüche zu verwickeln. Es wäre jedes Mal komplizierter, glauben Sie mir.«

Er senkte den Kopf, nahm die Brille ab und rieb sich entmutigt die Augen. Dann drückte er die Finger auf beide Augäpfel und begann zu reden.

»Ja, ich habe ihn beauftragt. Ich wollte, dass er Jardiel vor der Polizei findet. Aber er hat ihn nicht gefunden.«

»Wie kamen Sie auf die Idee?«

»Ich wollte ihm eine Tracht Prügel verabreichen, ihn kastrieren, ich weiß nicht … und ihn dann später im Kommissariat abzuliefern.«

»Aber, Sie sind ein kultivierter Mann, Masderius, ich begreife nicht …«

Er fuhr heftig auf.

»Was wissen Sie schon! Seit meine Tochter vergewaltigt wurde, kann ich nicht mehr schlafen. Weder arbeiten noch essen. Es ist eine Obsession. Ich dachte, wenn Cristina weit weg ist, würde ich es besser ertragen. Aber das hat nicht funktioniert. Es ist sinnlos, mein Leben ist nicht mehr so, wie es vorher war, und wird es auch nie wieder sein. Glauben Sie, es hat mich getröstet, dass dieser arme Teufel tot ist? Ich schwöre Ihnen, nein, ich wache immer noch mitten in der Nacht auf und weiß, dass es passiert ist, dass es wirklich passiert ist.«

»Aber das Leben …«

Er fuhr sich ohnmächtig mit der Hand durchs Haar.

»Erzählen Sie mir nichts über das Leben, ich bitte Sie.«

Wir schwiegen. Noch nie hatte ich jemanden so verzweifelt gesehen.

»Vielleicht hätte ich den Kerl, wenn ich ihn erst einmal gefunden hätte, nicht einmal angefasst. Aber wenigstens habe ich etwas getan, indem ich den Detektiv bezahlt habe, verstehen Sie? Ich konnte nicht die Hände in den Schoß legen und verzweifeln.«

Ein Mann der Tat. Wenn ihn jetzt nicht bald ein Psychiater betreute, würde es nicht mehr lange dauern und er würde zusammenbrechen.

»Señor Masderius, ich rate Ihnen, sollte der Richter Sie vorladen, dann sagen Sie ihm genau das, was Sie mir gerade erzählt haben.«

»Ich habe ihn nicht umgebracht.«

»Das glaube ich Ihnen.«

Ich stand auf, und er machte eine schüchterne Geste, mich zu begleiten.

»Lassen Sie nur, ich kenne den Weg.«

Er saß zusammengesunken in seinem dunkelroten Ledersessel. Als ich bei der Tür war, hörte ich ihn sagen:

»Jetzt kann niemand definitiv beweisen, dass er wirklich der Vergewaltiger war, und er wird für sein Verbrechen nicht bezahlen müssen.«

Ich antwortete nicht. Vielleicht hatte er Recht. Wieder zu Hause, hatte ich ernsthafte Probleme, etwas Essbares zu finden. Wenn alles vorüber war, wollte ich einen Großeinkauf machen, der mich die ganze Eiszeit über am Leben erhielt: Frisches Gemüse, Getreide, Käse aus zwanzig Ländern, eine Spanferkelkeule, Dutzende Wachteleier und Brot, Berge von Brot: Schwarzbrot, Weißbrot, Vollkornbrot... Aber im Augenblick musste ich mich mit einem Paket Keksen und einer Tasse Tee begnügen. Es war schon dunkel. Ich ging in den Garten und traute meinen Augen nicht. An einem der struppigen Stile waren sie deutlich zu erkennen: kleine grüne Triebe, die ums Überleben kämpften. Ich lief zurück ins Haus und rief Garzón an.

»Was ist passiert, Petra?«

»Die Geranien, Subinspector, sie sind nicht tot. Sie fangen an zu treiben, Sie haben es geschafft, sie wieder zu beleben.«

»Verdammt, Sie haben mich vielleicht erschreckt. Ich dachte schon, es ist noch ein Unglück geschehen!«

»Entschuldigen Sie, Sie haben Recht, ich sollte Sie nicht mit so einem Blödsinn belästigen. Was tun Sie gerade?«

»Ich bin am Essen.«

»Es tut mir sehr Leid, entschuldigen Sie, das war kindisch.«

»Ist schon in Ordnung, Meine Wirtin hat sich heute keine große Mühe gegeben, es gibt wässrige grüne Bohnen und eine kleine Tortilla.«

»Suchen Sie sich eine Wohnung, machen Sie sich selbstständig! Sie werden sehen, was für köstliche Mahlzeiten Sie sich bald zubereiten werden.«

»Vielleicht, Inspectora, vielleicht.«

Voller Neid auf Garzóns grüne Bohnen legte ich mich todmüde ins Bett und schlief wie ein Stein.

Um fünf Uhr früh weckte mich das Telefon. Ich hatte so tief geschlafen, dass ich beim Abnehmen kaum einen Ton herausbrachte.

»Inspectora Delicado? Hier ist das Kommissariat. Tut mir Leid, Sie zu wecken, aber der Comisario hat angeordnet, dass Sie sich sofort bei folgender Adresse einfinden sollen. Haben Sie etwas zum Schreiben zur Hand?«

»Was ist passiert?«

»Das weiß ich nicht. Die Anordnung lautete, Sie und Subinspector Garzón zu benachrichtigen. Ich diktiere Ihnen die Adresse.«

Auf der Fahrt betete ich einen Rosenkranz unheilvoller Möglichkeiten herunter. Eine davon: Masderius hatte sich umgebracht.

Von weitem sah ich die Streifenwagen, die Absperrungen, Polizisten, die sich wie Schatten im Morgengrauen bewegten. Beim Näherkommen machte ich Coronas und Garzóns runde Silhouette aus. Ich stieg aus und entdeckte das zugedeckte Häufchen auf dem Boden. Eine Leiche. Masderius?

»Guten Morgen, die Herren. Was ist passiert?«

Garzón hatte vom Schlaf oder vor Entsetzen trübe Augen. Der Comisario sah mich ernst an.

»Sie sehen es ja, Petra, noch ein Mord.«

»Wer ist es?«

»Salomé, das erste Mädchen, das vergewaltigt wurde.«

Ich spürte, wie mir das Blut in den Adern gefror.

»Man hat ihr einen kräftigen Schlag auf den Kopf versetzt und sie dann ermordet. Ist das nicht schrecklich?«

»Ich verstehe nicht…«

»Warten Sie, ich bin noch nicht fertig. Ihr Rock war hochgeschoben und der Slip heruntergerissen.«

»Vergewaltigt?«

»Vergewaltigt vom selben Vergewaltiger.«

»Was sagen Sie?«

»Sie haben es doch gehört, sehen Sie selbst.«

Er kniete sich nieder und zog die Decke von dem leblosen Körper. Da lag Salomé wie eine zerbrochene Puppe mit verdrehtem Hals in einem großen schwarzen Fleck. Ich schluckte mühsam. Der Comisario hob ihren Arm und leuchtete mit einer Lampe auf eine bestimmte Stelle. Dort, neben dem vernarbten Mal war eine neue Blume. Geschwollen, blutig und identisch mit der vorigen. Ich sah Garzón an, der noch immer kein Wort gesagt hatte.

Coronas sagte, dass er noch mit uns sprechen wollte. Wir gingen einen Kaffee trinken. Er suchte einen abgelegenen Tisch aus.

»Herrschaften, Sie sehen ja, wie die Dinge liegen. Dieser Fall wird immer komplizierter. Natürlich habe ich nicht vor, Sie jetzt zu entbinden. Im Gegenteil, ich bekräftige mein Vertrauen in Sie und ich glaube, Sie machen Ihre Sache gut. Dennoch verpflichten mich die Umstände, eine Entscheidung zu treffen, bei der ich zwiespältig bin. Nun, ich habe Hilfe aus einem anderen Kommissariat erbeten.«

»Glauben Sie, das ist nötig?«

»Sehen Sie, Petra, das Ganze hat sich in einen Serienfall verwandelt, der folgendermaßen von der Gesellschaft interpretiert wird: Die Polizei verfolgt die Spur eines Vergewaltigers, bis sie ihn offenbar hat. Sie verkündet es aller Welt mit erhobenem Zeigefinger und sagt: Das ist er! Das hat zur Folge, dass jemand ein Ziel hat, hingeht und ihn ermordet. Nun gut, aber der Zufall will es, dass Jardiel nicht der wirkliche Vergewaltiger war, sondern ein Typ X, der frei herumläuft und sich an der ganzen

Verwirrung ergötzt. Zu allem Überfluss vergewaltigt er jetzt noch einmal dieselben Opfer, und nicht nur das, darüber hinaus bringt er sie auch noch um. Klingt logisch, finden Sie nicht? Es ist, als würde die Polizei selbst die Fäden knüpfen und die Verbrechen provozieren.«

»Es macht nur den Anschein.«

»Einen Anschein, den wir uns nicht erlauben können.«

»Aber bevor Sie Hilfe von einem anderen Kommissariat erbitten …« Der Comisario unterbrach ihn energisch.

»Tut mir Leid, Garzón, das Gesuch ist schon raus. Morgen schicken Sie uns einen Inspector aus Girona. Ich glaube, ich kenne ihn. Ein sehr kompetenter Mann, einer der Besten, der uns als Verstärkung sehr gelegen kommt.«

»Und die Leitung?«

»Zusammen mit Inspectora Delicado, ist doch klar.«

Logischerweise hätte ich das fragen sollen, aber ich war nicht in der Stimmung, mich um meine Position zu sorgen.

Ich ordnete an, die anderen beiden vergewaltigten Mädchen zu überwachen und zu schützen. Sollte dieses merkwürdige Spiel weitergehen, waren sie als nächste dran. Garzón machte den Eindruck eines geschlagen Boxers.

»Haben wir Zeit für einen Kaffee?«, fragte er.

»Jetzt nicht, Subinspector. Gleich wird die Autopsie von Salomé gemacht. Ich möchte da sein, wenn das Ergebnis feststeht.«

Eine halbe Stunde später standen wir im Flur der Gerichtsmedizin. Wir setzten uns auf eine Bank. Von weitem hörte man den Verkehrslärm. Drinnen herrschte absolute Stille. Mich überkam eine Welle der Trauer. Salomé, noch ein Mäuschen, das aus dieser Stadt verschwunden war. Ein kurzes, absurdes und erbärmliches Leben.

»Das erinnert mich an den Tag, als wir im Krankenhaus gewartet haben«, sagte Garzón.

»Entsetzlich, nicht wahr? Als ob wir immer wieder am Anfang stehen.«

»Nein, jetzt ist es viel schlimmer.«

»Wenigstens sind jetzt drei Menschen auf einmal entlastet. Sie haben den pornohandelnden Phantomvergewaltiger inzwischen freigelassen?«

»Er ist noch immer in Untersuchungshaft.«

»Ist niemand aufgetaucht, um ihn zu besuchen, hat niemand eine Beschwerde eingereicht?«

»Weiß ich nicht. Um ehrlich zu sein, habe ich ihn ganz vergessen. Man müsste ihn gehen lassen, er kann es nicht getan haben, wenn er eingesperrt war.«

Von irgendwoher war ein metallisches Geräusch zu hören. Es war tragisch. Meine Gedanken kreisten immer weiter um die vernünftige Anordnung der Teile. Wie und wer? Und wenn Jardiel nicht der Vergewaltiger gewesen war, was hatte dann die Zeugenaussage mit seinem schwarzen Zahn für einen Sinn? Warum war er geflohen? Ich sah zu Garzón rüber, der war eingenickt. Ich erinnerte mich nicht, wann ich das letzte Mal gut geschlafen hatte, ohne zu träumen, ohne hochzufahren, ohne den Eindruck zu haben, dass im nächsten Moment mitten in die Stille hinein wieder ein alarmierender Anruf kommen könnte. Der Kopf des Subinspector sackte hin und wieder nach vorne. Sein Mund stand halb offen, und beim Atmen zischte die Luft an seinen Zähnen entlang. Noch nie hatte ich ihn so erschöpft und verlassen gesehen. Ich streckte die Beine aus, lehnte den Kopf an die Wand und döste zugedeckt mit meinem Mantel ebenfalls ein.

So fand uns der Gerichtsmediziner: hemmungslos schlafend. Er räusperte sich laut.

»Ich verstehe, dass man hier nicht viel machen kann«, sagte er diplomatisch.

»Es ist so friedlich hier«, entschuldigte ich mich und stupste den Subinspector mit dem Ellbogen.

»Wenn es Ihnen recht ist, werde ich Ihnen den Autopsiebericht gleich abtippen lassen. Das dauert nicht lange.«

»Haben Sie etwas gefunden?«

Er strich sich die Haare aus der Stirn. Der Geruch nach Desinfektionsmitteln mischte sich mit seinem Rasierwasser.

»Etwas ist merkwürdig … Sie ist mit einem glatten Gegenstand vergewaltigt worden. Es gibt keine Risse, keine Spuren von Brutalität, nur das saubere Einführen dieses Gegenstands. Ich glaube behaupten zu können, dass das Objekt erst nach ihrem Tod in die Vagina eingeführt wurde. Das Gewebe ist völlig entspannt, es hat praktisch keine Reibung stattgefunden.«

»Gut, das ist wirklich eine Neuigkeit! Und das Mal, Doktor, ist es mit den anderen identisch?«

»Ja, davon bin ich überzeugt, absolut identisch, auch identisch mit denen auf den Fotos, die Sie mir geschickt haben. Wenn es nicht mit demselben Objekt zugefügt wurde, was unmöglich zu bestimmen ist, war das neue Objekt eine Nachahmung dessen, das der Vergewaltiger immer benutzt hat.«

»Interessant. Anzeichen eines Kampfes?«

»Das hat mich überrascht, keine.«

»Warum hat Sie das überrascht?«

»Manchmal ist der Tod eines Mädchens, das jemand vergewaltigen wollte, die Folge eines gescheiterten Versuchs. Wenn der Vergewaltiger impotent ist oder der Akt misslingt, kommt es häufig vor, dass der Täter seinen Frust am Opfer auslässt und es sogar tötet.«

»Wenn es sich um denselben Mann handelt, hat er bewiesen, dass er bei anderer Gelegenheit nicht impotent war.«

»Aber er hätte sich schuldig fühlen oder erschrecken können.«

»Glauben Sie, dass ein erschrockener Mann es wagen würde, sein voriges Opfer erneut zu vergewaltigen? Das kann ich nicht glauben.«

»Wenn es sich um einen Irren handelt, ist alles möglich, Inspectora.«

»Ja, vermutlich ist das so.«

Er ging mit athletischem Schritt durch den Flur davon. Garzón rieb sich noch immer die Augen.

»Jetzt wird es Zeit, dass wir einen Kaffee trinken gehen«, sagte ich.

Wir tunkten Churros in unsere Tassen, umgeben vom lebendigen Gemurmel der Gäste. Trotzdem konnte ich meine Gedanken nicht stoppen. Umgebracht und danach mit einem Gegenstand vergewaltigt. Warum? Hatte sie diesmal sein Gesicht gesehen, und er musste sie beiseiteschaffen? Aber selbst dann, warum hatte er sie auf diese Weise vergewaltigt? Ich fand keine überzeugende Erklärung.

»Was wollen Sie tun?«, fragte Garzón, als er den Mund wieder frei hatte.

»Ich weiß es nicht, ich schwöre Ihnen, ich weiß es nicht. Diese Sache mit dem Gegenstand …«

»Ich meine den Inspector aus Girona.«

»Und was wollen Sie, das ich tun soll?«

»Werden Sie ihn dulden?«

»Ich verstehe Sie nicht, Garzón.«

»Ich dachte, Sie würden dagegen protestieren. Ehrlich, jetzt, wo wir den schlimmsten Teil hinter uns gebracht haben, kommt dieser Typ… Paff! Pflanzt sich hier auf und schaut, was es zu angeln gibt. Außerdem hat er den gleichen Dienstgrad wie Sie. Er wird versuchen, sich vorzudrängen und uns ins Handwerk zu pfuschen.«

»Das ist nicht so wichtig.«

Er sah mich an und verstand kein Wort.

»Aber… Sie sind eine Frau!«

Ich lachte.

»Ja, das wusste ich schon.«

»Und Sie gedenken, nichts zu tun, kein Schreiben einzureichen, zu erklären, dass wir allein zurechtkommen?«

»Nein, ich gedenke nichts dergleichen zu tun.«

Konzentriert trank er einen Schluck Kaffee. Ich amüsierte mich. Garzón hatte mit einem meiner üblichen Beschwerdeschreiben gerechnet, um sein Problem mit der Konkurrenz zu lösen.

## 12

Garzón setzte mich vor dem Kommissariat ab und fuhr weiter, um sein »Phantom« auf freien Fuß zu setzen. Ich machte vier Schritte auf dem Bürgersteig und wurde plötzlich angegriffen. Ich konnte das Gesicht nicht erkennen, aber die schrille Stimme und die langen Haare machten mir klar, dass es sich um eine Frau handelte. »Er war es nicht!«, schrie sie. Mit Mühe und Not schaffte ich, sie wegzustoßen. »Er war es nicht, er war es nicht!«, schrie Luisa, Jardiels Verlobte. Zwei Polizisten, die vor dem Kommissariat gestanden hatten, liefen auf uns zu, aber da war noch jemand, der listigerweise aus einiger Entfernung alles mit einer Kamera aufzeichnete. »Sie haben ihn beschuldigt, aber er hat nie jemanden vergewaltigt. Jetzt haben Sie ja gesehen, dass er es nicht war!« Die Polizisten hielten sie fest, aber sie schrie weiter: »Mörderin! Sie haben ihn umgebracht, er war unschuldig!« Um uns herum hatte sich eine Traube von Neugierigen gebildet. Jemand ergriff mich am Arm, es war Garzón.

»Gehen wir rein, Inspectora, hier entlang.«

Ich ließ mich führen, denn ich war viel zu verwirrt, um irgendetwas Vernünftiges tun zu können. Einer der Polizisten kam näher.

»Sollen wir das Mädchen festnehmen, Inspectora?«

»Nein, lassen Sie sie gehen.«

Im Kommissariat holte mir Garzón erst einmal einen Kaffee.

»Ich habe alles vom Wagen aus beobachtet. Ich hab mit so was schon gerechnet, aber ich war nicht schnell genug. Geht es Ihnen gut?«

»Ja, ja, ich bin in Ordnung. Und die Kamera, woher kam die plötzlich?«

»Keine Ahnung. Ich war auf das Mädchen konzentriert, fuhr den Wagen auf den Bürgersteig, und als ich näher kam, waren die schon da. Ich kann mir nicht erklären, woher die in so kurzer Zeit gekommen sind. Das war bestimmt vorbereitet, die haben Ihnen abgepasst. Es waren zwei Reporter.«

»Ist auch egal. Die verfolgen uns ja ständig, kann auch Zufall gewesen sein.«

»Geht es Ihnen wirklich gut?«

»Ganz sicher, machen Sie Ihre Arbeit, hauen Sie ab.«

»Bleiben Sie hier, bis ich zurück bin. Für den Fall, dass sich solche Auftritte wiederholen, gehen wir besser zusammen.«

»Ich glaube nicht, dass sie das noch mal macht.«

Er ging unentschlossen. Ich musste die ganze Zeit lächeln und beweisen, dass mir das Ganze überhaupt nichts ausgemacht hatte, was natürlich nicht stimmte. Mein Herz klopfte heftig, mein Gesicht brannte und meine Hände zitterten. Aber ich musste das irgendwie verbergen, Garzón hatte einen Streifenpolizisten hergeschickt.

»Möchten Sie ein Glas Wasser, Inspectora? So was Hysterisches, nicht wahr?«

»Ich kann Ihnen sagen. Gibt es was Neues?«

»Der Comisario hat mir diese Nachricht für Sie mitgegeben.«

Ich legte sie auf den Tisch, um zu verhindern, dass der Zettel in meinen Händen zitterte. ›Der Inspector aus Girona trifft morgen ein. Ich habe ihm die Akte zukommen lassen, damit er informiert einsteigen kann.‹

Der Polizist stand noch immer vor mir.

»Ist noch was?«

»Ja, Inspectora, eine junge Frau möchte Sie sprechen. Sie wirkt nicht verdächtig, ehrlich, aber wenn Sie wollen, bleibe ich da, wenn sie kommt.«

»Mein Gott, nein, das ist nicht nötig! Lassen Sie sie in fünf Minuten herein.«

Ich räusperte mich, schlug die Hände vors Gesicht und begann, tief durchzuatmen. Gut, ich versuchte meine Gedanken zu ordnen. Masderius auf Kaution frei. Der Richter glaubte ihm nicht. Die neuerliche Vergewaltigung sprach nicht gerade für ihn. Aber das waren unterschiedliche Dinge. Auch wenn Jardiel unschuldig gewesen sein sollte, war der, der ihn umgebracht hatte, nicht auf dem Laufenden gewesen und hatte in der Annahme, den wirklichen Vergewaltiger beiseite zu schaffen, getötet. Deshalb hatte mich Luisa vor der Tür so geschüttelt, obwohl sie das schon hätte tun können, als ihr Verlobter ermordet aufgefunden wurde. Aber damals war auch sie von seiner Schuld überzeugt gewesen. Es klopfte. Ich hatte mich beruhigt. Meine Stimme klang fest:

»Herein!«

Ein junges Mädchen stand vor mir, eine Unbekannte, die momentan keine Absichten zu haben schien, mich anzugreifen.

»Wie geht es Ihnen?«, fragte sie.

»Gut, wer sind Sie?«

»Erinnern Sie sich nicht an mich?«

Mit hochgezogenen Augenbrauen betrachtete ich sie aufmerksam.

»Nein, tut mir Leid.«

»Ich heiße Esther Sánchez. Sie haben mich kürzlich nachts gesehen, als Sie meinen Freund abgeholt haben.«

Das Bild des schlanken Mädchens im T-Shirt stand mir wieder klar vor Augen.

»Ja, natürlich, jetzt weiß ich.«

»Er ist seit einigen Tagen in Untersuchungshaft. Aber er hat nichts getan, wirklich, ich kann es beweisen.«

Ich hätte ihr sagen können, dass genau in diesem Augenblick Garzón nicht weit von hier ihren Freund aus der Haft entließ, aber etwas hielt mich zurück. Ich wollte sie reden hören, erfahren, warum sie sich so sicher war.

»Setzen Sie sich.«

Im Sitzen wirkte sie noch kindlicher.

»Niemand hat ihn besucht oder darum gebeten, ihn freizulassen. Sein Vater hat sich auch nicht für ihn interessiert, er macht den Schnabel auch nicht auf. Er ist ein Scheißkerl. Emilio, mein Freund, will nicht, dass ich es Ihnen erzähle. Er kann aushalten, was Sie ihm vorwerfen. Vielleicht sogar alles, bis Sie ihn wegen Mord anklagen, aber ich nicht. Anfangs habe ich geschwiegen, aber jetzt ist er schon so lange im Gefängnis, jetzt ist Schluss.«

Sie legte ihre harmlosen Fäuste auf meinen Tisch.

»Was haben Sie mir zu sagen?«

»Emilio ist Juans Halbbruder.«

Meine gerade beruhigte Atmung beschleunigte sich wieder.

»Wie bitte?«

»Das ist die Wahrheit, sie sind Söhne vom selben Vater. Ich weiß nicht, ob Sie von der Sache wissen, aber Juans Vater ist mit einer anderen abgehauen und hat Juans Mutter mit ihm sitzen lassen. Ein paar Jahre später bekamen sie ein Kind, das ist Emilio. Können Sie mir folgen?«

»Ich glaube schon.«

»Juan traf seinen Vater heimlich, ohne dass seine Mutter etwas davon wusste. Er liebte ihn sehr und vertraute ihm. Mit Emilio traf er sich auch. Aber der Vater ist ein Scheißkerl, der hat sich um keinen der beiden gekümmert. Emilio hat er rausgeschmissen und er muss sich seinen Lebensunterhalt mit den Pornopostern verdienen. Es ist nicht nur so dahergesagt, aber zum Glück hat er mich kennen gelernt, und wir beide zusammen werden den Absprung schaffen.«

»Und Emilios Mutter?«

»Ist gestorben.«

»Warum hat Emilio nicht den gleichen Familiennamen wie Juan?«

»Dazu hatte er nicht das Recht. Sein Vater hat ihn nicht einmal anerkannt, er trägt die beiden Familiennamen seiner Mutter.«

»Aha.«

Mein Kopf qualmte, suchte Fakten, prüfte sie, versuchte, sie wie ein disziplinierter Computer abzuspeichern.

»Reden Sie mit seinem Vater. Er weiß alles über Juan, er wird Ihnen bestimmt interessante Geschichten erzählen. Ich habe keine Lust mehr, ihn zu schützen. Emilio hatte nie etwas mit seinem Bruder zu tun, er mochte ihn nicht einmal. Er hat immer gesagt, es sei nicht gerecht, dass sein Vater ihn vorzieht, dass er seinen Namen trägt, dass er sich mit ihm trifft.«

»Wo kann ich ihn finden?«

»Er hat eine Kneipe, den Diamond Pub, das ist ...«

»Ja, dann weiß ich schon.«

Als ich ihr sagte, sie solle nach Hause gehen, weil ich mich persönlich um Emilios Freilassung kümmern würde, glaubte sie mir nicht. Sie war zu misstrauisch, um zu glauben, dass etwas in ihrem Leben einfach sein könnte. Es gibt Menschen, die wirklich nie Glück haben.

Ich bat zwei Streifenpolizisten, mich zu begleiten, und wir machten uns auf den Weg zum Diamond Pub. Unter diesen Umständen auch nur eine Minute zu verlieren, hätte für mich fatal sein können. Ich erinnerte mich genau an den verschlagenen Typen, der uns irreführen wollte, an sein undurchdringliches Gesicht, an seine scheinbare Höflichkeit. Ich musste mir keine Vorwürfe machen. Es war unmöglich, in diesem Mann denselben wie auf dem Foto von Señora Jardiel wieder zu erkennen.

Er stand hinter dem Tresen, und ich musste ihn nur anschauen, um zu wissen, dass er mich sofort wieder erkannte.

»Wie gehts Jardiel?«

»Wie sagen Sie?«

»Sparen wir uns Zeit, ja? Sie sind doch Ricardo Jardiel.«

Er wusch weiter ziemlich schwerfällig Teller ab und sah mich frech an.

»Ja... und?«

»Sie haben Ihren Sohn Juan versteckt, als er vor uns auf der Flucht war, stimmts?«

»Mein Sohn ist tot.«

»Und vielleicht wissen Sie auch, wer ihn umgebracht hat.«

»Sind Sie verrückt?«

Er hatte die Stimme erhoben. Einige Jungs, die Billard spielten, sahen zu uns herüber.

»Begleiten Sie mich aufs Kommissariat, Sie müssen aussagen. Und zwingen Sie mich nicht, die Streifenpolizisten reinzurufen.«

Er ging in die Küche und kam mit einer ziemlich viel jüngeren Frau wieder heraus.

»Bleib du hier vorne, ich bin gleich zurück.«

Bevor wir den Raum betraten, fragte ich nach Garzón. Ich gab Anweisung, dass er sofort zu der Befragung kommen sollte.

Ricardo Jardiel war nicht nervös und fragte, ob er rauchen dürfe. Er wirkte wie ein verhärmter, aber stolzer Mann. Ich setzte mich vor ihn hin und bot ihm eine Zigarette an.

»Ich will offen mit Ihnen reden, Jardiel, es sieht nicht gut aus.

Überlegen Sie gut, was Sie sagen und achten Sie vor allem darauf, dass alles stimmt. Wenn Sie sich widersprechen, kann Sie jede Anschuldigung treffen: Vergewaltigung, Mord, irgendwas.«

»Ich habe nichts getan, und das wissen Sie. Ich kann es auch beweisen. Denken Sie, ich habe nicht genügend Zeugen mit all den Gästen in meinem Laden? Ich bin immer dort.«

»Ist gut, dann haben Sie nichts zu befürchten. Erzählen Sie mir von Ihrem Sohn Juan.«

»Von Juan? Ich habe ihn nicht mehr gesehen, seit ich seine Mutter verlassen habe. Vor ein paar Jahren hat ihm wohl jemand erzählt, wo er mich finden kann, und dann tauchte er in der Kneipe auf. Wir unterhielten uns. Es hat mir gefallen, plötzlich einen Sohn zu haben.«

»Aber Sie hatten doch noch einen mit Ihrer zweiten Frau.«

»Emilio? Hat er Ihnen gesagt, dass ich Juans Vater bin?«

»Nein, erzählen Sie mir von Juan.«

»Was soll ich Ihnen erzählen? Ich weiß auch nicht viel, er war ein guter Junge. Diese Nutte von Mutter hatte ihn eingeschüchtert. Er kam in meine Kneipe und trank ein Bier. Sein Leben lang hat er zu hören gekriegt, dass ich ein Scheißkerl sei. Er hätte mich hassen können, aber so war es nicht.«

»Haben Sie ihm Ratschläge gegeben?«

»Was?«

»Haben Sie ihm geraten, sich von seiner Mutter zu lösen?«

»Kann sein, dass ich ihm das mal gesagt habe.«

»Verhalten Sie sich nicht so defensiv, Jardiel. Ich wiederhole, es ist besser, wenn Sie rauslassen, was Sie wissen.«

»Gut, ja, ich habe es gesagt, ich habe ihm gesagt, dass er das nicht sein Leben lang ertragen würde, dass er dieses Mädchen, das sie ihm ausgesucht hatte, nicht heiraten soll. Ist doch normal, dass ich das sage, oder?«

»Alles, was Sie tun würden, um Ihren Sohn zu retten, ist normal. Hören Sie mir gut zu: Auch wenn Sie Ihren Sohn versteckt haben, als er auf der Flucht war, wird kein Richter Sie dafür verurteilen.«

»Ich habe nicht gewusst, dass er ein Vergewaltiger war.«

»Mit anderen Worten, Sie haben ihn versteckt.«

»Ich habe nicht gesagt, dass ich ihn versteckt habe. Sehen Sie, dass ich der Vater von diesem Jungen bin, ist nichts weiter als Zufall. Schließlich hat sie ihn erzogen. Ich weiß nichts, und deshalb werde ich auch nichts sagen. Wer weiß schon, ob er der Vergewaltiger war oder nicht? Er hat das Geheimnis mit ins Grab genommen.«

»Kann aber auch sein, dass nicht. Warum haben Sie mir verheimlicht, wer Sie sind, als wir das erste Mal bei Ihnen in der Kneipe waren?«

»Wer bringt sich schon gerne in Schwierigkeiten!«

»Ist in Ordnung, Sie können gehen.«

Er war verblüfft.

»Ich kann schon gehen?«

»Wenn Sie nichts wissen …«

Er stand auf und glaubte keinen Moment an ein so einfaches Ende. Aber was konnte ich tun? Der Typ war eine harte Nuss, er würde nicht reden, solange er dachte, dass alle Beweise mit seinem Sohn verschwunden waren. An der Tür wartete Garzón. Er sah mich fragend an. Ich holte meinen Mantel.

»Haben Sie diesen Jungen schon freigelassen?«

»Ja.«

»Wann?«

»Vor einer Stunde.«

»Ich vermute, er wird nach Hause gegangen sein, fahren wir hin.«

Im Auto erklärte ich dem Subinspector die Zusammenhänge. Er war überwältigt.

»Wir sind nah dran, Petra, ich spüre es.«

»Jubeln Sie nicht zu früh.«

»Zumindest ist es ein Weg.«

Emilio war zu Hause. Als er die Tür öffnete, drückte sein Gesicht Müdigkeit, Neugier und Erbitterung aus.

»Und was wollen Sie jetzt schon wieder, verdammt?«

»Dein Vater hat es zugegeben.«

Das Mädchen kam herbei. Sie hatte geweint und stellte sich neben ihn.

»Na wunderbar, und warum erzählen Sie mir das?«

»Hör auf, den Naiven zu spielen, gehen wir. Diesmal wirst du nicht so leicht rauskommen.«

Seine Freundin klammerte sich an seinen Hemdsärmel.

»Was hat er denn getan?«

»Seinen Bruder Juan versteckt, als er von der Polizei gesucht wurde. Du wusstest ganz genau, dass er der Vergewaltiger war. Er hat es dir gesagt.«

»Das ist nicht wahr! Das hat mein Vater nicht gesagt.«

»Hör mal, verlieren wir nicht noch mehr Zeit, das kannst du dann ja dem Richter erzählen.«

Das Mädchen stellte sich vor ihn.

»Nein, Sie werden ihn nicht mitnehmen, er hat nichts getan.«

Emilio hielt sie am Ärmel zurück.

»Sei still!«

»Nein, ich werde nicht still sein. Du warst ja schon wütend auf mich, weil ich endlich geredet habe, jetzt ist es auch schon egal, wenn ich es noch mal tue.«

»Wenn du nur den Mund gehalten hättest!«

»Wärst du noch im Gefängnis. Glaubst du, dein Vater hat etwas unternommen, um dich rauszuholen? Der ist doch ein Schwein.«

Garzón und ich wohnten dieser Szene schweigend bei. Es gab nichts hinzuzufügen. Entweder es funktionierte, oder wir drehten uns im Kreis.

»Du weißt, dass ich die Wahrheit sage, ein Scheißkerl. Er riskierte es, deinen Bruder zu verstecken, aber er war nicht im Stande, dich im Gefängnis zu besuchen oder die Kaution zu bezahlen.«

Emilio schlug die Augen nieder. Das Mädchen wandte sich an mich.

»Sein Vater wusste ganz genau, was Juan getan hatte. Er wusste, warum er gesucht wurde. Er versteckte ihn im Getränkelager, und wenn er nicht umgebracht worden wäre, hätte er ihm Geld gegeben, um ins Ausland zu gehen. Er hatte ein schlechtes Gewissen und wollte ihm helfen.«

Es entstand ein knisterndes Schweigen.

»Du weißt, dass das die Wahrheit ist, Emilio. Es schien ihm sogar zu gefallen, dass Juan fähig gewesen war, zu vergewaltigen und einen Skandal auszulösen.«

»Du weißt ja nicht, was du sagst, schweig endlich«, sagte er leise.

»Es wäre besser, wenn du vor dem Richter aussagst, Emilio. Besser für dich, für deinen Vater und für uns alle.«

Ich bemühte mich, meine Stimme sanft klingen zu lassen. Das Mädchen sah mich an.

»Und wenn er erst einmal ausgesagt hat, lassen Sie ihn dann nach Hause?«

»Ich denke schon.«

Ich atmete tief durch. Es hatte funktioniert. Ich brachte die beiden jungen Leute zum Gericht, und Garzón machte sich auf den Weg, um einen Haftbefehl für Ricardo Jardiel zu besorgen.

Wir trafen uns zum Essen. Garzón war nervös.

»Wann verhören wir diesen Vogel?«

»Lassen Sie ihn ein paar Stunden schmoren. Ich will, dass er gut nachdenkt, dass er begreift, in welche Nesseln er sich gesetzt hat. Außerdem werden wir ihm nicht mit Geschichten kommen. Wir werden ihm eine Kopie von Emilios Aussage vor den Latz knallen. Wenn wir wollen, dass er singt, müssen wir sehr schwarz malen.«

»Und Sie glauben nicht, dass es genügt, es ihm zu sagen? So würden wir Zeit sparen.«

»Sie haben es aber plötzlich eilig! Warum?«

»Wie, warum?«

»Ja, Sie sind doch sonst nicht für überstürztes Vorgehen. Was zum Teufel ist los?«

»Verdammt, Petra, vom vielen Ermitteln werden Sie noch eine Deformation davontragen! Was los ist? Der Inspector aus Girona ist eingetroffen. Heute Nachmittag sollen wir uns mit ihm unterhalten. Er hat den ganzen Vormittag die Akten studiert.«

»Daher weht der Wind! Und Sie wollen, dass wir in zwei Stunden den Fall lösen und bei unserem Treffen zu ihm sagen: Voilà, Herr Kollege, Sie sind zu spät gekommen!«

Er druckste herum.

»Werden Sie es ihm erzählen, Petra?«

»Was?«

»Unsere neuesten Erkenntnisse, das mit Jardiels Vater.«

»Machen Sie Witze? Selbstverständlich werde ich es ihm sagen!«

Er stand auf. Ein miesepetriger Fleischkloß.

»Eins steht fest: Ich denke nicht daran, seine direkten Anweisungen zu befolgen. Hier waren Sie von Anfang an die Chefin. Also, wenn Sie noch eine Anweisung haben …«

»Beruhigen Sie sich, Fermín, wenigstens ist es ein Mann. Stellen Sie sich vor, sie hätten uns noch eine Frau geschickt!«

Er sah mich grollend an.

»Das ist wirklich das Allerletzte, das müssen Sie zugeben.«

»Vergessens Sies, Fermín. Alles scheint darauf hinzuweisen, dass wir dazu beigetragen haben, den Fall zu komplizieren, statt ihn in akzeptabler Zeit zu lösen.«

»Aber wir haben ihn doch schon fast in der Tasche.«

»Ach ja? Erklären Sie mir, wie?«

»Juan Jardiel war der Vergewaltiger, und Masderius hat ihn umgebracht.«

»Einverstanden, und wer hat Salomé umgebracht und dann noch einmal vergewaltigt?«

»Scheiße, woher soll ich das denn wissen!«

»Lassen wir uns noch ein bisschen Zeit. Es ist möglich, dass dieser Inspector uns hilft. Wissen Sie, wie er heißt?«

»Ramón García del Mazo, ein lächerlicher Name.«

Ich lachte auf.

»Ich lade Sie zu einem Kaffee ins Efemérides ein. Bis um vier haben wir Emilios Aussage. Haben Sie Lust?«

Er hatte keine Lust, aber er kam mit. Im Efemérides war Mittagspause. Pepe und Hamed aßen gerade, sodass wir uns zu ihnen an den Tisch setzten und auf den Verdauungskaffee warteten. Sie aßen einen exotischen Lammeintopf mit Pfefferminzblättern, dem der Subinspector nicht widerstehen konnte.

»Nur ein bisschen zum Kosten, wir haben gerade gegessen.«

Ich bewunderte seine Fähigkeit, sich auf gastronomische

Themen einzulassen und das Essen zu genießen. Der Glückliche! Er hatte immer etwas, an dem er sich festhalten konnte.

»Wie kommt der Fall voran?«, fragte Hamed.

»Na ja, ihr wisst ja alles aus dem Fernsehen.«

»Ja, wir haben dich kürzlich gesehen, die Bilder von dir waren nicht sehr schmeichelhaft.«

»Stimmt, ich wusste nicht, dass sie mich mit der Kamera verfolgen. Seither suche ich jeden Morgen sehr sorgfältig meine Klamotten aus.«

»Sie haben dich nicht verfolgt«, sagte Pepe ernst.

»Und woher willst du das wissen?«

»Ana hats mir gesagt. Dieses Mädchen, Luisa, Jardiels Verlobte, hatte sie angerufen und ihr gesagt, dass sie dir eine Szene macht. Sie hat sie darum gebeten, dort zu sein und alles aufzuzeichnen.«

»Sie hat sie darum gebeten?«

»Ja, ihr war sehr daran gelegen, zu zeigen, dass ihr Verlobter nicht der Vergewaltiger war.«

»Vielleicht hat sie sich geirrt.«

»Und warum wurde dann das andere Mädchen noch mal vergewaltigt? Mit Markierung und allem drum und dran? Jardiel konnte es ja nicht mehr tun.«

»Ich weiß es nicht, Pepe, und auch wenn ich es wüsste, kann ich nicht darüber reden. Besonders wenn Ana Lozano in diesem Lokal Stammgast ist. Spioniert sie uns immer noch nach?«

Pepe richtete seine hübschen kastanienbraunen Augen auf mich.

»Glaubst du nicht, dass du an Verfolgungswahn leidest? Ana Lozano kommt hierher, aber das bedeutet nicht, dass sie dir auf den Fersen ist. Vielleicht bist du gar nicht so wichtig.«

Pepe griff mich an? Das war neu. Ein Meilenstein, fast ein Grund zum Feiern.

»Mag sein, dass du Recht hast, ich habe das Fuchs-auf-der-Jagd-Syndrom.«

Hamed stand auf.

»Ich werde einen Aromatee machen.«

»Diesem Mädchen muss sehr daran gelegen sein, aller Welt mitzuteilen, dass Jardiel nicht der Vergewaltiger war. Das war ihr fast wichtiger, als ihn wie einen Hund erschlagen zu sehen.«

»Wenigstens rettet sie so seine Ehre«, sagte Hamed aus der Küche.

»Was hast du gesagt?«, fragte ich.

Er kam mit einer dampfenden Kupferteekanne zurück.

»Das Einzige, was von einem Toten bleibt, ist seine Ehre.«

»Orientalische Mentalität«, bemerkte der Subinspector und schenkte sich einen Tee ein.

»Vielleicht«, räumte ich ein.

Wir konzentrierten uns auf das Getränk. Klein gehackte Pinienkerne schwammen in der Flüssigkeit.

»Ein köstlicher Tee nach arabischer Art«, schwärmte Garzón.

»Kann sein, dass Orient und Okzident nicht so weit auseinander liegen«, kommentierte ich nachdenklich.

»Philosophierst du?«, fragte Pepe ironisch.

»Wie kommst du darauf?«

»Deine natürliche Neigung zum Philosophieren ohne besonderen Grund.«

Ich war verwundert, ein weiterer Hieb. Was war geschehen? Garzón sah mich schräg an und lächelte.

»Inspectora, glauben Sie nicht, dass es schon spät ist?«

Im Auto konnte ich meine Gedanken nicht von Pepes Verhalten losreißen. Mein Kollege bemerkte es sofort.

»Machen Sie sich um etwas Sorgen?«

»Ist Ihnen aufgefallen, wie aggressiv Pepe mir gegenüber war?«

Er nickte bedächtig.

»Vielleicht ist das gesund.«

»Gesund, warum?«

»Sie haben vor langer Zeit Ihre Geschichte mit ihm beendet. Vielleicht ist jetzt der Moment bei ihm gekommen.«

Ich zündete mir eine Zigarette an.

»Also, Garzón, wenn Sie andeuten wollen, dass er mit Ana Lozano zusammen ist, scheint mir das offensichtlich, aber diese Beziehung wird ihm nicht helfen, irgendwas zu klären.«

»Sind Sie sicher?«

»Diese Journalistin ist so alt wie ich!«

»Es sind nicht alle wie Sie. Es gibt Menschen, die ihr Grundmuster wiederholen.«

»Wie auch immer, das ist kein Grund, so aggressiv zu sein.«

»Das ist die erste Kriegsphase, die geht wieder vorbei.«

Ich betrachtete ihn von der Seite. Er war wie eine verschlossene Schatulle, aber der Glanz des Goldes schimmerte aus seinen Mundwinkeln.

»Sie haben ihm das geraten, stimmts? Sie haben ihm geraten zu lernen, hart zu mir zu sein.«

»Ich habe ihm gar nichts geraten, aber wir sind Freunde, erinnern Sie sich? Und deshalb haben wir über viele Dinge geredet.«

Ich schüttelte überrascht den Kopf, als würde ich plötzlich entdecken, dass diese Sardine in Wirklichkeit ein echter Lachs war.

»Verdammt, Garzón, Sie sind mir ja einer!«

Er lachte erfreut.

»Sie haben etwas erreicht, was mir allein nicht möglich gewesen ist: Mich aus dem Kielwasser meiner Männer zu befreien.«

»Sind Sie verärgert?«

»Keineswegs! Ich bin Ihnen dankbar.«

Meine Überraschung verlieh Garzón neues Leben. Er hatte aufgehört, sich wie ein Provinztölpel zu benehmen, er spreizte seine Pfauenfedern, er war Experte im Dschungel der Gefühle geworden.

»Wir sind da.« Er stieg aus und kam mit einer Verbeugung zu meiner Tür: »Die Dame zuerst«, sagte er voller Stolz.

»Das ist der Gipfel, Fermín! Ich meine es ernst.«

Emilios Aussage lag unterschrieben und abgezeichnet vor: Sein Vater hatte Juan Jardiel Unterschlupf gewährt, als der flüchtig war. Ich nahm sie zufrieden an mich. Dieses Stück Papier war unsere einzige Waffe, um den Mann zum Reden zu bringen.

»Ist Ricardo Jardiel schon da?«

»Er sitzt in Zimmer 20, Inspectora.«

»Soll ich draußen bleiben?«, fragte Garzón.

Ich schüttelte den Kopf, denn ich glaubte nicht, dass sich Jardiel von der Anwesenheit eines Dritten beeinflussen lassen würde. Und ich hatte mich nicht geirrt. Er sah meinen Kollegen nicht einmal an. Sein geringschätziges Verhalten hatte sich trotz der Untersuchungshaft nicht verändert. Psychologische Spielchen zogen bei ihm nicht. Er würde nur das akzeptieren, was er nicht direkt abstreiten konnte. Ich kam direkt zur Sache und hielt ihm die Aussage vor die Nase. Er las sie. Nur wenn man sein Gesicht sehr aufmerksam beobachtete, konnte man das Mahlen seiner Kiefer erkennen. Er ließ das Papier sinken und sah mich gelassen an.

»Na gut, und?«

»Jetzt werden Sie nicht mehr leugnen können, dass Sie Ihren Sohn versteckt haben.«

»Gut, mir blieb nichts anderes übrig. Er war mein Sohn, ich leugne es nicht. Sie können mich deshalb anklagen.«

»Wir können Sie wegen ein paar anderer Dinge anklagen. Sie wussten, dass Ihr Sohn der gesuchte Vergewaltiger war.«

»Nein.«

»Das hat Emilio ausgesagt.«

»Das wird er sich ausgedacht haben. Was weiß der schon, er hat ihn nicht einmal gesehen. Außerdem, wenn er das behauptet, warum steht es dann nicht in seiner Aussage?«

»Was dachten Sie denn, weshalb Ihr Sohn gesucht wurde. Weil er bei Rot über eine Ampel gefahren ist?«

Er hatte die Antworten gut vorbereitet, er wurde keinen Moment nervös.

»Sie wissen, dass ich eine Kneipe besitze. Da kommen viele Jungs hin. Ich rede mit ihnen, ich kenne sie gut. Die Jugendlichen heutzutage haben viele Probleme, manchmal geraten sie wegen Drogen oder so mit dem Gesetz in Konflikt. Mein Sohn tauchte auf und sagte mir, dass er ein Problem hätte, und ich stellte ihm keine Fragen.«

Ich stand auf und ging ein paar Schritte auf und ab.

»Das ist unglaubwürdig, Jardiel. Ich kann verstehen, dass Sie keine Lust auf eine Anklage wegen Begünstigung haben. Aber das Unglaublichste ist, dass Sie nichts dazu beitragen, um zu klären, wer Juan umgebracht hat.«

»Juan ist tot.«

»Das ist eine große Wahrheit, eine fast so große Wahrheit wie die, dass Sie der Vergewaltiger sind und Ihren eigenen Sohn umgebracht haben.«

Aus dem Augenwinkel sah ich, dass Garzón eine kaum wahrnehmbare Geste der Überraschung machte.

Jardiel hob spöttisch die Hände zum Kopf.

»Und Kennedy habe ich auch ermordet.«

»Lachen Sie nur, je mehr, desto besser. Damit Ihr Vergnügen komplett ist, werde ich Ihnen endlich die ganze Anklage vorlesen, die der Richter gegen Sie aufgeführt hat. Sind Sie bereit?«

Er zog die Augenbrauen so weit hoch, dass sich jeder Gesichtsausdruck auflöste.

»Sie, Ricardo Jardiel, waren von Anfang an der Vergewaltiger. Niemand bezweifelt, dass sie eine stärker ausgeprägte Persönlichkeit haben als Ihr Sohn. Möglicherweise haben Sie in letzter Zeit sehr großen Einfluss auf ihn ausgeübt. Ihr Sohn Juan wusste, dass Sie die jungen Mädchen vergewaltigt und markiert haben, Sie haben es ihm erzählt und ihn benutzt. Sie haben ihn losgeschickt, um die Uhr mit Stacheln präparieren zu lassen, sodass im Fall der Fälle der Juwelier nur ihn wieder erkennen würde. Aber Ihr Sohn wurde nervös, als er erkannte, dass sich der Kreis der Verdächtigungen um ihn herum schloss. Er kam zu Ihnen und bat um Schutz. Sie haben ihn im Getränkelager versteckt. Natürlich war das keine endgültige Lösung. Also haben Sie Ihrem Sohn eine ordentliche Summe Geld versprochen, um ihn heimlich außer Landes zu schaffen. Eine Summe, über die Sie unglücklicherweise nicht verfügten und nie verfügen werden. Deshalb war das Einzige, was Sie tun konnten, ihn sich vom Hals zu schaffen: Sie ermordeten ihn. Danach haben Sie natürlich wieder vergewaltigt, Sie sind krank, Jardiel, ein Wahnsinniger, der Mitleid verdiente, wenn Sie nicht so gefährlich wären.«

Garzón betrachtete mich bewundernd für diese plötzliche Wiederaufnahme seiner Theorie. Jardiel war weiß wie die Wand.

»Sie können sich so viele Geschichten ausdenken, wie Sie wollen. Aber als Juan ermordet wurde, habe ich Bier ausgeschenkt. Mal sehen, wie Sie Ihre Fantasien beweisen wollen.«

»Ihr Sohn Emilio hat ausgesagt, dass Sie stolz auf Juans Vergewaltigungen gewesen sind. Das hat den Richter interessiert. Er hat auch ausgesagt, dass Sie ihm die Flucht ins Ausland bezahlen wollten. Es scheint, als hätten Sie Ihr Gewissen erleichtert, indem Sie ihn Zeuge falscher Tatsachen werden ließen. Das hat den Richter auch interessiert. Die Puzzleteile fügen sich perfekt zusammen. Besonders, weil Ihr Sohn Emilio gerade ausgesagt hat, dass Sie so kühl reagiert haben, als Sie erfuhren, dass Ihr Sohn Juan ermordet worden ist. Und das ist noch nicht alles. Zuletzt hat er gesagt, dass die Uhr, mit der die Mädchen markiert wurden, in Ihrem Besitz ist.«

»Ich habe nichts davon in seiner Aussage gelesen.«

»Es gibt eine zweite Aussage. In der, die Sie gelesen haben, tauchen auch nicht die Fakten auf, dass Sie ihren Sohn zu seinen vermeintlichen Untaten ermutigten, oder dass Sie ihn im Getränkelager versteckt haben, oder dass Sie ihm die Flucht ermöglichen wollten, und dennoch, Sie sehen ja, wie ich es erfahren habe.«

Jetzt war er wirklich verwundet, mein Florett hatte ihn getroffen.

»Denken Sie gut nach, Jardiel, es ist sehr ernst. Morgen werde ich Sie wieder ins Kommissariat holen. Es wird unser letztes Gespräch sein, das nächste wird der Richter führen, unter formeller Anklage. Denken Sie darüber nach, was Sie aussagen werden, bevor es zu spät ist.«

Ich stand auf, und Garzón folgte mir. Wir gingen in den Flur hinaus, und nach ein paar Schritten konnte mein Kollege seine Neugier nicht mehr bezwingen.

»Ich verstehe gar nichts mehr, Inspectora. Hat Emilio wirklich ausgesagt, dass sein Vater die Uhr hat?«

»Nein, er hat nichts dergleichen gesagt, aber ich denke, Jardiel hat es geschluckt. Ich habe Emilio eine unvollständige Aussage zum Unterschreiben vorgelegt. Es fehlten viele Fakten. Die eine oder andere Lüge kann auch zur Wahrheit führen.«

»Genial, Inspectora, genial!«

»Schmeicheln Sie mir nicht, die Theorie des Phantomvergewaltigers haben Sie ausgebrütet. Ich habe nur andere Schlussfolgerungen daraus gezogen.«

»Hut ab.«

»Na, dann setzen Sie ihn wieder auf, wenn dieser Typ seine Gelassenheit wieder findet und die Dinge sorgfältig überdenkt, wird er morgen die zweite Aussage von uns verlangen und dann …«

»Gott wird uns beistehen, Petra, das wird er nicht tun.«

»Gott lässt sich auf so was nicht ein, Fermín, um sich zu offenbaren, würde er sich was Lustigeres einfallen lassen. Er würde Ana Lozano erscheinen und ihr den Weg aufzeigen, und sie würde ihn im Fernsehen interviewen.«

Punkt fünf Uhr saßen wir in Coronas Büro. García del Mazo war eingetroffen. Er war ein mittelgroßer Mann in meinem Alter und trug ein schmales Oberlippenbärtchen. Er war ernst, versteinert, und sollte sein Gesicht ein Anzeichen von Verbindlichkeit ausdrücken, dann muss ich einräumen, waren meine Antennen nicht darauf ausgerichtet. Es folgte die übliche Vorstellungszeremonie, der Coronas einen höflichen Anstrich geben wollte. Dann setzte er dem Ganzen das i-Tüpfelchen auf.

»Ich möchte Ihnen nicht noch mehr Verantwortung aufhalsen, aber Sie wissen ja, dass dieser Fall ungewöhnlich aufmerksam von der Öffentlichkeit verfolgt wird, sodass ich Sie nachcrücklich darum bitte, ihn so schnell wie möglich zu lösen. Natürlich liegt die Leitung in den Händen beider Inspectores. Noch eine Frage?«

Wir drei schwiegen. Kaum hatte er uns allein gelassen, setzte García del Mazo zu einem Lächeln an

»Alle Chefs reden gleich, vermutlich absolvieren sie Rhetorikkurse.«

Auch ich versuchte zu lächeln.

»Haben Sie die Berichte gelesen?«

»Duzen wir uns, ich heiße Ramón.«

Ich nickte.

»Und ich Petra.«

Garzón hüllte sich in dichtes Schweigen, und mein neuer Kollege bezog ihn auch nicht ein.

»Ich habe sie gelesen. Wenn ihr meine Meinung hören wollt, ich finde sie gut, sie sind nur etwas zu allgemein, sie lassen eine gewisse Verzettelung durchblicken. Ihr seid nicht sehr systematisch vorgegangen, oder täusche ich mich?«

»Ich fürchte, du hast Recht, wird sind den Ereignissen hinterhergehinkt, haben ziemlich plötzliche Umschwünge gemacht.«

»Das geschieht öfter, ist nicht so schlimm.«

Garzón rutschte unruhig hin und her.

»Gut, ich schlage vor, dass wir auch noch den Computer einsetzen, die Datenbanken habt ihr kaum genutzt.«

»Es gibt aktuellere Fakten, die noch nicht erfasst sind. Wenn du willst, informiere ich dich darüber.«

Ich erzählte ihm die ganze Geschichte mit dem Verhör von Ricardo Jardiel. Er nickte gelegentlich, ohne dass sich sein Gesichtsausdruck im Geringsten änderte. Er schien weder beeindruckt zu sein noch kamen ihm meine Ausführungen besonders wichtig vor.

»Sehr gut, mach da weiter, obwohl … das beste Ergebnis aus diesem Verhör wäre, dass Juan der Vergewaltiger gewesen ist. Was wahr sein kann, aber auch nicht. Die Frage ist: Wer hat ihn ermordet? Es ist ja offensichtlich, dass der Mörder des Jungen der spätere Vergewaltiger ist, kann sogar sein, dass er auch Salomés Mörder ist.«

Er sprach sicher und so eindringlich, dass die Zuhörer sich genötigt sahen, seinen Begründungen zu glauben oder zumindest seinen Erläuterungen zu folgen, als wären sie etwas Neues.

»Es gibt da etwas, das ihr meiner Meinung nach sträflich vernachlässigt habt.«

Der Subinspector und ich sahen uns schuldbewusst wie ertappte Kinder an.

»Es handelt sich um den Mord an Salomé. Niemand hat sich um die letzten Schritte in ihrem Leben gekümmert. Ihre möglichen Bekannten, die Veränderungen in ihren Gewohnheiten.«

Garzón mischte sich ein.

»Ich bin bei ihr zu Hause vorbeigefahren und mir wurde gesagt, dass sie dasselbe wie immer getan hätte, zu den gleichen Zeiten.«

»Das ist nicht genug, Subinspector …«, er hatte ihn nicht in die Vertraulichkeit des Duzens aufgenommen. »Was weiß schon die Familie über die Abenteuer eines jungen Mädchens? Haben Sie nicht bedacht, dass es ein großer Zufall ist, dass sie zweimal Opfer wurde? Was bedeutet das? Nur eine burleske Herausforderung der Polizei? Das ist keine Fernsehserie!«

Sein schulmeisterlicher Ton begann mich zu stören. Aber er hatte Recht, bei allen Teufeln der Hölle, dieser Technokrat hatte Recht.

»Mach dir keine Sorgen, Petra, ich werde in diese Richtung ermitteln. Du mach mit Jardiel weiter, und Sie, Subinspector, gehen am Computer die Datei mit den Wiederholungstätern durch.«

»Die Straftäterdatei haben wir gleich am Anfang durchgesehen«, wagte Garzón zu erwidern.

»Aber ich sprach von Wiederholungstätern, auffälligen Wiederholungstätern, würde ich sagen. Diese Datei befindet sich im Informationsteil, die Datenbank in Barcelona ist wirklich ziemlich vollständig.«

Garzón wurde ernst.

»Ist in Ordnung, Inspector, zu Befehl.«

Ich kannte seinen eisigen Stil beim offiziellen Gehorsam. Dieser Kollege ging ihm ziemlich auf die Nerven.

García del Mazo blätterte seine Notizen durch.

»Also... was wollte ich euch noch sagen? Ach ja«, er schlug einen beiläufigen Tonfall an. »Da ist noch das Problem der Vorgehensweise, mit der ich auch nicht einverstanden bin. Es handelt sich um die Presse. Meine Herrschaften, bitte, wir befinden uns fast im einundzwanzigsten Jahrhundert! Warum sich auf Biegen und Brechen weigern, Stellungnahmen abzugeben? Das darf nicht sein. In unserer Behörde gibt es Spezialabteilungen für Öffentlichkeitsarbeit. Es ist belegt, dass die Behinderung der Presse nur dazu führt, uns die Arbeit zu erschweren. Dieses Problem lässt sich ganz einfach lösen: Man wählt einen Polizeisprecher und beruft gelegentlich eine Pressekonferenz ein. Das ist alles. Etwas Wesentliches sagen? Ist nicht nötig, nur allgemeine Hinweise, die die Neugier der Öffentlichkeit befriedigen. So wahren wir unser Image und verhindern exzessive Spekulationen.«

Er sah mich lächelnd und verständnisvoll an.

»Ich weiß schon, dass du das nicht gutheißt«, fügte er hinzu.

»Gut, aber jetzt teilen wir uns die Leitung. Wenn das für dich so einfach ist, kümmerst besser du dich darum.«

»Wenn es dir nichts ausmacht, gerne.«

»Nur zu, ich glaube, du bewegst dich in diesen Kreisen lockerer als ich.«

Er machte eine zustimmende Handbewegung.

»Und was unsere Zusammenarbeit anbelangt, denke ich, wir setzen uns zweimal täglich zusammen: morgens und abends.«

Garzón platzte heraus:

»Zweimal täglich? Zu welchem Zweck?«

»Das Zusammentreffen ist der Zweck an sich, das Arbeitswerkzeug, die Grundlage für den Austausch von Ideen und Hypothesen.«

»Und wenn wir nichts auszutauschen haben?«

»Ich kann Ihnen berichten, Subinspector, dass in den Vereinigten Staaten ein Modellversuch gemacht wurde, bei dem sich alle leitenden Angestellten eines Unternehmens ein Jahr lang zwei Stunden täglich in einem Zimmer versammeln mussten. Er gab weder einen triftigen Grund noch eine Tagesordnung, keine konkreten Themen, niemand leitete die Zusammenkunft. Und wissen Sie, was geschah? Nach einiger Zeit hatte das Unternehmen seine Umsätze um vierzig Prozent erhöht, die innere Organisation war verbessert worden, und alle Angestellten hatten mehr Verantwortung erhalten. Wie finden Sie das? Selbstverständlich wird es Tage gegeben haben, an denen die Leute minutenlang schweigend dasaßen und fast am Verzweifeln waren, einfach nicht wussten, was tun. Aber am Ende fand sich immer ein Faden, an dem man ansetzen konnte. An ihn hangelten sie sich zum Kern der Sache vor.«

»Die haben sie wahrscheinlich verschaukelt«, sagte Garzón.

García del Mazo lächelte nachsichtig.

»Vielleicht.«

Er verabschiedete sich mit gerade so viel Freundlichkeit, wie der Situation angemessen war, und verschwand forsch durch die Tür. Er trug einen gut geschnittenen dunkelblauen Anzug und eine Krawatte mit winzigen Steigbügeln.

»Was für ein Vogel!«, rief Garzón aus. »So modern und tüchtig, diese Sorte kenne ich wie meine Westentasche.«

»Der wird Karriere machen. Gehen wir ein Bier trinken, Fermín?«

Schweigend überquerten wir die Straße. Ich wartete geduldig. Es dauerte nicht lange.

»Sie haben die Hosen ausgezogen, oder?«

»Wirkte es so?«

»Da können Sie sicher sein. Gemeinsame Leitung und der ganze Scheiß, großartige feministische Forderungen, und jetzt sagen Sie nur noch Ja.«

»In einigen Dingen hatte er Recht.«

»Mit der Presse auch?«

»Ich weiß nicht, worüber Sie sich beklagen, Sie haben immer genauso gedacht wie er.«

»Und was interessiert es, was ich denke? Sie sind die Chefin.«

»Das ist das Einzige, was Sie schmerzt, nicht wahr? Die verdammte Leitung, die Macht. Man muss wirklich ein Mann sein, um so zu denken.«

»Ich denke gar nichts, ich werde nicht fürs Denken bezahlt, aber es ist doch klar, dass sich ein Typ nicht einfach so präsentieren und einen Fall unter den Nagel reißen kann, an dem sich seit Monaten andere abgerackert haben.«

»Lassen Sie doch mal die Rüstung zu Hause.«

Er trank sein Bier in einem Zug aus. Er war verärgert.

»Ich gehe, Petra. Wir werden ja demnächst Ideen austauschen.«

»Richten Sie Pepe Grüße von mir aus, und einen guten Rat…«

Jetzt war er erst richtig in Rage und stapfte hinaus. Ich bestellte noch ein Bier. Nach Salomés Tod keine weiteren Nachforschungen in ihrem Leben angestellt zu haben, war ein schwer wiegender Fehler gewesen, und nicht unser letzter. Meine hartnäckige Weigerung bezüglich der Presse war kindisch gewesen, da hatte García del Mazo Recht. Sie hatte der Entwicklung der Ereignisse geschadet. Ich trank mein zweites Bier schneller, denn ich spürte die Notwendigkeit, ein drittes zu trinken. Natürlich war dieser Kollege eingebildet, theoretisierend und ehrgeizig, aber er war ein Profi. Er hatte vernünftige Dinge gesagt. Die Aussicht auf die täglichen zwei Zusammenkünfte mit ihm und Garzón, bei denen die unausgesprochenen Animositäten im Raum hängen würden, erschreckte mich trotzdem.

Plötzlich kam ein Streifenpolizist auf mich zugelaufen.

»Inspectora Delicado, Sie werden vom Vorsteher des Untersuchungsgefängnisses am Telefon verlangt.«

Ich atmete tief durch, und der Effekt des Alkohols verflüchtigte sich.

»Ist Subinspector Garzón im Präsidium?«

»Nein, er ist mit Ihnen gegangen und nicht wiedergekommen.«

»Versuchen Sie ihn zu finden, und sagen Sie ihm, er soll kommen.«

Ich war mir sicher, dass es endlich so weit war. Der Beamte erklärte mir, dass Ricardo Jardiel noch einmal aussagen wollte.

»Ist gut, bringen Sie ihn sofort her.«

Er traf nach einer knappen Stunde ein, und als ich ihn vor mir sah, wusste ich, dass er zermürbt war. Die Ungewissheit hatte seinen kalten Zynismus besiegt.

»Also gut, Jardiel, fangen wir noch mal von vorne an. Eines schönen Tages tauchte Juan auf und erzählte Ihnen, dass ihm die Polizei auf den Fersen ist. Sie versteckten ihn in ihrem Lager und glaubten, dass niemand Sie beide in Verbindung bringen würde. Bis hierher waren wir gekommen. Jetzt die nächste Frage: Wussten Sie, dass Ihr Sohn der Vergewaltiger war?«

»Ja.«

»Seit wann?«

»Jetzt reichts aber! Er hat es mir am selben Tag gesagt.«

»Das glaube ich nicht.«

»Ich schwöre es bei Gott.«

»Kommen Sie, verarschen Sie mich nicht, zu diesem Zeitpunkt bei Gott zu schwören! Sie waren über jeden seiner Schritte informiert, Sie haben sich ins Fäustchen gelacht und ihn vielleicht sogar angespornt, weiterzumachen!«

»Glauben Sie, ich bin verrückt? Juan wurde tot gefunden. Sie hätten ihn aber auch lebend finden können, warum sollte ich es riskieren, von der Polizei als Komplize angeklagt zu werden?«

»Weil Sie die Aktivitäten Ihres Sohnes gutgeheißen haben.«

»Ich bin kein alter Ekelbolzen, ich kann auf andere Art genießen.«

»Aber was Frauen passieren kann, ist Ihnen wurscht. Sie haben Juans Mutter verlassen, dann die von Emilio, und Sie werden Ihre jetzige Frau verlassen, wenn Sie genug von ihr haben.«

»Emilios Mutter ist gestorben.«

»Aber Sie hatten ihr das Leben schon schwer genug gemacht und Sie viel früher verlassen.«

»Hat Ihnen das auch Emilio erzählt?«

»Nein, das habe ich selbst abgeleitet.«

Er rieb sich die Nase, und seine Hände zitterten. Wenn ich

sein Schuldgefühl ausnützte, kamen wir vielleicht endlich weiter. Ich seufzte und gab ihm eine Zigarette.

»Hat Juan Ihnen die Uhr gegeben, mit der er die Mädchen markiert hat?«

»Nein!«

»Aber er hat sie Ihnen gezeigt?«

Er zögerte einen Augenblick.

»Ja, er hat sie mir gezeigt.«

»Und Sie haben sie sich zeigen lassen?«

»Ich verstehe nicht, was Sie damit meinen. Er pflanzte sich vor mir auf und sagte zu mir: Schau mal, ich habe das Ding schon zwanzig Mal vor deinen Augen getragen. Dann öffnete er sie und ich konnte sehen, was drin war.«

Mir lief ein Schauer über den Rücken.

»Beschreiben Sie die Uhr.«

»Ich dachte, Sie wissen, wie sie aussieht.«

»Beschreiben Sie sie.«

»Es war eine gewöhnliche Uhr. Ziemlich alt. Erstmal sah man gar nichts, aber unter dem Zifferblatt war ein zweites Zifferblatt eingefügt, das mit Stacheln umgeben war. Ich nehme an, dass er beim Überfall auf die Mädchen das obere Zifferblatt abgenommen hatte, es dann wieder drauf setzte und sie wie eine ganz normale Uhr getragen hat.«

»Sehr einfallsreich, Ihr Sohn. Ich verstehe, dass Sie stolz auf seine Abenteuer waren.«

»Ich war nicht stolz auf ihn! Aber ich schuldete ihm den Gefallen, ihn zu verstecken. Wie auch immer, ich sagte ihm auch, dass er nicht sein Leben lang dort bleiben kann.«

»Sie boten ihm an, ihn aus Spanien rauszubringen.«

»Er hatte schon jemanden, der ihm helfen wollte.«

»Wer?«

»Ich schwöre Ihnen, dass ich es nicht weiß. Aber wer es auch war, der hat ihn auch umgebracht.«

»Erklären Sie mir das.«

»Juan rief jemanden an, verabredete sich mit ihm, ging zu dieser Verabredung und kehrte nicht mehr zurück. Am nächsten Tag erfuhr ich aus dem Radio, dass er ermordet worden war.«

»Und er hat Ihnen nicht gesagt, wen er angerufen hat?«

»Nein, ich schwöre Ihnen, das ist die Wahrheit.«

»Trug er die Uhr mit den Stacheln, als er ging?«

»Ja.«

»Sind Sie sicher?«

»Ja. Ich habe darauf geachtet, ich habe ihm gesagt, dass es besser ist, nicht damit auf die Straße zu gehen, aber er hörte nicht auf mich. Er war verrückt, diese Nutte von seiner Mutter hat ihn verrückt gemacht. Und ich bin kein Monster, verstehen Sie? Ich hatte meine Gründe, sie zu verlassen. Und die nächste auch, die war eine schwache Frau, unerträglich, als wir uns trennten, ging sie zu ihrer Tochter und flehte sie an, sich doch mit ihr zu treffen, aber die wollte nicht. Warum sollte ich ein Heiliger sein, wenn es die anderen auch nicht sind?«

»Ich bin nicht hier, um über Ihr Leben zu urteilen, Jardiel, Sie werden schon wissen, was Sie getan haben. Ich hoffe nur für Sie, dass Sie mich nicht angelogen haben.«

»Ich bin kein Vergewaltiger. Auch kein Komplize von einem Vergewaltiger. Ich habe nur meinem Sohn geholfen.«

Ich stand auf und nahm meine Tasche.

»Sie haben sich im Zeitpunkt geirrt. Hätten Sie ihm vorher geholfen, hätte es Ihrem Sohn vielleicht etwas genützt.«

Ich verließ das Büro so aufgeregt, dass ich nicht einmal wusste, was ich tun sollte. Ich ging ein paar Schritte den Flur hinunter und dann wieder zurück auf einen Wachpolizisten zu.

»Haben Sie Subinspector Garzón ausfindig machen können?«

»Es hat ihn niemand gesehen, Inspectora, weder in seiner Pension noch in der Kneipe, wo ich ihn manchmal anrufe …«

»Ist gut. Und Inspector García del Mazo, wissen Sie, wo der ist?«

»Mir scheint, er ist …«

Ich legte ihm eine Hand auf den Arm.

»Lassen Sie es, ist nicht so wichtig. Ich sehe ihn morgen.«

Jeder Versuch, Garzón vor dem Abendessen zu finden, war sinnlos. García del Mazo konnte der Teufel holen. Also fuhr ich nach Hause. Ich musste dringend das Feuer in meinem Kopf mit einem Drink löschen.

Ich fuhr instinktiv, ohne mich zu konzentrieren, und war fast überrascht, mich vor meinem Haus wieder zu finden. Ich dachte nicht mal ans Essen.

Mit einer kräftigen Margarita ließ ich mich aufs Sofa fallen. Wo, zum Teufel, steckte dieser launische Garzón?

# 13

Ich wachte mit einem stechenden Schmerz im Hals auf, meine Beine kribbelten und beim Auffahren verkrampften sich alle meine Muskeln. Ein Blick auf die Uhr, na wunderbar! Ich griff zum Telefon.

»Sánchez? Geben Sie mir Subinspector Garzón.«

»Er sitzt gerade mit Inspector García del Mazo zusammen.«

»Ist egal, sagen Sie ihm, es sei dringend.«

Kurz darauf vernahm ich die belegte Stimme meines Kollegen.

»Wo sind Sie, Petra? Wir haben Sie zu unserem Gespräch erwartet.«

»Ich will, dass Sie sofort zu mir nach Hause kommen.«

»Und García del Mazo?«

»Entschuldigen Sie sich und fahren Sie los.«

»Und die gemeinsame Leitung?«

»Vergessen Sie die gemeinsame Leitung!«

»Ich wusste es. Ich werde ihm sagen, dass es etwas Dringendes in meinem Schmuggelfall gibt. Warum sind Sie nicht hergekommen?«

»Ich habe verschlafen, Garzón, einfach verschlafen. Müssen Sie eigentlich alles wissen?«

Eine knappe Stunde später war er da, zeigte sich aber nicht sonderlich begeistert von der eilig einberufenen Sitzung.

»Machen wir heute eine Pizza?«, fragte er.

»Jetzt ist keine Zeit für Pizzen.«

»Und die Tafel?«

»Es gibt auch keine Tafel. Wir müssen alle Möglichkeiten im Kopf haben, Garzón, sie uns vorstellen, sie uns einprägen, und wenn wir eine verwerfen, müssen wir ganz fest davon überzeugt sein und sie endgültig verwerfen.«

Er sah mich etwas beunruhigt an. Offensichtlich hatte er keine Lust, sich die Realität nahe kommen zu lassen. Wahrscheinlich hatte er Hunger. Doch als ich mein Ass aus dem Ärmel zog und ihm von dem Verhör von Ricardo Jardiel erzählte, blieb ihm der Mund offen stehen.

»Vergessen Sie Ihr Phantom, Fermín, Juan Jardiel war wirklich der Vergewaltiger.«

»Und dann ... Was ist mit seinem Tod und der letzten Vergewaltigung und Salomés Ermordung?«

»Gehen wir langsam vor. Warum setzen Sie sich nicht?«

Er bat darum, sein Jackett ausziehen zu dürfen und die Krawatte zu lockern. Dann kratzte er sich am Bart.

»Wahrscheinlich hat ihn die Person, mit der er verabredet war, ermordet und ihm die Uhr abgenommen.«

»Das ist es.«

»Jemand, der sich an ihm rächen wollte.«

»Mal angenommen.«

»Und die Uhr hat er ihm abgenommen in der Absicht, weiterhin zu vergewaltigen und die Opfer genauso und mit demselben Instrument zu markieren.«

»So scheint es.«

»Aber, verdammt noch mal ... Masderius?«

»Ich kann mir vorstellen, dass Masderius einen Detektiv beauftragt. Ich kann mir auch vorstellen, dass er Juan Jardiel umgebracht hat. Aber auf keinen Fall halte ich ihn für fähig, ein junges Mädchen zu vergewaltigen und zu ermorden.«

»Das ist wahr, es ergibt keinen Sinn.«

Garzón stand auf, sah nach den Geranien und lief nervös auf und ab.

»Vielleicht sollten wir die Hypothese von den zwei Tätern

nicht ganz verwerfen: den Mörder Jardiels und den Mörder des Mädchens. Was die Uhr anbelangt...«

»Keine Hypothesen, Garzón, dieses Mal keine Hypothesen. Gehen wir die Fakten noch mal von vorne durch. Sollen wir uns eine Pizza machen?«

»Lassen Sie jetzt die Pizzen, Petra, das ist nicht der richtige Zeitpunkt.«

Wir setzten uns gegenüber. Ich öffnete die Hände wie bei einem Abendmahl.

»Es werden vier Mädchen vergewaltigt. Sie werden mit einer seltsamen Blume auf dem Arm markiert. Durch einen Zeugen finden wir den mutmaßlichen Täter, aber er entwischt uns. Ein paar Tage später taucht er tot wieder auf. Kurz danach finden wir das erste Opfer, auf dieselbe Weise erneut vergewaltigt und ermordet.«

»Nicht ganz genauso wie beim ersten Mal, die zweite Vergewaltigung war keine natürliche, sondern wurde mit einem Gegenstand verübt.«

»Genau. Dann haben wir einen neuen, vertrauenswürdigen Zeugen, der uns versichert, dass Juan der Vergewaltiger war. Große Überraschung. Warum große Überraschung? Die Abfolge der Ereignisse hatte uns glauben lassen, dass Juan unschuldig war.«

»Nach seinem Tod gab es eine weitere Vergewaltigung, und man fand auch die Uhr mit den Stacheln nicht bei ihm. Das war Grund genug zu glauben, er sei unschuldig.«

»Genau, wir finden die Uhr nicht, aber nicht nur das. Er trägt eine andere. Hätte er nichts am Handgelenk getragen, hätten wir annehmen müssen, dass jemand das Werkzeug geklaut hatte. Aber nein, die Leiche trug eine Uhr.«

»Eine ganz gewöhnliche, die ihm seine Verlobte geschenkt hatte.«

Ich schwieg.

»Eine Uhr, von der seine sonderbare und hyperdominante Mutter nichts wusste.«

»Eine Kleinigkeit, die uns entgangen ist.«

»Es ist uns noch mehr entgangen. Zum Beispiel, dass Juan schon lange heimlich seinen Vater besuchte. Trotzdem, wenn der Vater uns bestätigt hat, dass er beim Verlassen der Kneipe die Uhr mit den Stacheln getragen hat, warum, zum Teufel, trug dann die Leiche eine andere?«

»Vielleicht trug er beide.«

»Nein, niemand trägt zwei Uhren, wenn er lästige Fragen vermeiden will. Ich bin mir sicher, dass der Mörder ihm die Uhr mit den Stacheln abgenommen und mitgenommen hat.«

»Und woher hatte der Mörder die Uhr, die Juans Verlobte identifiziert hat?«

»Das ist eine gute Frage.«

»Glauben Sie, das Mädchen hat gelogen, weil sie ihren Verlobten decken wollte?«

»Schauen Sie, Garzón, ich glaube nur, sein Mörder wünscht, dass Juan Jardiel unschuldig wirkt. Sodass er ihm die verräterische Uhr abnahm, ihm eine andere umband, und damit der Verdacht ganz aufgelöst wird, erneut vergewaltigte und markierte.«

Garzón kratzte sich am Haaransatz.

»Und wer könnte ihn von Schuld befreien und gleichzeitig ermorden? Außerdem, die gefundene Uhr war nicht irgendeine, sondern die hatte ihm seine Verlobte geschenkt.«

»Seine Verlobte *sagt*, sie hat sie ihm geschenkt.«

Wir schwiegen. Garzón schüttelte den Kopf, als hätte er in eine Zitrone gebissen.

»Ich glaube, ich weiß, was wir als Nächstes tun werden.«

»Ja?«

»Luisa befragen.«

»Sie irren sich. Unser nächster Schritt wird sein, uns endlich die verfluchte Pizza zu machen. Diesmal dürfen wir nichts überstürzen, wir müssen abwägen, ob wir Luisa im Guten befragen oder ob …«

Das Telefon klingelte. Ich nahm ab, nickte, nickte … Garzóns runde Augen klebten an der kleinsten meiner Bewegungen und machten mich nervös. Ich legte auf.

»Es war García del Mazo, er erwartet uns im La jarra de oro zum Essen.«

»Warum haben Sie ihn nicht zum Teufel geschickt?«

»Ruhig, Fermín.«

»Werden Sie ihm etwas erzählen?«

»Nur von Jardiels Aussage. Kein Wort über unsere Mutmaßungen.«

»Nein, kommt nicht infrage, Sie werden ihm gar nichts erzählen.«

»Und die gemeinsame Leitung?«

»Mir geht die gemeinsame Leitung auf den Geist. Dieser Kerl kann nicht kurz vor Abschluss des Falls daherkommen und sich dann eine Medaille anstecken.«

»Ich verspreche Ihnen, dass wir den Fall lösen werden. Auch wenn der Kerl unsere Punkte einstreicht.«

»So werden Sie in Ihrem verdammten Leben nie aufsteigen.«

»Wer hat Ihnen gesagt, dass ich aufsteigen will?«

Wir zogen uns im Gehen die Mäntel über.

»Regen Sie sich nicht so über die geänderten Pläne auf, Garzón, das mit den Pizzen wäre schwierig geworden, ich habe nur noch Oliven …«

»Eine Pizza mit Oliven und etwas Öl wäre nicht schlecht gewesen.«

»Ich bin sicher, dass Sie kulinarische Fähigkeiten besitzen, von denen Sie Ihr Leben lang nichts gewusst haben.«

Er knurrte und legte den ersten Gang ein. Er war verstimmt.

Das Essen zog sich ewig hin. García del Mazo ließ sich über die Wichtigkeit des menschlichen Faktors in Verbindung mit der Technologie in der Polizeipraxis aus. Im Grunde war er kein schlechter Kerl. Irgendwie war er sogar sympathisch, er war nur zum falschen Zeitpunkt aufgetaucht. Er verzögerte den Ermittlungsprozess. Ich war davon überzeugt, dass wir kurz vor der Auflösung unseres Fall standen, und es störte mich, ihm Erklärungen abgeben zu müssen. Garzón bedachte seinen neuen Chef mit mörderischen Blicken, und ich hatte Schwierigkeiten, seinen Ausführungen zu folgen. Meine Gedanken kreisten ständig um dasselbe: Nur eine Person konnte Jardiels öffentliche Rehabilitierung interessieren, und diese Rehabilitierung trug zwangsläufig den Tod in sich. Als ich García del Mazo wieder zuhören konnte, sagte er gerade:

»Das mit Juans Vater ist sehr wichtig, Kinder. Ich werde ihn auch verhören, um zu sehen, ob er sich in Widersprüche verstrickt. Wer weiß, ob er uns nicht auf eine falsche Fährte lockt? Dieser Typ ist sehr zwielichtig. Andererseits werde ich Bilder von der Uhr auf dem Computer anfertigen lassen. Das geht wunderbar, so werden auch Phantombilder gemacht. Bei einer Untersuchung muss man viele Dinge berücksichtigen, Informationen von anderen Abteilungen anfordern, nachbohren, drängen, andernfalls wird man als unfähig abgestempelt.«

Garzón sah mich an. Ich lächelte.

»Man merkt, dass du Erfahrung mit internen Angelegenheiten hast, Ramón.«

Er sah mich stolz gebläht an.

»Was für ein Angeber«, schnaubte Subinspector Garzón beim Verlassen der Kneipe.

»Lassen Sie die Feindseligkeiten, machen wir uns an die Arbeit. Wie spät ist es?«

»Viertel vor fünf.«

»Nun, dann müssen wir warten, bis die Läden schließen.«

Wir fuhren zu dem Supermarkt, in dem Luisa arbeitete. Garzón parkte weit genug entfernt, damit wir die Tür im Auge behalten konnten, wir aber niemandem auffielen. Wir schalteten das Radio ein und widmeten uns dem, was Polizisten bei einer Überwachung zu tun pflegen: Wir rauchten. Ich stieß kleine geschichtete Wölkchen aus, während mein Kollege alles in Wattewolken hüllte. Fünf vor acht Uhr kamen die letzten Kunden aus dem Geschäft, und um acht Uhr wurde das Gitter heruntergelassen. Eine halbe Stunde später verließ das Personal durch eine Seitentür den Laden. Luisa war allein und ging so saumselig wie jemand, der keine Eile hat, nach Hause zu kommen.

»Da ist sie«, sagte Garzón.

Wir sahen sie weggehen und sich wie einen Pinselstrich auflösen.

»Und dieses Mädchen soll jemanden umbringen können?«

Ich nickte schweigend, denn ich war ganz auf Luisas elastische, große Schritte konzentriert.

»Haben Sie das bedacht, Petra?«

»Ich habe es bedacht.«

Alles lief gut. Der Geschäftsführer kam als Letzter heraus,

und während er die Schlüssel suchte, liefen Garzón und ich schnell auf ihn zu. Wir gaben uns zu erkennen.

»Arbeitet Luisa López bei Ihnen?«

»Sie ist gerade gegangen.«

»Sie hat uns gesagt, sie habe etwas für uns, und wir hatten vereinbart, dass… Wir haben uns ein bisschen verspätet. Sie hat nichts für uns hinterlegt?«

»Nein.«

»Haben Sie eine Ahnung, wo sie ihre Sachen haben könnte?«

»Jeder Angestellte hat einen eigenen Spind, aber wenn sie nicht da ist…«

Ich lächelte:

»Ersparen Sie es uns, erst einen Durchsuchungsbefehl zu besorgen. Es dauert nur einen Augenblick.«

Misstrauisch trat er zur Seite und ließ uns hinein. Durch einen Flur voller Kartons führte er uns in die Hinterräume des Ladens. Schließlich standen wie in einem ziemlich großen Raum, in dem neben Putzgerätschaften eine Reihe von Metallspinden aufgestellt war.

»Ich glaube, die Nummer zwölf ist der von Luisa.«

»Haben Sie einen Zweitschlüssel?«

Er verschwand verärgert und kam kurz darauf mit einem Schlüsselbund zurück. Er suchte einen heraus und gab ihn mir.

»Würde es Ihnen was ausmachen, uns allein zu lassen? Wir sind sofort fertig.«

Sein Misstrauen umgab ihn wie eine Aura. Er ging unwillig hinaus. Ich sah Garzón an.

»Machen wir uns an die Arbeit.«

Als ich den Schrank öffnete, drang ein starker Geruch nach billigem Parfüm an unsere Nasen. Garzón hatte sich geistesabwesend hinter mich gestellt und sah mir über die

Schulter. Ich spürte seinen keuchenden Atem. Auf einem Bügel hing Luisas Uniform, ein blaues Jackett. Auf dem Boden lagen verschiedene Kosmetikartikel, ein Handtuch, ein Haarreifen und ein Haufen sorgfältig aufeinander gestapelter Zeitungsartikel.

»Lassen Sie uns nachsehen, was die Zeitungen schreiben.«

»Einen Moment, Fermín.«

Garzóns übliche Zurückhaltung hatte sich angesichts der Situation in Ungeduld verwandelt. Also trat ich einen Schritt zurück und forderte ihn auf:

»Machen Sie weiter.«

Ohne nachzudenken warf er sich auf die Zeitungen und blätterte darin herum. Im Inneren des Schrankes gab es eine kleine Schublade, die er durchwühlte. Er zog zwei bunte Pralinenschachteln, einen Spiegel und einen Kamm heraus.

»Hier ist nichts.«

Er zog die Schublade ganz heraus und steckte die Hand in die Höhle. Nach kurzem Tasten holte er ein kleines Bündel aus Taschentüchern hervor. Zuerst hielt er es mir vor die Nase und wickelte es dann auf, wobei er darauf achtete, den Inhalt nicht zu berühren. Da war sie. Die verfluchte Uhr, das Werkzeug, mit der man Blumen markieren konnte. Die Waffe des Vergewaltigers.

»Haben Sie gesehen, Petra?«

Es war genau zu erkennen, wie das Zifferblatt in den Kreis aus Stacheln eingelassen war. Wir durften es nicht anfassen, bevor der Erkennungsdienst es untersucht hatte. Ich betrachtete neugierig dieses Instrument, aber gleich darauf erschrak ich. Etwas Abstraktes hatte sich materialisiert, hatte reale Existenz angenommen. Wir hatten mit den Teilen eines grausamen Puzzles gespielt, aber jetzt war es fast vollständig. Diese Stacheln durchlöcherten Haut, hatten sich in schutzlose Arme gebohrt und Blut fließen lassen. Plötzlich erklang eine kräftige Stimme hinter uns.

»Rühren Sie sich nicht! Was tun Sie hier?«

Am Rande der Hysterie, drehte ich mich um. Es waren zwei Kollegen der Policia Nacional.

»Was zum Teufel sucht ihr?«

»Ganz ruhig, Kollegen«, sagte Garzón.

Der Geschäftsführer hatte die Polizei gerufen. Völlig normal, unser Verhalten war so verdächtig gewesen, dass er keine Alternative gehabt hatte. Wir mussten uns ausweisen und ihnen oberflächliche Erklärungen geben. Hoffentlich hatte dieser Mann nicht auch Luisa informiert, dachte ich in Panik. Wir baten die Kollegen, uns zu ihr zu begleiten. Sie stiegen in ihren Streifenwagen und folgten uns. Im Auto fragte sich Garzón:

»Mein Gott! Es scheint, als sei dieses Mädchen die Mörderin, aber von wem?«

»Wir wissen es noch nicht, aber alles weist darauf hin, dass sie Juan ermordet hat. Niemand außer ihr konnte wissen, wo er war, und ihm die Uhr abnehmen.«

»Und die spätere Vergewaltigung?«

»Sie gehen viel zu schnell vor. Wir müssen sie erst festnehmen und verhören.«

Mit seinem edlen Elefantenschädel konnte er gleichzeitig Auto fahren und bittere Schlussfolgerungen ziehen.

»Den eigenen Verlobten ermorden, ihren Bruder, glauben Sie wirklich, dass sie das gemacht hat?«

»Sie ist ziemlich hart. Erinnern Sie sich daran, was Ricardo Jardiel erzählt hat? Sie wollte nicht einmal ihre leibliche Mutter sehen, sie war nicht bereit, ihr zu verzeihen.«

Angesichts der dunklen Seiten des Menschen schüttelte er empört und philosophisch den Kopf.

»Das menschliche Wesen, wie kompliziert!«

Wir kamen zur Wohnung der Jardiels. Luisa war nicht geflüchtet. Sie öffnete selbst die Tür. Ihr Ausdruck war ganz normal, aber eine Sekunde später sah sie die Streifenpolizisten hinter uns und wurde verschlossen.

»Luisa, du musst uns aufs Kommissariat begleiten.«

»Warum?«

Garzón steckte die Hand in die Jackentasche, zog das kleine Bündel Taschentücher heraus und hielt es ihr vor die Nase.

»Wir haben das in deinem Spind im Supermarkt gefunden.«

Sie senkte die Augen, und ihr Gesicht wurde von einem leichten rötlichen Schimmer überzogen.

»Ich hole meinen Mantel.«

In diesem Moment kam Señora Jardiel heraus. Sie sah uns mürrisch an.

»Was tun Sie schon wieder hier?«

»Luisa muss mit uns kommen. Sie muss eine Aussage machen.«

Das Mädchen ging wortlos an ihr vorbei.

»Eine Aussage, um diese Zeit? Kommt nicht infrage! Wir essen gleich zu Abend. Haben Sie sich nicht schon genug in unser Leben eingemischt?«

»Es ist sehr ernst, Señora. Sie muss mitkommen.«

Luisa kam mit ihrem Mantel über dem Arm zurück.

»Und du, wo willst du hin?«

»Ich gehe mit ihnen, Mutter. Ich komme später wieder.«

»Du bewegst dich nicht von der Stelle.«

Sie waren einen Moment lang wie gelähmt. Die Frau hielt ihre Pflegetochter am Arm fest. Die hob den Kopf und sah sie an.

»Lassen Sie mich, Mutter, ich muss gehen«, sagte sie leise.

Garzón schob sie sanft zur Tür hinaus. Ich trat einen Schritt vor.

»Wir werden Sie vom Kommissariat aus benachrichtigen, wann Sie ihre Tochter sehen können.«

Sie sah mich mit glühenden Augen durchdringend an.

»Ich spucke auf Sie«, sagte sie und spuckte mir vor die Füße. Ich nickte erbittert, drehte mich um und ging. Das Zuschlagen der Tür dröhnte durch das erbärmliche Treppenhaus. Diese Frau hatte wie ein großer Baum ihren dichten Schatten geworfen, durch den nie ein Sonnenstrahl gefallen war. Darunter war alles verfault.

Mir blieb nichts anderes übrig, als García del Mazo darüber zu informieren, dass wir das Mädchen festgenommen hatten. Sofort berief er eine Zusammenkunft ein. Garzón war wütend. Del Mazo wies uns auf das übliche Vorgehen hin, dass die Festgenommene einem psychologischen Test zu unterziehen sei. Wichtig bei dieser Methode war nicht, dass die Psychologen irgendwelche Persönlichkeitsmerkmale herausfanden, sondern um Zeit zu gewinnen, damit die Person demoralisiert wurde. Es hatte sich offenbar erwiesen, dass dies eine entscheidende Strategie war, um die im letzten Moment ausgedachten Erklärungen von Verdächtigen zunichte zu machen, und die der Polizei die Möglichkeit bot, sich auf das Verhör vorzubereiten und die Angelegenheit ohne die Voreingenommenheit, die aus der Euphorie der Festnahme resultierte, durchführen zu können.

Luisa brauchte zwei Stunden, bis sie Fragen wie ›Was würden Sie im Falle eines Schiffbruchs tun?‹ beantwortet hatte. Währenddessen untersuchten die Sachverständigen die Spuren auf der Uhr. Fest stand, dass García del Mazo mit uns an dem Verhör teilnehmen würde. Als Garzón das erfuhr, wurde er so rot wie ein Chamäleon in einer Blutlache.

»Das ist unerhört! Er hat kein Recht, sich jetzt einzumischen.«

»Lassen Sie ihn, Fermín, das Ergebnis ist noch nicht raus.«

Es sah mich giftig an und bemitleidete mich ob meiner Naivität.

Als ich Luisa sah, wirkte sie schlanker auf mich. Ihr kräftiger Körper schien eingefallen, und unter den gleichgültigen Augen zeichneten sich dunkle Schatten ab. García del Mazo machte mir ein Zeichen, das besagen sollte: Sie ist fertig, sie wird nicht standhalten. Er ergriff die Initiative.

»Es ist wohl kaum nötig, dir zu sagen, dass leugnen nichts nützt. Es ist besser, wenn du uns die Wahrheit sagst, schnell und deutlich. Willst du eine Zigarette?«

Luisa schüttelte den Kopf. Sie wirkte trotz ihres desolaten Aussehens gelassen.

»Die Sachverständigen haben bestätigt, dass die Uhr in deinem Spind dieselbe ist, mit der die vergewaltigten Mädchen markiert wurden. Warum war sie in deinem Besitz?«

»Jemand hat sie mir gegeben.«

»Wer?«

»Der Mann, der sie vergewaltigt hat.«

»Du weißt, wer es ist?«

»Ja, derselbe, der Juan ermordet hat.«

»Sag uns seinen Namen.«

»Den weiß ich nicht. Ein Typ, den Juan kannte.«

»Und er hat dir die Uhr gegeben?«

»Er hat sie mir geschickt.«

»Warum?«

»Weiß ich nicht.«

»Wer war dieser Mann?«

»Weiß ich nicht.«

»Aber du weißt, dass er der wirkliche Vergewaltiger ist und dass er Juan ermordet hat.«

»Er hat mich angerufen und es mir gesagt.«

»Erwartest du, dass wir dir das glauben?«

»Es ist die Wahrheit.«

García del Mazo drehte sich uns zu und machte eine verärgerte Geste. Ich ging zu Luisa und fragte sie:

»Wusstest du, dass Juan wieder mit seinem Vater Kontakt aufgenommen hatte, dass er ihn in seiner Kneipe besuchte?«

»Nein.«

»Wusstest du …«

»Mit Ihnen will ich nicht reden. Sie sind an allem schuld, daran, dass er beschuldigt, und daran, dass er ermordet wurde.«

»Täusch dich nicht, Schuld hat nur derjenige, der vergewaltigt und gemordet hat. Sonst niemand.«

»Mit Ihnen will ich nicht reden, wenn Sie da bleiben, sage ich kein Wort mehr.«

García del Mazo griff ein.

»Inspectora Delicado …«

Ich unterbrach ihn.

»Lassen Sie nur, wenn meine Anwesenheit das Problem ist, gehe ich.«

Garzón machte Anstalten, mir zu folgen, aber del Mazo hielt ihn zurück.

»Bleiben Sie, Garzón, vielleicht brauche ich Sie noch.«

Mein Kollege setzte ein Märtyrergesicht auf und sah mir trübsinnig nach.

Ich setzte mich in den Flur. Deckte Luisa jemanden? Quälende, schmutzige Familiengespenster, die mit ihren Totenbildern den Hass eines ganzen Lebens nährten. Ein Fall für den großen Vater Freud. Ich ging zu dem Dienst habenden Polizisten.

»War die Mutter der Verhafteten hier?«

»Nein, Inspectora.«

»Hat sie angerufen oder nach ihr gefragt?«

»Ich werde nachsehen, aber ich glaube nicht.«

Einen Augenblick später kam er zurück.

»Nein, sie hat keinen Kontakt mit dem Kommissariat aufgenommen.«

»Ist gut. Wenn die Herren mit dem Verhör fertig sind, sagen Sie ihnen, ich hätte noch was zu erledigen gehabt.«

Er nahm Haltung an, ich war beschämt darüber, Ziel solch soldatischen Benehmens zu sein und eilte davon.

Señora Jardiel empfing mich unmutig, aber zumindest ließ sie mich hinein und bat mich, im Wohnzimmer Platz zu nehmen. Sie stellte mir keine einzige Frage.

»Ihre Tochter wird des Mordes angeklagt werden.«

Nicht die geringste Reaktion.

»Des Mordes an Ihrem Sohn Juan.«

»Hat sie das gestanden?«

»Sie wird es gestehen. Wir haben in ihren Sachen die Uhr gefunden, die der Vergewaltiger benutzt hat. Juan war der Vergewaltiger. Sie hat ihn aus Rache umgebracht.«

»Und die Vergewaltigung danach, und die andere Tote?«

»Das wird noch untersucht. Meine Kollegen verhören sie seit einiger Zeit. Ich habe es vorgezogen, hierher zu kommen.«

»Weswegen?«

»Wussten Sie, dass Juan Kontakt zu Ihrem Ex-Mann hatte?«

Das undurchdringliche, steinerne Gesicht wurde rissig um die Lippen.

»Wussten Sie, dass er seinen Vater gesucht hatte? Er tauchte in seiner Kneipe auf und gab sich zu erkennen. Er hat ihn oft getroffen, sie plauderten und mochten sich. Als wir Ihren Sohn suchten, hat Ihr Ex-Mann ihn versteckt.«

»Das ist nicht wahr.«

»Doch, das ist wahr; Ricardo Jardiel war in Haft. Ich habe ihn vorgestern verhört, er hat mir das alles erzählt. Jetzt muss er mit einer Klage wegen Irreführung der Justiz und Komplizenschaft rechnen, weil er einem Flüchtigen geholfen hat.«

Sie rang die Hände im Schoß, stand auf und verließ das Zimmer. Kurz darauf kam sie mit einer Metallschachtel zurück. Sie setzte sich und öffnete sie: Sie war voller Fotos, die sie eines nach dem anderen auf den Tisch legte. Fotos von Luisa und Juan als Kinder. Zwei große, traurige Kinder in abgetragener Kleidung und schweren Schuhen. Nebeneinander auf dem Balkon. Juan alleine, aufrecht und zerstreut, ein bisschen kläglich, mit einem verlorenen Blick, der zwischen Lächeln und Angst schwankte. Erneut die beiden nebeneinander auf der Plaza de Cataluña, umgeben von Tauben. Gehorsame Marionetten ohne Charme, die resigniert und sprachlos das Fotografieren über sich ergehen lassen hatten. Nicht eine spontane Aufnahme von einer vergnügten Spielszene. Ich empfand Mitleid mit ihnen: Die Unglücklichen, wir Unglückliche, die wir mit jeder Generation Hass und Sünde erben, um sie danach unbewusst zum eigenen Schrecken zu machen. Sie hielt mir eine Vergrößerung vor die Nase. Es war Luisa in einem pompösen Kommunionskleid.

»Es hat ihnen nie an etwas gefehlt, niemals. Ich habe mir die Beine ausgerissen, verstehen Sie. Für sie habe ich mir die Beine ausgerissen, ohne Hilfe, ohne zu protestieren, ich habe nicht einmal den Nachbarinnen von meinem Kummer erzählt, damit uns niemand bedauert. Ein ganzes Leben lang, das ganze Leben.«

Ihre Stimme war trocken und kräftig. Nicht ein Schwanken, nicht ein Schluchzer.

»Aber am Ende ist alles, wie es ist. Der Sohn ist ein Schwein, die Pflegetochter eine Hure. Was soll man erwarten? Ich habe immer gefürchtet, dass so was passieren würde. Jeden Tag, wenn ich aufwachte, fragte ich mich, ob das jetzt der Moment sein würde, in dem die Wahrheit herauskommt. Dass er vergewaltigt hat? Das wundert mich nicht. Dass sie getötet hat? Ich nehme an, sie ist fähig dazu. Ich will nichts wissen, verstehen Sie? Ich habe getan, was ich konnte. Ich habe ein reines Gewissen. Jetzt ist es, als wären beide tot.«

»Begleiten Sie mich auf das Kommissariat, Señora Jardiel. Sie müssen mit Ihrer Tochter reden.«

»Ich habe keine Tochter.«

»Wollen Sie sie nicht wenigstens noch einmal sehen?«

Ihre schon schreckliche Miene wurde noch bitterer. Sie dachte nach.

»Gut, noch einmal. Danach bitten Sie mich um nichts mehr.«

Das war das Letzte, was sie sagte. Auf der ganzen Fahrt zum Kommissariat schwieg sie und verschanzte sich in ihrem verbrauchten Mantel, der nach Staub roch. Ich fragte den Wachpolizisten, ob meine Kollegen noch beim Verhör der Tatverdächtigen waren.

»Inspector García del Mazo ist gerade rausgekommen, Subinspector Garzón ist noch bei dem Mädchen. Ich glaube, sie unterschreibt ihre Aussage.«

Ich ging in den Raum und nahm Garzón beiseite.

»Hat sie etwas gesagt?«

»Nicht ein Wort.«

»Suchen Sie García del Mazo, und kommen Sie beide zurück. Ich glaube, es wird etwas Entscheidendes geschehen.«

Er machte Anstalten zum Gehen.

»Subinspector… lassen Sie sich Zeit mit dem Suchen, verstehen Sie?«

Er nickte und ging. Luisa saß auf einem Stuhl und sah uns nicht einmal an. Ich ließ ihre Mutter rufen. Kaum dass Luisa sie erblickte, lockerten sich ihre Gesichtszüge, aber sie sagte nichts. Sie standen sich gegenüber.

»Hallo, Mutter, wie geht es Ihnen?«

Ihr Stimme klang unsicher, ängstlich, Zuwendung einfordernd.

»Du hast Juan umgebracht, nicht wahr?«

Luisa riss panisch die Augen auf.

»Nein, hören Sie nicht auf die. Ich war es nicht.«

»Du hast ihn umgebracht, weil er ein Schwein war, nicht wahr?«

»Nein!«

»Das hast du gut gemacht. Jetzt fehlt nur noch, dass du auch stirbst. Ich bin hergekommen, um dir das zu sagen: Lass dir nicht einfallen, mich anzurufen oder nach Hause zurückzukommen oder mir unter die Augen zu treten. Schade, dass ich das ganze Brot, mit dem ich euch großgezogen habe, nicht an die Hunde verfüttert habe. Mehr habe ich dir nicht zu sagen.«

Sie sah mich an.

»Kann ich jetzt gehen?«

Ich nickte. Mein Puls war beschleunigt, und ich bemühte mich, meine Atmung in den Griff zu bekommen. Sie ging und warf die Tür hinter sich zu. Luisa sank auf den Stuhl zurück. Ich zündete mir eine Zigarette an und war bemüht, meine Hand ruhig zu halten. Das war der Augenblick zum Angriff.

»Du siehst ja, wie die Dinge liegen, Luisa.«

Ihre Schultern waren eingefallen und der Blick auf den Boden geheftet.

»Sie haben ihr gesagt …«

»Ich habe ihr gar nichts gesagt. Merkst du denn nichts? Der Richter wird dich des Mordes anklagen, die Beweise, die er hat, reichen aus. Genau wie Juan, den sie der Vergewaltigung bezichtigen werden. Glaubst du, die Dinge kommen nicht ans Licht, wenn du nicht redest?«

Es schien mir, als füllten sich ihre Augen mit Tränen.

»Deine Mutter weiß von der Uhr. Reicht dir das nicht als Beweismittel, die Uhr? Glaubst du wirklich, dass dir jemand die Geschichte mit dem unbekannten Mann abnimmt? Mein Gott, Luisa, komm in die Wirklichkeit zurück. Die Sache ist aufgeflogen, geht dir das nicht in den Kopf? Es ist aus!«

Die Tränen begannen über ihre Wangen zu kullern.

»Deine Mutter weiß es, ich weiß es, wir alle wissen, dass du Juan ermordet hast. Wir wollen nur noch wissen, ob dir jemand dabei geholfen hat? Und ob dieser jemand danach Salomé vergewaltigt und ermordet hat.«

Sie schlug die Hände vors Gesicht. Ich vermisste Garzón.

»Du liebst deine Mutter sehr, nicht wahr, Luisa?«

Der erste Schluchzer.

»Du liebst sie und weißt, dass ihr Reputation sehr wichtig ist, stimmts? Deshalb warst du so erschrocken, als du erfahren hast, dass Juan ein polizeilich gesuchter Vergewaltiger ist. Wie konnte er so was tun? Später rief er dich aus seinem Versteck an, und du hast beschlossen, ihn zu töten. Das war die einzige Möglichkeit, seine Ehre zu retten und eure Mutter vor diesem Albtraum zu bewahren. Du hast dich mit ihm verabredet. Es war sinnlos, dass er dir seine Unschuld beteuerte. Du hast irgendwie seine Perversion gespürt. Du wusstest von den Pornoheftchen, die er von seinem Bruder hatte. Du wusstest, dass er verklemmt war. Es war einfach für dich, ihn zu erstechen. Wie hatte er nur so tief sinken können? Danach hast du ihm die Uhr abgenommen und sie durch eine neue ersetzt, die du gerade gekauft hattest. Der erste Schritt, um der Öffentlichkeit zu beweisen, dass er nicht schuldig war. Der zweite war es, Salomé umzubringen und sie zu vergewaltigen. Dann war jeder Verdacht von ihm gebannt. Wer hat dir geholfen, Luisa?«

Sie ließ die Hände sinken und hob den Kopf. Ich erschrak, das Weinen hatte ihr Gesicht aufschwellen lassen und gerötet.

»Ich war es allein«, flüsterte sie.

Die Worte kamen langsam und deutlich aus ihrem Mund.

»Ich musste sie töten, damit sie nicht mehr reden konnte.«

»Und du hast sie vergewaltigt?«

»Nachdem ich sie umgebracht hatte. Ja, mit einem großen Türgriff, den ich zuvor im Eisenwarenladen gekauft hatte.«

»Aber warum gerade dieses Mädchen, warum nicht irgendeine andere?«

Jetzt war sie zerstreut und schaute zur Tür. Ich wiederholte die Frage.

»Es war mir egal, und die hatte zwei Vorteile: Im Fernsehen hatten sie gesagt, um welche Uhrzeit sie vergewaltigt worden war, wo sie wohnte und welchen Weg sie jeden Abend ging. Wozu noch weiter suchen?«

Erschreckend. Wir beide starrten auf den abgetretenen Fußboden.

»Du wirst diese Aussage wiederholen müssen, Luisa, und auch alle Fragen des Richters beantworten.«

»Werde ich zum Tode verurteilt?«

»In diesem Land gibt es keine Todesstrafe mehr.«

»Gut, dann werde ich ins Gefängnis kommen.«

»Du wirst verurteilt werden.«

»Im Gefängnis wird es gut sein.«

Sie weinte nicht, sie sagte nichts mehr und saß in katatonischer Gleichgültigkeit da. Ich stand langsam auf und ging hinaus. In diesem Moment kamen Garzón und García del Mazo zurück.

»Wo haben Sie denn gesteckt?«

Garzón gestikulierte übertrieben herum.

»Es war lächerlich, wirklich, ich habe eine halbe Stunde Versteck mit dem Inspector gespielt. Suchte ich ihn im Archiv, war er gerade gegangen. Ob er wohl einen Kaffee trinken gegangen war? Dann sind wir uns zufällig über den Weg gelaufen. Ich glaubte schon, wir würden uns nie mehr wieder sehen.«

García del Mazo hörte gar nicht zu.

»Was ist passiert?«, fragte er mich.

»Luisa hat gerade gestanden.«

»Wie hast du denn das geschafft?«

»Ich habe ihre Mutter herkommen lassen. Sie war sehr hart zu ihr, schließlich brach sie zusammen.«

»Wunderbar! Ist sie da drin?«

»Nimm die schriftliche Aussage auf. Ich bin nicht ins Detail gegangen.«

Er stürzte in den Raum. Garzón und ich blieben zurück. Ich ging zu einer Bank und ließ mich darauf plumpsen.

»Geht es Ihnen gut, Petra?«

»Geben Sie mir eine Zigarette, ich habe meine drinnen vergessen.«

Er suchte eifrig das Päckchen und steckte mir eine an.

»Perfekt, Garzón, Sie haben gerade lange genug gebraucht, um es noch wahrscheinlich aussehen zu lassen.«

»Petra, ich wusste ja, dass Sie ...«

Er unterbrach sich.

»Sie hat also gestanden.«

»Sie hat gestanden, dass sie Juan Jardiel und auch Salomé umgebracht hat.«

»Und die Vergewaltigung?«

»Sie hat sie mit einem Türgriff vergewaltigt.«

»Nur aus Rache?«

»Und zur Ehrenrettung.«

»Ehrenrettung von wem?«

»Aller, Fermín, die ihrer Mutter, Juans, ihre eigene ... Die Ehre ist kein individuelles Problem. Sie beschmutzt alle, genauso wie die Korruption.«

Er nickte und dachte angestrengt nach. Ich presste meine Finger auf die Augen, mir war schwindelig, zu viel Tabak, zu viel Kaffee, ich war unendlich erschöpft.

»Ist was mit Ihnen?«

»Ich weiß nicht, das Leben ist so hässlich ... Es ist alles so erbärmlich ...«

Er legte seine Bärentatze um meine Schultern und gab mir tapsige Klapse.

»Trösten Sie sich, Petra ...«, sagte er. »So ist es immer gewesen.«

Das war ein trauriger Trost. Ich ließ meinen Kopf an seine Schulter sinken, und fühlte mich ein wenig besser.

# 14

Es gab jede Menge Nachverhöre, aber das psychiatrische Gutachten war am aufschlussreichsten. Sie war für ihre Taten voll verantwortlich, keine mildernde Unzurechnungsfähigkeit, aber ihr Fall wurde als psychologisch kompliziert eingestuft. Eine traumatische Erfahrung wie das Verlassenwerden von den Eltern in der Kindheit hatte ihr den ersten Knacks zugefügt, aber später kam alles noch viel schlimmer. Ihre Pflegemutter ebnete den Weg für eine Entwicklung, die ans Pathologische grenzte: ein Leben unter der absoluten Herrschaft einer verhärteten, verbitterten und hasserfüllten Frau. Kontinuierlich daran erinnert zu werden, dass sie eine Pflegetochter war, lebender Beweis einer Sünde, Tochter einer Frau, die über dieses Hauses das Unglück gebracht hatte. Eine kastrierende Erziehung auf der Basis von Angst und Schuld, voller sexueller Repressionen, gekrönt von absolutem Mangel an Zärtlichkeit. Und neben ihr Juan. Zwischen ihnen war ein Gefühl der Komplizenschaft entstanden, beide neigten zur Glorifizierung der Mutterfigur, zu einer Ehrfurcht vor ihren Prinzipien, die als einzige Rettung vor der eigenen Schuld galten. Laut dem Psychologen hatte Jardiel die Mädchen immer voller nicht eingestandenem Hass auf die Mutter vergewaltigt, der sich gegen die ganze weibliche Sexualität richtete. Er markierte sie, um ihnen ein Zeichen von sich, von seinem Einfluss aufzustempeln. Er, dem es nicht einmal erlaubt gewesen war, ein Poster aufzuhängen. Der Comisario beglückwünschte uns.

»Fall abgeschlossen!«, sagte er und rieb sich die Hände. »Und es war nicht leicht, das ist wahr! Herauszufinden, dass eine Frau eine Vergewaltigung begeht, kommt nicht alle Tage vor. Sie drei waren ein sehr gutes Team.«

»Danke, Señor… aber ich möchte darauf aufmerksam machen, dass Garzón und ich den Fall gelöst haben, ohne fremde Hilfe.«

»Das ist mir völlig klar«, sagte er sehr ernst.

García del Mazo kam herein. Wir drei schwiegen. Er strahlte zufrieden.

»Bevor ich nach Girona zurückfahre, möchte ich, dass wir zusammen zu Abend essen. Oder haben wir noch was zu erledigen, Kollegen?«

»Ich glaube nicht. Der Richter hat alle Tatverdächtigen ohne Auflagen freigelassen.«

»Dann können wir ja zufrieden sein. Fall abgeschlossen! Und was ist mit den Journalisten, wie verhalten wir uns? Man müsste eine Pressekonferenz einberufen. Natürlich können wir nach der Polemik, die dieser Fall ausgelöst hat, nicht einfach so einen Pressesprecher hinschicken. Ich glaube, das ist dein Part, Petra.«

»Mein Part? Kommt nicht infrage! Ich habe mich die ganze Zeit aus Prinzip geweigert, mit denen zusammenzuarbeiten, und jetzt, wo der Fall gelöst ist, soll ich mich ins Rampenlicht stellen? Nein, ich will nicht, dass jemand denkt, ich suche Beifall.«

»Na dann… werde ich es tun müssen. Spricht etwas dagegen?«

»Ich finde es in Ordnung.«

Coronas sah mich ironisch an. Selbstverständlich fiel García del Mazo nicht einmal ein, Garzón die Möglichkeit einzuräumen, die Öffentlichkeit zu informieren. Wo gabs denn so was, dass ein Matrose Pressekonferenzen gibt, wenn das der Kapitän selbst tun kann.

Den restlichen Tag sollten wir uns erholen, aber es gestaltete sich ziemlich schwierig, mit meinem murrenden und fluchenden Kollegen ein bisschen Erholung zu finden. Dass García del Mazo vor der Presse siegreich dastehen würde, war mehr, als er ertragen konnte.

»Ich wusste es, ich wusste, dass dieser Typ sich die Medaillen anstecken würde, die ihm nicht zustehen.«

Das mit den Medaillen war eine echte Obsession von ihm. Ich witzelte vergeblich, stellte sie und ihre Nützlichkeit infrage, malte scherzhafte Szenarien aus. Er fand das überhaupt nicht witzig, meinte weiterhin, dass ich meine Ehre öffentlich wiederherstellen musste, indem ich dasselbe Medium benutzte, das sie mir genommen hatte. Aber all diese Vorwürfe waren nichts weiter als ein tröpfelndes Bächlein verglichen mit dem, was später kam. Als García del Mazo die Pressekonferenz zelebriert hatte, kam der Wasserfall, der ungebändigte Strom, das Seebeben, die Sintflut.

Die Lokalnachrichten aller Zeitungen stimmten mehr oder weniger in ihren Schlussfolgerungen überein. Einige sagten es ohne Umschweife, andere deuteten es nur an: Der Fall war von einem Inspector aus Girona gelöst worden, einem erfahrenen Mann mit modernen Methoden, einem echten Profi. Über Nacht hatte er sich in eine populäre Person verwandelt, gewährte Interviews, ließ sich fotografieren und genoss die Augenblicke des Ruhms.

Ana Lozano machte in ihrer Sendung ein beträchtliches Spektakel daraus. Mithilfe von Schauspielern führte sie eine dramatisierte Rekonstruktion des Falls vor, die ich mir anzusehen weigerte. Aber Garzón erzählte mir, dass kein Detail gefehlt hatte. Alles sehr glaubhaft und sorgfältig ausgearbeitet.

Schließlich erließ der Richter für die Dauer des Verfahrens eine Nachrichtensperre, um die Persönlichkeitsrechte der Angeklagten zu wahren. Luisa wurde im Gefängnis psychiatrisch betreut. Sie litt an einer fortschreitenden Depression. Die Bitten des behandelnden Arztes an die Pflegemutter, sie besuchen zu kommen, waren vergeblich. »Das werde ich nie tun«, antwortete Señora Jardiel würdevoll und verschanzte sich verbittert und sichtlich gealtert in ihrem Haus.

García del Mazo kehrte nach Girona zurück. Das kollegiale Abendessen fand nie statt. Ich arbeitete mich mühsam wieder in meiner Abteilung ein. Hin und wieder wurden Garzón und ich vom Richter und der Mordkommission gebeten, Details hinzuzufügen und Erläuterungen abzugeben, um das Ermittlungsverfahren schriftlich auszuarbeiten.

Obwohl das Presseecho endlich verstummte, war mein Kollege noch immer verärgert und ziemlich unerträglich. Eines Tages hatte ich genug:

»Jetzt reichts Fermín! Es hängt mir langsam zum Hals raus. Es ist unwichtig, wer den Verdienst einstreicht. Meine Ehre muss nicht wieder hergestellt werden, Sie haben doch gesehen, zu welchen Extremen die verdammte Ehre führen kann. Wenn Sie Ihre Laufbahn schmücken wollen, brauchen Sie nur den Erlass des Richters umgehen und Ihre eigene Pressekonferenz einberufen. Dann können Sie alles richtig stellen. Aber mich lassen Sie aus dem Spiel, verstanden?«

»Schade, dass Sie jetzt ihre ganze Wut an mir auslassen!«

Er war ernsthaft sauer, drehte sich auf dem Absatz um und ging grußlos davon. Am nächsten Tag rief er mich im Archiv an.

»Was machen Sie nach Dienstschluss, Inspectora?«

»Was schlagen Sie vor?«

»Im La jarra de oro ein Bierchen trinken.«

»Einverstanden.«

Unsere letzte Auseinandersetzung wurde nicht erwähnt, aber er war noch nicht ganz wieder der Alte. Er hatte seine Forderungen gegen zynische Mutlosigkeit von existenzialistischem Zuschnitt eingetauscht.

»Alles ist Müll«, sagte er beim Absetzen seines Bieres.

»Was alles?«

»Die Polizei, die Pflicht, die Arbeit, alles.«

»Ach, vergessen Sies. Bald wird alles seinen normalen Gang nehmen.«

»Petra.«

»Ja?«

»Ich muss Ihnen etwas erzählen.«

»Nur zu, ich höre.«

»Hier am Tresen nicht, setzten wir uns an einen abgelegenen Tisch.«

Ich schnappte mein Glas und fragte mich, welche Mücke den großen Stier denn jetzt wieder gestochen hatte. Wir setzten uns, und er sah mich an.

»Es handelt sich um den Schmuggelfall.«

Ich zog ein verständnisloses Gesicht.

»Den Zigarettenschmuggel, erinnern Sie sich nicht?«

Ich nickte.

»Von Spitzel zu Spitzel bin ich zum Kern der Organisation vorgedrungen. Ich weiß, wo sich die Ladungen befinden, wie sie vorgehen und mit wem sie Kontakt haben.«

»Das ist wunderbar! Ich habe nichts anderes von Ihnen erwartet.«

»Jetzt kommt das, was ich Ihnen erzählen muss. Die haben mir Schweigegeld angeboten, und ich weiß nicht, was ich tun soll.«

Ich war überrascht.

»Viel Geld?«

»Einen ganzen Haufen.«

Ich trank einen Schluck.

»Nehmen Sie es an, Garzón. Wie Sie eben schon sagten, das mit der Pflicht ist nichts weiter als Selbstbetrug.«

»Zu schweigen und bei der Polizei zu bleiben ist ausgeschlossen. Dazu bin ich nicht fähig. Wenn es rauskommt, kann ich mit dieser Schande nicht weiterleben. Es geht darum, abzuhauen, das Geld zu nehmen und an einem anderen Ort neu anzufangen. Ich glaube, die Summe würde dafür ausreichen.«

»Scheint mir keine schlechte Idee. Nehmen Sie das Geld und verschwinden Sie. Gehen Sie in die Vereinigten Staaten zu Ihrem Sohn.«

»Ach nein, was soll ich denn dort? Es sei denn … es sei denn, Sie kommen mit, Petra.«

In meinen Kopf klingelte es.

»Ich?«

»Sie sprechen englisch und Sie verändern sich gerne. Wir könnten eine spanische Kneipe aufmachen, so was ähnliches wie Pepe und Hamed. Ich mache Ihnen keine Liebeserklärung, Petra, das würde ich nicht wagen. Wir hätten beide unsere eigene Wohnung. Aber wir sind zwei Einsiedler, wir ergänzen uns gut, wir würden uns die gegenseitige Gesellschaft danken.«

Ich lächelte, strich mir das Haar aus dem Gesicht und prustete.

»Sie haben mich ganz schön überrumpelt, ich weiß nicht, was ich sagen soll … Sehen Sie, mit diesem verfluchten Fall habe ich gerade ein heilsames Bad in der Realität genommen. In solchen Momenten wünsche ich mir nur, ein geordnetes

Leben zu führen, die Geranien zu gießen und allein zu sein. Die kleinen alltäglichen Dinge erscheinen mir ein Privileg. Ich glaube, diesmal möchte ich meine Pläne nicht ändern, Nein, vorläufig werde ich so weitermachen, Fermín.«

Ein ordentlicher Schluck Bier lief rasch seine Kehle hinunter.

»Ich verstehe.«

»Und Sie, werden Sie es wagen?«

»Ich muss ernsthaft darüber nachdenken. Ich hab nicht viel Zeit.«

Wir schwiegen verlegen.

»Ich danke Ihnen aufrichtig für dieses Angebot.«

Er machte eine abwinkende Handbewegung.

»Ich meine es ernst. Und ich will Ihnen sagen, dass Sie ein wunderbarer Mann sind. Ein perfekter Kollege, ein echter Schatz. Aber ich würde Ihnen nur das Leben schwer machen.«

»Das habe ich mir mein ganzes Leben lang gewünscht, ein paar Komplikationen!«

»Hören Sie auf mich, versuchen Sie es allein, Fermín, Sie werden bestimmt Glück haben.«

Er lachte unvermittelt auf.

»Vielleicht tue ich es. Verdammt noch mal, binnen einer Woche muss ich mich entscheiden. Vielleicht baue ich einen Paella-Imbiss unter der Freiheitsstaue auf.«

Am Samstag luden uns Pepe und Hamed zum Abendessen ins Efemérides ein, und als die Bestellungen der Gäste nachließen, setzten sie sich zum Nachtisch und zum Tee zu uns. Sie waren von der Lösung des Falls sehr beeindruckt. Es gab Trinksprüche, Glückwünsche und Kommentare. Hamed befürchtete, dass alle Frauen sich durch diese Geschichte angeregt fühlen könnten, ihre Ehre und die ihrer Männer auf diese Weise zu retten. Wenn das geschähe, gäbe es ein Gemetzel, denn seiner Meinung nach ist die Frau in ihren Entscheidungen unbeugsam und bereut nie etwas.

»Soll das heißen, dass dir die Frau nicht mehr wie eine Blume vorkommt?«

»Für mich wird sie das immer sein, zumindest solange ich an die Liebe und die Zärtlichkeit glaube.«

»Die Liebe von Luisa und Juan, welcher Art war sie?«, fragte ich. »Leidenschaftlich, geschwisterlich, eine Hassliebe?«

»Eine kranke Geschichte.«

»Wäre sie das nicht gewesen, was denkt ihr, hätte sich dann die Presse auch so dafür interessiert?«

»Das ist etwas übertrieben.« Pepe war angepikst.

»Überhaupt, wie geht es deiner Journalistenfreundin?«

»Sehr gut. Ich ziehe nächste Woche zu ihr.«

»Aber hallo, das ist ja eine Neuigkeit. Für wie lange?«

»Unbefristet, vielleicht für immer.«

»Wunderbar, Glückwunsch!«

Er sah mich argwöhnisch an. Garzón mischte sich ein.

»Stoßen wir darauf an!«

»Stoßen wir auf die Blumen an«, schlug ich vor. »Auch wenn sie Stacheln haben«, fügte ich hinzu.

Beim Abschied war Garzón nachdenklich. Er begleitete mich nach Hause und wurde feierlich.

»Gut, Petra, vielleicht ist das heute ein endgültiger Abschied. Dieses Wochenende muss ich mich entscheiden. Wenn Sie am Montag ins Präsidium kommen, und ich nicht da bin … Ich möchte Ihnen sagen, dass es ein Vergnügen war, mit Ihnen zusammenzuarbeiten, dass ich viel über Frauen gelernt habe, dass … nun, warum noch weiter ausholen. Sie verstehen schon, was ich sagen will.«

»Fermín, wenn das der Abschied ist, warum duzen wir uns dann nicht?«

»Bitten Sie mich nicht darum, niemals. Solange wir beide Polizisten sind, sind Sie Inspectora und ich Subinspector.«

»Ist gut, lassen wir es. Ich wünsche Ihnen viel Erfolg, und werden Sie glücklich. Schreiben Sie mir einmal eine Karte, wie es Ihnen geht, zumindest eine Weihnachtskarte.«

»Vorsicht, das tue ich.«

Ich gab ihm einen Kuss auf die fleischige Wange, die nach Babypuder roch. Dann stieg ich aus und hörte ihn hinter mir davonfahren. Garzón war ein guter Mann, er hatte ein so aufrichtiges Herz wie ein Schäferhund. Ich wünschte, dass er dort, wo immer er landen mochte, ein bisschen Frieden in seinem Leben fand.

Den ganzen Sonntag verbrachte ich mit Putzen. Mein Haus sah aus wie ein Trümmerfeld oder wie besetztes, aber noch unbewohntes Terrain. Ich polierte das Parkett, putzte die Fenster, stellte meine Bücher ordentlich ins Regal und suchte mir eine Firma, die sich einmal pro Woche um den Hausputz kümmerte. Ich organisierte mich genau so, wie ich es schon vor Monaten hätte tun sollen.

Ich sprengte den Garten. Die Geranien hatten kräftige Triebe, die im Frühjahr mit ihrer ganzen Kraft aufbrechen würden. Ich warf mich erschöpft aufs Sofa, und mein Verstand war träge und unstet. Das Vergnügen des Alltagslebens, ein bisschen Sesshaftigkeit. Gemütliche und immer gleichförmige Tage, dieses Mal wäre Veränderung schlecht. Ich dachte, so ungerecht es auch sein mochte, war es doch gut und tröstlich, sich als Frau einmal wie eine Herrscherin zu fühlen.

Ich schlief gut. Das Telefon klingelte kein einziges Mal und störte auch nicht im Morgengrauen. Ich wurde vom Wecker geweckt, frühstückte und ging zur Arbeit. Eben das, was man gewöhnlich auf der Welt tut. Im Archiv hatten sich jede Menge Arbeit angehäuft. Mir fiel auf, dass ich meine methodische Arbeitsweise etwas verloren hatte. Ich musste wieder von vorne anfangen. Ich klassifizierte und ordnete, aber um zehn Uhr konnte ich meine Neugier nicht mehr bezwingen. War Garzón abgehauen? Ich könnte eine Pause machen und einen Kaffee trinken gehen.

Durch die verschlungenen Flure des Präsidiums gelangte ich in die Räume der Mordkommission. Da fiel mir die Registratur ein, ich öffnete die Tür und ... da saß Garzón. Man hatte ihm zwischen die großen Hängeregistraturen einen Schreibtisch gestellt.

»Fermín! Was zum Teufel tun Sie in diesem Raum?«

»Sie haben mir hier vorübergehend einen Arbeitsplatz eingerichtet.«

Ich sah ihm in die Augen.

»Hat das Pflichtgefühl gesiegt?«

»Sie sehen ja, hier bin ich.«

»Das ist gut.«

»Ich bin mir nicht so sicher. Vielleicht bereue ich es in ein paar Monaten.«

»Ich habe mich gefragt, ob Sie Zeit haben, einen Kaffee mit mir trinken zu gehen.«

»Aber natürlich!«

Er stand blitzartig auf, zog seinen ausgedienten Parka an und trat zur Seite, um mich vorgehen zu lassen.

»Das mit dem Kaffee um zehn Uhr sollten wir jeden Tag machen«, sagte Garzón. »Außerdem ist das Frühstück in der Pension entsetzlich, und ich habe um diese Zeit einen Bärenhunger.«

»Sie müssen sich eine Wohnung suchen, Fermín, ich werde nicht aufhören damit. Das mit den Pensionen ist altmodisch.«

Er lachte auf.

»Jetzt haben Sie mir wirklich einen guten Grund genannt! Ja, ich sollte anfangen, ernsthaft darüber nachzudenken. Altmodisch will ich nicht sein. Nehmen Sie Milchkaffee?«

Er rief dem Kellner mit dröhnender Stimme die Bestellung zu. Ich betrachtete aus den Augenwinkeln seinen Anzug und den über der Hose hängenden Bauch und begriff, dass wir den Grundstein für eine lange, gute Freundschaft gelegt hatten, auch wenn wir uns nie duzen würden.

# Alicia Giménez-Bartlett

Bibliografie

Die Petra-Delicado-Romane:
*Ritos de muerte* (1996, dt. *Spanische Blumen*, 1998; Neuausgabe unter dem Titel *Gefährliche Riten*, 2002); *Día de perros* (1997, dt. *Hundstage*, 2001); *Mensajeros de la oscuridad* (1999, dt. *Boten der Finsternis*, 2001); *Muertos de papel* (2000).

Weitere Werke:
*El elefante herido* (1982); *Torrente Ballester* (1983); *Exit* (1984); *El salón amurallado* (1985); *Pájaros de oro* (1986); *Caídos en la valles* (1989); *El cuarto corazón* (1991); *La última copa del verano* (1995); *Vida sentimental de un camionero* (o.J.); *Una habitación ajena* (1997); *El misterio de los sexos* (2000); *Corazones cruzados* (in Zusammenarbeit mit J. J. Bigas Luna, 2000).

Die Inspectora-Delicado-Romane wurden 1999 unter der Regie von Julio Sánchez Valdés mit Ana Belén und Santiago Segura in den Hauptrollen in einer 13-teiligen Fernsehserie mit großem Erfolg verfilmt.

# Die Übersetzerin

Sybille Martin, 1958 in Sachsen geboren, studierte in Hamburg Germanistik und Hispanistik. Seit dem Magisterabschluss ist sie als freiberufliche Übersetzerin tätig und hat unter anderen Alicia Giménez-Bartlett, Mayra Montero, Antonio Soler, Eliseo Alberto sowie Silvia Arazi übersetzt und einen Förderpreis der Freien und Hansestadt Hamburg erhalten. Sie lebt und arbeitet in Hamburg und Madrid.

## *metro* – Spannungsliteratur im Unionsverlag

»Die metro-Bände gehören auf jeden Fall zum Besten, was derzeit an so genannter Spannungsliteratur zu haben ist.« *Michaela Grom, Südwestrundfunk*

**Guillermo Arriaga** *Der süße Duft des Todes*
In einem kleinen Dorf in Mexiko entsteht aus Lügen eine Wahrheit, von der niemand verschon bleibt. »Mit seinem Nebeneinander von furioser Leidenschaft und kühl sezierender Analyse sucht dieser Krimi seinesgleichen.« *Abendzeitung*

**Mongo Beti** *Sonne, Liebe, Tod*
Zam, der Journalist, hat Sorgen: Leiche in der Wohnung, Freundin entführt, Überfälle. »Ein schwelgerisches Buch, bunt mäandernd zieht es uns in seinen Bann.« *Sächsische Zeitung*

**Blue Lightning**
Ohne Musik wäre das Leben ein Irrtum. »Es kommt nicht oft vor, dass der unterhaltsamste Krimi des Jahres eine Sammlung von Kurzgeschichten ist.« *London Times*

**Pierre Bourgeade** *Das rosa Telefon*
In den Labyrinthen des Telefonsex: »Eine frivol und mit laszivem Zungenschnalzen servierte Story, die in ein überraschendes Finale mündet.« *Neue Luzerner Zeitung*

**R. Bradley, S. Sloan** *Temutma*
Ein blutdürstiger Mörder macht Hongkong unsicher. »Mystery mit Biss: eine schnörkellos erzählte X-Akte made in China – gruselig, philosophisch, spannend.« *Brigitte*

**Jerome Charyn** *Der Tod des Tango-Königs*
»Mehr als nur einen Thriller: das visionäre Porträt einer Stadt, in der sich der gesamte irrationale Wahnsinn des globalen Zeitalters konzentriert.« *Robert Brack, schwarze taz*

**Driss Chraïbi** *Inspektor Ali im Trinity College*
Ein Fall für Inspektor Ali, den genialen Detektiv aus Casablanca, der kombiniert wie Sherlock Holmes und daherkommt wie ein marokkanischer Bauer.

**Pablo De Santis**
*Die Übersetzung; Die Fakultät*
»Der eigentliche Star der Erzählung ist die Sprache. Es ist nicht nur literarisch anspruchsvoll, sondern auch vergnüglich, zu lesen, wie die Sprache zum Stoff und Motor des Geschehens wird.« *Jazz Zeit*

**Garry Disher** *Drachenmann*
»Ein Krimi-Juwel. Das Buch liest sich packend bis zur letzten Seite.« *Dresdner Neuste Nachrichten*

**Jon Ewo** *Torpedo; Rache*
»Das organisierte Verbrechens agiert, als habe nicht der Staat, sondern die Mafia das Gewaltmonopol.« *Stuttgarter Zeitung*

**Santiago Gamboa**
*Verlieren ist eine Frage der Methode*
In Bogotá gerät der Journalist Silanpa in einen Strudel aus Traum und Albtraum. »Ein raffinierter Großstadt-Krimi – spannend bis zur letzten Seite.« *Der Spiegel*

**Alicia Giménez-Bartlett** *Hundstage; Boten der Finsternis; Gefährliche Riten*
»Originell, melancholisch und voll Weisheit, was die Unvollkommenheit des Menschen angeht. Inspectora Petra Delicado und Subinspector Fermín Garzón passen zusammen wie Feuer und Wasser.« *Der Standard*

**Friedrich Glauser** *Schlumpf Erwin Mord; Matto regiert; Die Fieberkurve; Der Chinese; Die Speiche; Der Tee der drei alten Damen*
»Der Glauser mit dem gläsernen Herzen – noch heute sieht man beim Lesen seiner Kriminalgeschichten ungehindert in diesen klaren, wahren Kern hinein.« *Vogue*

**Chester Himes** *Die Geldmacher von Harlem; Lauf Mann, lauf!; Der Traum vom großen Geld; Fenstersturz in Harlem; Heiße Nacht für kühle Killer; Plan B*
»Wer Chester Himes' Krimis liest, taucht ab ins tiefste Harlem … Hier harrt ein Klassiker seiner Entdeckung.« *Annabelle*

## *metro* – Spannungsliteratur im Unionsverlag

**Jean-Claude Izzo**
*Total Cheops; Chourmo; Solea*
»Izzo war für Marseille, was Malet für Paris, Hammett für San Francisco, Jerome Charyn für New York war. Als er starb, das war, als habe die Stadt ihr Gedächtnis verloren.« *Süddeutsche Zeitung*

**Stan Jones** *Weißer Himmel, schwarzes Eis; Gefrorene Sonne*
»Stan Jones lässt uns in die Seele der Ureinwohner Alaskas schauen.« *Johannes Kaiser, Hessischer Rundfunk*

**Yasmina Khadra** *Morituri; Doppelweiß*
»Kommissar Llob ist praktizierender Muslim trotz des Missbrauchs seiner Religion durch eiskalt kalkulierende Fanatiker. Er weiß, dass ein Menschenleben das höchste Gut ist, auch wenn er auf sein eigenes keinen Pfifferling gibt.« *Robert Brack, die tageszeitung*

**Brian Lecomber** *Letzter Looping*
»Brian Lecomber macht aus Flugzeugen und Piloten, was Dick Francis aus Pferden und Pferderennen macht.« *New York Times*

**William Marshall** *Manila Bay*
Battling Mendez, der legendäre Kampfhahn, auf Spurensuche. »Dieses Buch ist Schwindel erregend, verrückt, exzentrisch und exzessiv.« *Los Angeles Times*

**Bill Moody**
*Solo Hand; Moulin Rouge, Las Vegas*
Was haben Jazz und das Aufklären von Verbrechen gemeinsam? Die Kunst der Improvisation! »Zwischen jeder Zeile klingt wunderbarer Jazz durch.« *Badische Zeitung*

**Christopher G. Moore**
*Haus der Geister; Nana Plaza*
»Konsequente Action, meisterhafte Sprache, authentischer Schweiß aus Bangkok, dazu angelsächsischer Humor at its best.« *DeutschlandRadio*

**Walter Mosley**
*Socrates in Watts; Socrates' Welt*
Nach siebenundzwanzig Jahren im Knast will Socrates ein ordentlicher Mensch werden.
»Ein Buch mit dem Blick von unten: wahrhaftig, glaubhaft und ehrlich.« *Deutsche Welle*

**Katy Munger**
*Beinarbeit – Ein Fall für Casey Jones*
»Katy Munger hat das Kunststück zuwege gebracht, Trash auf höchstem Niveau zu schreiben. Urkomisch und höchst spannend.« *Beate Hinrichs, Deutsche Welle*

**Meja Mwangi** *Die Wilderer*
Wenn die Ranger auf ihren Fahrten durch die kenianische Savanne die Geier kreisen sehen, wissen sie: Die Wilderer haben wieder zugeschlagen.

**Celil Oker**
*Schnee am Bosporus; Foul am Bosporus*
»In Sachen Kriminalroman tut sich was in der Türkei. Istanbul als Hintergrund für Suchaktionen und Verfolgungsjagden ist für den Krimileser spannendes Neuland.« *SWR1*

**Jerry Raine** *Frankie Bosser kommt heim*
»Ein blendend geschriebener Krimi, der das Gewohnte von seiner hässlichen Seite zeigt. Nichts für schwache Nerven – für robustere ein Vergnügen!« *Zürich Express*

**M.K. Wren** *Medusa Pool*
Sheriff zu sein ist nicht einfach – schon gar nicht für eine schwarze Frau.
»Ein emotionaler, ein packender Roman.« *Booklist*

**Helen Zahavi**
*Donna und der Fettsack; Schmutziges Wochenende*
»Zahavi gewinnt dem Machtkampf zwischen Mann und Frau bizarre Seiten ab.« *Stern*
»Wahnsinnig, komisch, mit wunderbaren Dialogen.« *The Sunday Times*